Ce qui vit la nuit

GRACE KRILANOVICH

CE QUI VIT LA NUIT

Traduit de l'anglais (États-Unis)
par Janique Jouin-de Laurens

Préface de Lelo Jimmy Batista

Le Gospel
MMXXIII

L'écriture de ce livre a largement bénéficié du soutien de
The MacDowell Colony.

Grace Krilanovich remercie en particulier
Bryan Charles, Anthony Miller, Sam Stern, José Alvergue, Mat Brinkman, Nickole A. Pepera, Bruce Bauman
et par-dessus tout *Steve Erickson.*

ISBN : 978-2-494054-02-8

Cet ouvrage est la traduction intégrale,
publiée pour la première fois en France, du livre
en langue anglaise *"The Orange Eats Creeps"*
édité par *Two Dollar Radio*, Columbus, en 2010.
La traduction française est publiée en accord
avec *La Nouvelle Agence.*

Les éditeurs remercient *Amandine Urruty*,
Lelo Jimmy Batista,
et pour leur travail de relecture :
Laurent Pla-Tarruella et *Alice Butterlin.*

Conception graphique : *les Ateliers du Gospel.*
Illustration de couverture : *Amandine Urruty.*
Photogravure : *Jimmy Boukhalfa* | *Labogravure.*

Deuxième tirage achevé d'imprimer en juin 2023
sur les presses de l'imprimerie *Standart Impressa* à Vilnius.

Dépôt légal : mars 2023.

le-gospel.fr

L'illustration de couverture est une commande du Gospel et ne reflète pas nécessairement l'ethnicité des protagonistes du texte original.

Préface

Lelo Jimmy Batista

Ça pourra sembler étrange, mais la première personne à laquelle j'ai pensé en lisant *Ce qui vit la nuit*, c'est Russell Banks. C'est d'autant plus étrange que je ne suis pas grand amateur de son œuvre — j'ai abandonné *Sous le règne de Bone* au dernier tiers et *Oh, Canada* à un peu plus de la moitié — et qu'il est mort tout de suite après. Ce n'est pas la première fois que ça m'arrive : en 2010, j'avais réécouté sans vraiment comprendre pourquoi l'album *Retaliation* de Carnivore, groupe que j'ai toujours détesté, et le lendemain j'apprenais la mort de son chanteur Peter Steele devenu entre temps immensément célèbre avec Type O Negative. Plus récemment, la même chose s'est produite avec des gens comme Mark Lanegan ou Terry Hall. Il faudrait peut-être que je fasse un peu plus attention à l'avenir. Toujours est-il que si j'ai pensé à Russell Banks, c'est à cause d'un film — *De Beaux Lendemains* d'Atom Egoyan — est adapté d'un de ses romans. Ce n'est pas un film que j'aime particulièrement non plus, même s'il m'avait laissé une assez bonne impression quand je l'ai découvert en salle en octobre 1997 — impression dissipée une semaine plus tard quand est sorti l'immense *Hana-bi* de Takeshi Kitano. Quelques scènes me sont toutefois restées en tête et deux d'entre elles m'ont semblé figer mieux que toute autre image la sève purulente qui irradie le premier roman de Grace Krilanovich.

Dans la première, on voit Zoe, une jeune femme de vingt ou vingt-cinq ans qui appelle depuis une cabine téléphonique. Elle a le teint verdâtre, des cheveux blonds huileux, une veste en cuir à l'odeur pestilentielle — on peut la sentir à travers l'écran. La cabine ressemble à un croisement entre un cachot et une pissotière, il y a des flyers de groupes de death metal scotchés au jugé partout dessus. Elle est posée au milieu de nulle part derrière une voie ferrée au bout d'un chemin de gravier sombre et jonché d'ordures. Zoe est venue jusque-là dans une Buick LeSabre 1984 suffisamment poussiéreuse pour qu'on ne sache pas si elle est noire, bleue ou grise et dont seul un feu avant fonctionne. Le conducteur est un grand type à cheveux longs sans forme, sans visage, qui l'attend assis sur le capot. Pendant qu'elle parle à son père, une autre voiture vient se garer en face de la cabine téléphonique. Quatre types en sortent, des ombres interchangeables, voûtées, décharnées. Ils fument, se saluent, grommellent vaguement. Derrière eux, il y a les restes d'un abri de SDF, improvisé avec une bâche bleue et un conduit en béton, des armoires électriques défoncées sur lesquelles sont posées des bouteilles de bière. Plus loin, au fond, on voit les vapeurs de la ville et des néons tout juste lisibles mais reconnaissables — Sony, NBC. Zoe serre le combiné de plus en plus fort, enchaînant des propos de plus en plus incohérents, tandis qu'une transaction se déroule en arrière-plan, un échange dont on ne voit et ne comprend rien. On ignore qui est Zoe et ce qu'elle fait là mais on sait que sa vie n'est plus qu'un accident de voiture au ralenti. La conversation se termine quand son père lui dit qu'il ne sait pas à qui il parle. Dans la seconde scène, qui a lieu un peu plus tard dans le film, on voit le père de Zoe discuter avec une amie d'enfance de sa fille qu'il a rencontrée par hasard lors d'un voyage en avion. Il évoque longuement le souvenir de Zoe et ce qu'elle est devenue, se remémore les dix dernières années qu'il a passées à « *défoncer des portes, la sortir d'appartements infestés de rats et nier qu'elle ait joué dans des films pornos.* » Il termine en disant qu' « *à force de rage et d'impuissance, votre amour se transforme* ». La phrase reste en suspens. L'amie d'enfance lui demande : « *Il se transforme en quoi ?* » Et le père répond : « *En vapeur de pisse.* »

Les auteurs, en écrivant, cherchent à s'approcher au plus près de la plaie. Dans *Ce qui vit la nuit*, Grace Krilanovich donne l'impression de la tracer. Une longue plaie étroite, qui parcourt tout le corps dans le sens de la longueur, dont l'entaille se creuse lentement, tellement lentement qu'on a l'impression qu'elle ne s'arrêtera jamais. Son premier roman semble avoir été écrit en un jet ininterrompu, dans une langue titubante, enragée, diarrhéique, baveuse, cannibale et péremptoire, pleine de poussière et de sang. Une langue qui sent très précisément la vapeur de pisse.

C'est une langue qui fascine car on la sent proche et évidente. C'est une de ces langues dont on connaît tous les mots mais qu'on est infoutu de parler couramment, de manière fluide — on aurait l'air faux, emprunté. C'est une langue profondément enracinée, qui repose sur quelques écarts de vocabulaire, comme l'anglais parlé par les Angelenos, qui s'articule autour d'une trentaine d'expressions qui n'appartiennent qu'à eux et leur folklore intérieur — le Santa Ana, le *June Gloom*, les *surface streets*. Une langue qui fait que, comme *Moby Dick*, *Moins que zéro* ou *Le petit bleu de la côte Ouest*, *Ce qui vit la nuit* ne prendra jamais la poussière sur les étagères. On le rouvrira régulièrement pour en lire au hasard une, dix, cent pages dans le désordre, juste en se laissant guider par les mots qui remontent à la surface, qui surnagent dans ce flot incessant — hyperactivité psychique, rêves sexuels, capacités motrices, ballots de paille, exécuteur, linoléum, micro-ondes de stations-services, rotules, auto-annihilation, zones de pourriture. Des noms de lieux, d'enseignes, qui reviennent comme une prière rassurante, des points de délimitation : 7-Eleven, Safeway, Hot Pockets, Idaho Falls, Chevron, Albertsons, Ralphs, Coburg, Taco Bell. Ou ces phrases qui sonnent comme d'ultimes avertissements avant la fin inéluctable de tout — « *On a trouvé le chemin de l'Autoroute qui Dévore les Gens* », « *Seuls les parkings sont vraiment sûrs, tout le reste sera rasé* ». Parfois, Grace écrit un peu moins bien, voire franchement mal, comme si c'était l'énergie qui primait, comme si le flux ne pouvait pas s'arrêter — il faut que ça continue de couler, de se répandre, d'infiltrer le moindre interstice, quel qu'en soit le prix.

Il faudrait peut-être que je vous dise de quoi elle parle précisément là-dedans mais *Ce qui vit la nuit* est plus proche des paroles d'une chanson que d'un roman — les mots s'entrechoquent, se fracturent et s'effondrent, mais il n'y a vraiment aucune raison pour laquelle tout ça devrait parler de quelque chose — les meilleures choses dans la vie ne parlent de rien. Ce que je peux vous dire en revanche, c'est que si ce sont les paroles d'une chanson, elles ont la force évocatrice de celles de Paul Westerberg, le délié des meilleurs titres de Felt, le rythme heurté d'un classique des Subhumans et l'outrance mongoloïde des premiers Misfits. Que, mises bout à bout, elles forment à la fois le meilleur livre de fiction sur la scène punk / hardcore qui existe à ce jour et mon livre de vampires favori, à égalité avec le premier tiers du *Dracula* de Bram Stoker, *Le Petit Vampire* d'Angela Sommer-Bodenburg qui m'a traumatisé quand j'avais 11 ans et que j'ai trouvé étonnamment bon quand je l'ai relu l'an dernier après en avoir trouvé, par un complet hasard, un exemplaire à un prix décent, et *Domination* de Michael Cecilione, un truc soft-porn SM, cuir et donjons qui est abominablement nul mais que j'ai gardé parce que la couverture était jolie. C'est aussi un livre sublime sur l'errance et le voyage en trains de marchandises, bien plus vibrant, féroce et désespéré que tout ce qu'ont écrit ces types infernaux aux États-Unis à la fin des années 50 et dont raffolent les étudiants persuadés qu'ils allumeront l'étincelle de la révolution mondiale en arrêtant de se laver le cul. Je vous épargnerai le baratin sur la manière dont Grace Krilanovich « s'approprie le récit vampirique » ou « aborde avec ferveur des thèmes aussi divers que l'adolescence, la sexualité, l'hygiène et la malnutrition » — d'autres le feront. Je terminerai juste en vous disant que ce livre est un grand conte immoral, poétique, repoussant, visqueux, plein de poison, braillard, instable, obscène et néanmoins asexué à sa manière, et que si j'avais dû en choisir le titre, j'aurais sans doute opté pour *Essaim de Putes d'Ados Hobos Accros Vampires dans la Campagne Grise et Merdique du Nord-Ouest Pacifique*, mais le monde étant ce qu'il est, il s'appelle *Ce qui vit la nuit* et c'est déjà pas si mal.

Les auteurs, je disais, cherchent en écrivant à s'approcher au plus près de la plaie. Rares sont ceux qui écrivent depuis l'intérieur. Shakespeare y a composé toute son œuvre. Une poignée d'auteurs contemporains comme Jerry Stahl sont parvenus à s'y enfoncer tout entiers, le temps d'un livre ou deux. Avec *Ce qui vit la nuit*, Grace Krilanovich se tient au bord, tout au bord. Elle pourrait tomber. Ça n'aurait rien de tellement étrange.

Grace Krilanovich

Ce qui vit la nuit

DÉBARRASSÉE DE TA FAMILLE, de ce que tu sais de toi-même et de tes origines, tu te retrouves libre de la plus sinistre des façons. Certains parlent d'âme errante. C'est une expression d'ordinaire réservée aux fantômes, ce qui est assez pertinent. Je crois que mes yeux filtrent et écartent des choses réelles. Pour le meilleur ou pour le pire, avec bienveillance ou sans pitié, je ne peux m'empêcher de traverser la vie avec une vision sélective. Mon corps agit ainsi sans y penser consciemment ou en prendre la décision. Ce n'est un problème que si on juge que c'en est un.

LE SAFEWAY AU LEVER DU SOLEIL : nous entrons comme un ouragan ; complètement défoncés, nous courons vers le fond, les coulisses. Nous barricadons la porte pour que Josh puisse menacer l'employé. Que se passerait-il si on jugulait l'énergie sexuelle des ados hobos junkies ? Le monde exploserait et se poserait à la surface d'une autre planète sous la forme d'une pâte brune, voilà ce qui se passerait. Les cafards la lécheraient et une nouvelle vague de connards de putes de vagabonds narcissiques éclorait dans les minuscules pores de leur dos.

LE SOLEIL SE COUCHE. Les hobos vampires se réveillent, leur quête de meth et de sang commence à peine. Tout au long de la nuit glaciale, ils erreront aux environs de la gare à la recherche de corps chauds à sucer, de sirop pour la toux, histoire de faire le plein avant une nuit d'aventures sexuelles dépravées avec d'autres vampires ou des mortels. Ils distribuent les maladies sexuellement transmissibles comme on distribue le journal, mais ils ne succomberont jamais, ne mourront jamais, ils deviendront seulement des losers décrépits dans une enveloppe d'adolescent. Ils ont le sens du devoir pour ce qui est des drogues et des orgasmes — deux addictions qui vont de pair et décident de chacun de leurs gestes. Ce sont des créatures tristes et vigoureuses, ces Putes d'Ados Hobos Accros Vampires. Ils traversent la campagne grise et merdique du Nord-Ouest Pacifique, forêts et grands arbres, champs poussiéreux et gravières qui tracent un chemin de désolation parallèle aux voies de chemin de fer de l'Oregon et de l'État de Washington, enseignes à moitié arrachées des chaînes de supermarchés de centres commerciaux où l'on trouve exactement un bar à ongles, un endroit qui vend des cafés / jus de fruits et un fast-food tex-mex. Ici, tout est recouvert d'une couche pâteuse gris-marron comme la mousse au pied d'un arbre pourri… Il y a beaucoup de pollen autour des supermarchés : Safeway, Albertsons, Ralphs. J'entre toujours par le côté traiteur. Voilà ce que je fais : j'attrape un panier, j'y mets deux magazines, un *Us* et un *People*. Je vais dans le rayon presse. Ils n'y rangent jamais *Us* ou *People*, mais c'est là que j'aime les feuilleter. Les zones devant et derrière les supermarchés sont spéciales. Nos endroits préférés : les gares routières, les dispensaires, les forêts, les toilettes publiques, les parkings de centres commerciaux, les *food courts*, l'arrière des *diners*, les coins cafés des 7-Eleven, les pièces réservées aux chatons de la SPA, les vide-maisons, les pancakes du petit déjeuner au club du troisième âge, etc. On aime fumer dans les restaurants ; on aime prendre des douches bourrés.

On est une bande de putes. Non seulement on se dévore les uns les autres, mais on mord, méchamment. On est des adolescents assoiffés de sang ; notre fureur ne connaît aucune limite et coagule le pouls de nos victimes par simple contact. On les dévore, aussi ; les corps des mortels s'assèchent sous nos canines. Nous n'avons aucun but, nous ne croyons en rien. En fait, si, nous croyons en la méthamphétamine. Depuis maintenant un an, je me nourris de *crystal*, de sirop pour la toux et de sang. Je voyage d'un bout à l'autre du pays avec un groupe de connards sans morale, en sautant dans des trains de marchandises, planquée dans des wagons. Nous n'avons ni maison ni parents. Je ne me souviens pas avoir été enfant, peut-être ne l'ai-je jamais été. Mais je suis sûre que je ne mourrai jamais ; je vieillirai, mon corps ne changera pas. Ma colonne vertébrale se brise et se remet en place. J'ai une hépatite, je la refile à tout le monde, mais elle ne *m'aura* jamais vraiment. Notre espèce ne meurt jamais de rien, c'est juste qu'on meurt tout le temps.

Il ne restait du jour qu'une traînée orange quand j'ai sauté du wagon de marchandises pour la nuit. Une voix inquiétante se propageait, sortie de nulle part, soulevant les feuilles mortes et les petits oiseaux du sol : dis-nous qui nous sommes. *Ils jouent à frotti-frotta avec la réalité, n'ont qu'une vague idée de ce qu'est une vie décente. Ils vivent entre parenthèses de la société organisée.* Putes avant tout, voilà leur principe organisationnel, unis par le vampirisme adolescent, poursuivis par les milices et les chasseurs de prime, vilipendés par les papas polis et la police, partout. Ils surgissent des profondeurs de wagons de marchandises affaissés, d'un tas de cendres pour semer le chaos dans tout le pays, les territoires qu'ils ont choisis pour se livrer au crime et à la débauche : votre ville. N'essayez pas de les arrêter ; leur petite patte enserre votre cou avant même que vous ayez noté leur présence. Ils ont des relations sexuelles dangereuses, dégoûtantes, avec leurs semblables et les vôtres, sans cesse, alors bouclez votre descendance. Foutus enfoirés. Ils peuvent entendre vos pensées, donc ne tentez pas de fuir, ils vous retrouveront. À trois mille kilomètres, ils peuvent encore vous voir. Les hobos se battent peut-être pour leur "existence", des luttes légitimes dans la plus pure tradition — le code des vagabonds. Les Hobos Accros Vampires, d'un autre côté, sont de vrais salauds qui préféreraient fouetter sans pitié votre petite sœur plutôt que fumer une pipe en épi de maïs dans un wagon couvert. Qu'ils aillent se faire foutre. Arrachés à leurs familles d'accueil dans tout le pays, ayant très jeunes goûté aux amphets, ces cons auraient vraiment besoin de votre fric. Leur insatiable soif de baise sous alcool, de méchant suçage et de pétage de plomb sous speed dévastera votre canton et votre maire suppliera pour en avoir encore. Putains de junkies, légendes junkies... *Knowles, ne mange pas ces pâtes... elles étaient par terre!* C'est toujours le comté de Lane? On peut fumer dans les restos, ici? On meurt d'envie de faire des tas de trucs, mais on n'en fait qu'une partie, principalement pour des raisons légales. Les cadavres sur les rails? C'est pas nous, c'est un assassin du coin que les journaux surnomment Dactyl — ou plutôt, c'était la signature au bas d'une lettre que celui qui se décrivait comme le "Gardien des âmes" a envoyée aux rédacteurs en chef. En gros, ce type s'attribuait tous les homicides non résolus des dix dernières années, mais c'était bien trop énorme pour lui. Dactyl n'était qu'un soldat de plus dans la non-guerre. Les flics se marraient devant les photos de ses victimes, la plupart découpées dans des clichés pris par d'autres. Les mortes avaient l'air bizarre, en train de faire la fête toutes seules, saisies sur le vif, floues, privées de contexte ou des amis qui les entouraient. Ce n'était pas de vraies photos; il est probable qu'aucune n'ait jamais existé. Les pauvres filles n'allaient pas à l'école ou au bal de promo; elles n'avaient pas le permis. Elles se contentaient de vivre leur vie dans une rue où personne ne regardait.

Je n'ai que dix-sept ans. Ça signifie que j'ai grandi dans une famille d'accueil et je suis vraiment déglinguée, parce que je ne sais pas faire la différence entre le bien et le mal. Je suis devenue une vampire après m'être faite baiser par ma famille d'accueil une fois de trop — juste, je me suis réveillée différente et j'ai su que je devais quitter la maison pour de bon. Maintenant, pour vivre je suce du sang. Je suce des bites pour du fric et des tickets pour des événements, des concerts et des virées en voiture, mais c'est une autre histoire. Cette histoire-ci raconte comment chaque soir je descends du wagon de marchandise dans lequel je dors le jour et sème le chaos dans une nouvelle ville. Je vole, je griffe, je suce. Je n'*assassine* pas. Il y a des tas d'autres genres de passagers à craindre dans ces trains de marchandises ; ces putain de tarés avec leurs bandanas trempés de pisse autour du cou, ceux-là vous baiseront !

Scrutant une clairière au milieu de la forêt depuis un amas de broussailles, la coque illuminée d'une supérette en contrebas, cinq visages blancs glacés aux joues et aux nez roses ; des haleines chaudes synchros. Attendant l'appel de leur chef, un grand type maigre qui bombait sa poitrine joliment concave à la manière d'un insecte ou d'une guêpe... Nos corps étaient vides, drainés ; nous n'étions qu'à moitié là. Attirés par la pompe à essence, on pourrait dire. Au signal, nous quittons les branches sèches et dévalons la colline. Nous fonçons dans le 7-Eleven, surprenant l'employé à l'intérieur, un gamin comme nous, pas plus vieux, pas plus malin — mais encore totalement humain, toujours 100 % vivant. Nous suçons son sang, ouais, mais pas avant d'avoir mis le bordel dans le coin café, d'avoir goûté des conserves de viande et de pêches, essayé des lunettes de soleil, nous être tripotés dans l'arrière-boutique... Le gamin perd connaissance à peu près au moment où on commence à se lasser de nos jouets. Seth donne le signal du départ, mais je me faufile à nouveau dans l'arrière-boutique, me penche jusqu'au sol à la recherche d'une piste qui me mènerait à ma petite chérie perdue, mon véritable amour, ma bien-aimée sœur Kim, disparue depuis maintenant quinze mois. Elle s'est enfuie loin de moi et de notre famille bidon. Pourtant, j'étais réelle, j'étais une vraie personne alors, là-bas, pour elle. Nous nous sommes maintenues mutuellement en vie durant ces interminables hivers... Avant de me précipiter dans la nuit, je cherche des marques, des signes gravés dans le plancher, des hiéroglyphes de hobos, peut-être, ou un lambeau de dentelle ou des mèches de ses longs cheveux bruns. Mais je ne trouve aucune trace, seulement de vieux bidons d'huile de moteur, des tabliers et une poignée de badges empilés dans un cendrier. Aucun des garçons ne comprend, peut-être parce que j'ai du mal à en parler et je finis toujours par ne pas dire grand-chose. À la place, je communique avec Seth (et certains autres hommes importants) par mon toucher et mes baisers.

J'ai essayé un manteau de fourrure dans une friperie et le robot flippant en costume trois pièces noir derrière le comptoir a dit, avec un accent allemand, qu'on doit porter de la fourrure parce qu'il faut montrer aux "bêtes" à qui on les a prises, "qui nous tueraient si elles le pouvaient", qu'on a la maîtrise des forces. Mais ce qui ne vous tue pas laisse des marques qu'on peut déchiffrer comme un livre. Je conserve l'histoire de ce qui m'est arrivé, là, dans ma chair. Ce voyage va m'aider à la démêler. On apprend à observer. Sur le trajet, j'espère retrouver ma sœur, mon véritable amour.

Contrairement à la plupart des enfants, j'ai rencontré ma famille à douze ans. Kim vivait déjà là, mais ne m'avait pas devancée de beaucoup. Le dîner, chez nous, se passait ainsi : salade verte, dispute, prière à l'heure du coucher... Ce n'est pas tant qu'elle s'est enfuie, un soir, elle est juste sortie comme on quitte son boulot à la fin de la journée.

Je suis partie pour la suivre. Elle n'allait pas s'en tirer si facilement.

J'avais toujours été élevée de façon à croire que la vérité était en moi. Et puis d'abord, qui m'a élevée ? Ce voyage était peut-être une manière de le découvrir. Ça peut sembler bizarre, mais j'ai toujours été consciente que je suis capable de faire quelque chose de grand de ma vie — s'y accrocher est toujours une source de motivation. On joue tous ce rôle les uns pour les autres.

Je me souviens avoir agrippé Kim par les épaules : *C'est qui ma famille ?* je lui crachais à la figure. *D'où je viens ?*

J'avais l'impression qu'un jour mes parents avaient été remplacés par des acteurs, ou j'avais peut-être fini par comprendre qu'ils étaient des acteurs depuis le début. J'avais le sentiment de n'avoir pas d'histoire, d'être sans origine. Je naissais à nouveau chaque nuit.

Mon copain m'a dit, quand je les ai quittés pour de bon lui et ma soi-disant famille : "J'espère que tu trouveras quelqu'un qui prendra ce visage entre ces mains et ne le lâchera jamais..." Bon, je ne l'ai pas encore trouvé et je ne suis pas sûre que ça arrive. J'avais été mordue et, au cours de la nuit, je m'étais transformée en une chose que je ne reconnaissais plus. L'envie irrépressible de tout le temps dormir est arrivée peu après. Je pensais avoir atteint le terme de ma vie et, en un sens, j'avais raison. De l'extérieur, je n'avais peut-être pas changé, mais à l'intérieur, j'étais un monstre. J'étais dans un lieu très lointain. En me regardant dans les yeux, on voyait bien que quelque chose clochait. Je n'étais pas là ; peut-être que j'étais *déjà* là. Alors je me suis entraînée à dire une chose et à en penser une autre. Je ne montrais mes mains à personne. Mon visage ne me trahissait qu'à moitié.

Maintenant, je demande à Seth la même chose. C'est qui ma famille ? Qui *sont* ces gens ?

Il m'a tirée par le bras, m'écartant brusquement du groupe : "Je croyais que tu avais compris que si tu voulais t'enfuir avec nous, tu ne devais pas créer de problème…"

Ça devait sembler bizarre pour un observateur extérieur : quatre guerriers maigrichons traînant une fille de dix-sept ans à l'air triste, les yeux rivés au sol. Je n'appartenais pas à leur armée, mais j'étais partie prenante de leur guerre. "Ce n'était pas dans le marché ! Si tu veux rester avec nous, continuait de dire Seth, si tu veux que je te protège, il faut que tu sois cool !" Alors je me suis tenue tranquille. Je suis restée aux côtés de Seth qui me nourrissait, me cajolait et me racontait des blagues. Je ne prononçais jamais un mot, mais tout le monde disait : Pourquoi tu ne souris pas, la môme ? Et demandait : Pourquoi tu as tout le temps l'air si triste ? La vérité, ils ne la sauraient jamais : je n'étais pas *réelle*. Je n'étais pas exactement telle que j'aurais dû être — de corps et d'esprit, j'entends.

Je m'en sortais, c'est sûr. Mais il y avait toujours un détail qui frappait les gens ; *hmmm* ils secouaient la tête en se détournant de moi. Je devais retrouver ma sœur. Elle seule pouvait m'aider à résoudre mon problème. Mais ça commençait à faire un bail. Elle pouvait mourir d'un jour à l'autre. Combien de temps une fille comme elle pouvait-elle survivre ici ? Exposée aux éléments nuit et jour, pieds et poings liés, prisonnière d'un mode de vie que sa propre prétendue "famille" (cette bande de hobos ados de crétins de sportifs immoraux dirigés par son petit ami Rick) lui avait imposé ? Ils se servaient d'elle. Et ça la tuait ; ça nous tuait toutes les deux — en ce sens, nous étions vraiment co-dépendantes. J'avais trois mois, maxi, avant que Kim ne s'écroule pour de bon. Elle chutait déjà, bien que lentement, au début. Je courais aussi vite que possible.

Elle avait quelque chose sur elle dont j'avais *sacrément besoin.*

Sur la route, étant l'unique fille, j'avais toujours droit à la part du lion pour ce qui était d'attirer les regards indésirables. Dieu seul sait comment s'en tirait Kim, sachant avec qui elle passait son temps. Bah, ça devait avoir l'air bizarre aussi, une fille triste et morose traînant avec son mec et ses copains... Seth était le chef de mon groupe au même titre que Rick était celui du sien. Mais Seth... quel taré ! Un Superpiaf névrosé. Il avait sa façon à lui d'être convainquant, avec cette salve verbale inarrêtable, ces syllabes qui s'échappaient de sa bouche d'un ton monocorde. Il avait presque vingt ans, comme tous les autres. Je n'arrive pas à me souvenir où on s'était rencontrés. Peut-être à l'école.

Je suis à peu près sûre d'être née à Arcata, en Californie. Je ne sais pas comment je suis devenue une enfant placée. Je demandais souvent à Seth : "Dis-moi où se trouve ma vraie famille !" Il se contentait de secouer la tête : "Tes parents sont morts quand tu étais un petit bébé." NON, C'EST FAUX ! je hurlais. Le truc, c'est que dans un rêve, ma mère m'a rendu visite sous les traits d'un ange, mon père m'a rendu visite sous les traits d'un ange — dans des versions opposées. J'aspirais la vie de l'un pendant que l'autre aspirait la mienne — mais nous reviendrons là-dessus bien *bien* plus tard. En attendant, parlons du commencement... J'ai éclaté de rire, "Du commencement ?" j'ai lancé dans le vide. Quelle saleté de mot arbitraire. Dispensons-nous d'emblée de toute terminologie erronée (imprécise) (illusoire) (trompeuse).

Mais il s'agit vraiment du commencement. J'ai vu ma première éviscération à dix kilomètres d'ici dans l'entrepôt d'une station-service Coburg. On pourrait dire que je "commence" à bien aimer la vie sur la route. Mais, bien sûr, à peine j'ai dit ça que je suis entrée dans les toilettes pour femmes d'une station Chevron en haut du Goodpasture Loop… Je venais juste de finir de me laver les cheveux dans le lavabo quand un *homme* s'est pointé. Une surprise, une possibilité avec laquelle mon esprit n'avait joué que huit mille fois. Et voilà. Je l'ai fixé à travers l'eau froide pendant ce qui m'a semblé une éternité… Paralysée par la peur, j'ai fermé les paupières pendant qu'il avalait la distance entre nous ; j'ai remarqué qu'il soufflait par le nez dans mon cou après avoir relevé mes cheveux mouillés en une queue de cheval serrée dans son poing. J'ai ouvert les yeux juste au moment où Seth apparaissait dans l'encadrement. Ce que je n'avais pas vu, c'était l'échange de regards quelques minutes plus tôt dans le rayon fruits secs de l'autre côté de la porte entre Seth et l'homme bien plus vieux mais guère plus grand que moi. J'ai toujours pensé que si deux personnes sont réglées sur la bonne fréquence, rien de plus n'est nécessaire. Ici, les mots ne feraient que rendre opaque la poésie de ce qui était sur le point d'advenir. Seuls une chorégraphie en équilibre instable et un certain désir déplacé emplissaient l'espace. Avec une grâce naturelle, l'homme a relevé ma jupe sur mes fesses tout en pressant ma tête vers le lavabo. Il était petit et je l'ai à peine senti.

De retour sur le parking, une furieuse tristesse m'a étouffée, chaque soupir apportant de nouvelles larmes. Après avoir fouillé dans mon sweat-shirt j'ai mâchouillé un morceau de bonbon la bouche pleine de mucosités tandis que les garçons poussaient des cris de joie en faisant semblant de se donner des coups de poing dans le ventre. Je perds leur trace. Dans ma tête, ils paraissent tous se fondre en un crétin de criminel ado mécanique. Je ne les cherche qu'avec une semi-tendresse, étant témoin de la marche de leurs vies pathétiques, surdéterminées. Les garçons sont un peu plus âgés que moi et sont livrés à eux-mêmes, loin de leurs familles, depuis longtemps ; légalement, ce sont des "hommes" alors que je ne suis qu'une gamine. Je n'arrive pas à m'imaginer autrement. Maintenant, je m'habitue à porter chaque jour les mêmes vêtements, à manger des bricoles trouvées par terre et à me laver les dents avec une bouteille d'eau du robinet dans le sable. J'ai accepté de ne montrer aucun signe de faiblesse.

Au dispensaire de Portland, une bande de punks Krishna suffisants a tenté de se bagarrer avec nous cet après-midi, arguant que notre façon de vivre est immorale et que nous répandons des maladies dans le monde entier, s'en prenant particulièrement à moi, m'accusant d'avoir l'air d'une "sale sorcière wiccan". Ils ont rajusté leurs écharpes et ont sifflé dans notre direction *Enfoirés de vagabonds.* Josh leur a balancé un verre de glaçons à la figure et on a crié : "On y va, ces salauds essaient de nous tuer" et on s'est engouffrés par la porte du fond pour réclamer nos médicaments. Ouais, on a parcouru la campagne, baisé dans les salles de pause de tout le Nord-Ouest Pacifique. On se précipite à l'intérieur, on barricade la porte, on tire un coup et on se tire. Le problème, c'est que ces branleurs de suceurs de sang avec qui je me trimballe sont de plus en plus nuls pour sauter dans les trains, au point que ce matin Knowles a trébuché et s'est cogné l'épaule au rebord, on l'a un peu égratigné en le hissant pour le faire passer par-dessus mais il aurait pu facile dégringoler sous ce foutu train et on l'aurait laissé là. Avant, être défoncés nous aidait à sauter dans les trains, même les modernes, maintenant il n'y a rien de plus drôle que d'observer cinq losers rachitiques essayer d'escalader un wagon allant à moins de trente à l'heure. Des hobos âgés — dont un vieux de la vieille du nom de Boom Box — nous ont appris quelques trucs, l'un étant d'avoir des baskets en bon état. Et aussi de ne pas manger les douze heures précédentes — pas de problème. Si ton copain est bourré, a pris un Quaalude, ce sera plus facile pour lui de te hisser dans le train si t'es une fille. Essayer de ne pas gonfler les autres hobos en criant, en se battant ou avec de la musique à la con. Les chiens doivent être tenus en laisse — "ou avec une corde-laisse". Filez une bière aux anciens qui sont dans le wagon. Être harcelés dans la rue par une bande d'enfoirés en pantalons Dockers merdiques, par des types coincés avec des couteaux planqués dans leur sacoche, des épingles à cravate coupantes comme des rasoirs etc. fait vraiment chier. Ils sont peut-être mortels, mais c'est sacrément sûr qu'ils ont une dent contre nous. Ils veulent qu'on disparaisse et ne s'arrêteront devant rien pour anéantir nos corps avec une vigueur inébranlable. Le reste de la société ne nous voit tout simplement pas, pour eux, on est une bande de foutus fantômes. Et ça aide.

Seth, Knowles, Josh, Murph et moi, on fumait des cigarettes devant un *diner* au cœur de la nuit moite à

Monmouth après avoir piqué à ce type complètement cuit trente dollars et des vitamines orange. Je commençais à percevoir au loin le bruit des mouettes, une multitude, leurs couinements onduleux grossissant jusqu'à ce que, levant la tête, j'arrive à distinguer les nuées vagues, floues, bien au-dessus de moi, émergeant de la vapeur, semblables à des mouchetures surgissant dans le noir, des centaines qui faisaient un tel raffut, y compris visuel, avec cette façon de voler boiteuse, l'air de chuter à moitié. J'étais certaine que quelque chose d'horrible s'était produit pour provoquer ça ; peut-être qu'une benne géante avait été dérangée à un ou deux kilomètres, derrière un Safeway, et un énorme vacarme avait perturbé les mouettes qui s'étaient éparpillées comme les particules de cendre d'un feu amoral. Pour parler d'autre chose, d'un point de vue historique, je suis devenue une vampire pour mon quatorzième anniversaire, il y a trois ans, un symptôme, ou peut-être une réaction à l'aggravation de ma situation à la maison. Kim était partie. Quand il n'y a que toi et ton amie au milieu des requins et qu'elle se barre, tu as envie de la suivre. J'ai commencé à me faufiler dehors chaque nuit pour sucer le sang d'hommes ; ma mère d'accueil ne se doutait de rien jusqu'à ce qu'un matin, je rentre en retard et la trouve en train de m'attendre. J'ai continué et j'ai fini par me faire prendre la bouche sur le cou d'un mec dans la salle de pause d'un Safeway. Après ça, elle a condamné la fenêtre avec une perceuse et des vis et m'a prévenue que si je recommençais, elle me renverrait. J'ai ôté les vis avec un tournevis, je suis ressortie, je me suis réveillée dans la voiture d'un homme marié, un type que j'avais rencontré dans une autre supérette, et il était six heures du mat. Je suis rentrée me coucher — et merde pour l'école. Plus tard ce jour-là, quand j'ai émergé à une heure de l'après-midi, la mère de ma famille d'accueil et un travailleur social étaient penchés au-dessus de moi. Elle m'a dit de faire mes bagages parce que je déménageais. Je suis devenue hystérique et j'ai pleuré non-stop. Le travailleur social a réagi en enfoiré et m'a conduite dans un cimetière sur la route d'Eugene. Il m'a dit que voir la tombe de ma sœur m'aiderait à me remettre les pieds sur terre. "Elle est vide", j'ai murmuré doucement, jusqu'à ce qu'il me laisse seule.

Quitter la ville est une bénédiction. Qui, à part moi, est mal en point ? J'ai l'impression d'être morte, mon corps est en piteux état, je vois que dalle, j'ai tellement faim. Je n'arrive pas à plier correctement les doigts et la pluie trempe de façon si flagrante ma peau exposée que ça me rend dingue. Une brusque obscurité humide tombe sur tout ce qui m'entoure. En dehors de l'allée suintante dans laquelle je suis sûre que le corps de Kim a été balancé — ou plutôt a jailli dans un conduit de vapeur provenant d'une porte de l'Enfer — d'autres lieux et sites surgissent devant moi à différentes étapes du voyage. Je peux accomplir ça à volonté : je lève nonchalamment les yeux sur le paysage qui défile et un carré d'herbe sous un chêne brisé va palpiter et briller, une puanteur tragique se répandre à l'endroit où une fugueuse a été enterrée et retrouvée des mois plus tard. Demain, je vais marcher le long de la voie ferrée au coucher du soleil et tomber sur un piquet doré planté à l'emplacement exact où une vagabonde de treize ans a été étranglée et balancée à l'arrière d'un pick-up. Parfois, ce don merdique d'extralucidité est une malédiction, les récepteurs de mon cerveau souffrent de ce curieux savoir prédictif selon lequel ma sœur est morte dans les toilettes d'une gare routière à quatre cent cinquante kilomètres, dans l'Idaho, "hypothèse la plus probable". Si je pouvais reconnaître la voix au pied de l'urinoir, je pourrais être sûre que c'est vraiment elle. Les lumières des néons feraient quelque chose d'étrange et permanent à mon cerveau et, à ce moment-là, un bruyant tintement proviendrait d'un endroit au loin et me frapperait d'une horreur indélébile. Bon, sans ça, je continue à fuir. J'ai commencé à prendre des amphets pour rester éveillée en permanence — merde pour le sommeil et son festival de tristesse — *cette foire aux rêves*, j'ai dit. Les comprimés me faisaient me sentir sauvage et exotique, comme si je pouvais me consumer en une jouissance irrationnelle à tout moment. Il y avait aussi des raisons logistiques. Je pouvais travailler plus longtemps et de façon plus efficace sous excitant, j'étais donc plus rentable. Lorsque je sentais une dépression merdique me tomber dessus quand la dose quotidienne ne faisait plus effet, je rampais dans le wagon, tirais une toile de jute sur ma carcasse et sombrais dans une horrible transe. Les vrais rêves me font peur; les anti-rêves sont une perception de la réalité amplifiée, une transe télépathique et, malheureusement, la conséquence de mon amnésie, de tant de cellules mortes s'éloignant en flottant à chacune de mes respirations dilatées, laborieuses. *Fais tout disparaître*, j'ai pensé un instant; tu pourrais planter une aiguille dans ce mur et le gorger d'eau jusqu'à ce que, se brisant en deux, il se dissolve et s'écoule comme de la boue et de la vase sur le sol, le long du versant d'une colline, dans un ruisseau rempli de pépites de béton. La vase se collerait à chaque surface dure et froide et rendrait les pierres plus grosses, plus dangereuses et marbrées. Attrapez-en une et jetez-la-moi. Il n'y a guère pire que les ruisseaux et les lits de ruisseaux. Il y a les lettres à envoyer. Les pierres à jeter par les fenêtres.

Pratiques entièrement satisfaisantes.

Pines engorgées suintantes.

Procédés engagés secrètement.

Pouvoir érotique supporté.

Parasites encerclés soudain.

Pulvérisation énergétique suffisante.

Prévenir érection saturation.

Passage endorphine surtension.

Patriarche extatique : speed.

Plastique et scories.

Parents embaumés sévères.

Procédure épidémie séduction.

Possible évasion soutenable.

Propriétés extrêmement sécrétives.

Précipiter épisode sédatif.

Pourrissement empire supprimer.

Préservation espèces suspendre…

Knowles, Seth et Josh étaient au milieu des pommes de terre et des oignons, dans le rayon fruits et légumes du Safeway, en train de boire de la bière glacée. Il n'y avait quasiment pas de clients parce qu'il était quatre heures moins le quart du matin. Et puis ce gamin maigre et rouquin, Murph, avec un saule tatoué le long du bras droit, est arrivé, donnant l'impression de vouloir piquer des fruits. Ils lui ont filé une bière. Probablement juste un enfant-loup solitaire qui avait dû quitter sa bande attitrée, mais on n'était pas sûr, il avait seulement l'air un peu cinglé, comme ces militants végans qui fument clope sur clope. J'étais entre les caisses 3 et 4 et feuilletais le dernier numéro de *Us* quand Murphy s'est pointé, a braqué ses deux yeux noirs obstinés sur moi et m'a lentement marché sur le pied jusqu'à ce que je lève les yeux. Vous croyez qu'il m'aimait bien ? Un peu jeune, peut-être, mais les hobos ados s'en foutent. Cinq pages de "Les stars sont exactement comme nous" plus tard, j'ai franchi les portes en caoutchouc de la réserve du magasin avec notre nouvel ami sur mon dos et on a bu un café et constitué un *ménage à trois* (on s'est juste embrassés) avec Seth dans la salle de pause tapissée de documents de l'État fédéral et de celui de l'Oregon stipulant les "droits et devoirs des salariés" et de dessins grossiers affichant ce que je devinais être le nom des employés et des flèches pointant vers certaines parties des corps enchevêtrés. Murph a promis de quitter sur le champ son non-boulot pour s'enfuir avec nous, les barjots. Seth s'est assuré de faire de Murph un des nôtres, un vampire, un enfoiré de vagabond. Murph a été un peu contrarié, mais il n'avait vraiment pas le choix, maintenant il doit rester avec nous pour toujours.

L'après-midi suivant, assise devant un Taco Bell à Eugene, j'observais de petits oiseaux marron prendre d'assaut une boîte de conserve de nouilles chinoises écrasée. Ils picoraient sans relâche, à minuscules coups de bec qui faisaient tressauter la boîte sur la chaussée. Ils se sont avancés vers moi, me jetant des regards en coin saccadés et attentifs. "Regarde, il y en a un qui vient de s'envoler avec une nouille !" "C'est pareil que les vrais oiseaux dans la nature qui tirent un ver d'un trou dès le matin — comment ceux-là savent que c'est pas un ver ?" Knowles et Josh, prétendus "amoureux" qui ne mangeaient qu'avec des couteaux, attendaient depuis maintenant une semaine devant un Big Creek Lumber, connu pour être un endroit où l'on venait ramasser des journaliers, mais ils avaient eu que dalle comme boulot — probablement parce que les entrepreneurs bourrus et leurs camions blancs ne pensaient pas que deux gamins blancs émaciés en jean serré puant et Doc Martens pourraient faire plus que rester plantés là, l'air malade. Mais ce matin, ils sont revenus au camp avec des bleus et des égratignures sanguinolentes et nous ont raconté qu'un connard de taré les avaient embarqués pour travailler à un mur de soutènement en béton sur une grande maison dans les bois. Ils sont montés à l'arrière de son énorme pick-up, mais en arrivant, pas de chantier, pas de mur, seulement un entrepôt glauque près de l'autoroute. Le type leur a fait très clairement comprendre qu'ils allaient baiser avec lui — pas pour très cher non plus, genre dix-huit dollars chacun et ils ont flippé parce qu'ils ne font pas ce genre de truc — baiser pour de l'argent — alors ils ont essayé de se débattre pour se barrer du camion mais le gars a fait claquer une corde à sauter, une avec de grosses poignées, et il a commencé à cogner sur Josh et Knowles. Ils étaient plutôt mal en point, mais ils ont réussi à s'enfuir après que Josh a balancé une poignée de gravier à la figure du mec.

Il y avait de toute évidence un truc chez Seth qui attirait les hommes ; ironiquement, son côté parano le rendait encore plus séduisant. Il avait des tatouages de cirque sur une grande partie des bras, des personnages qui avaient l'air atteints de la variole, maladifs lorsque ses taches de rousseur ressortaient. J'imagine qu'il avait connu la vie du cirque, faite de larmes et de bleus, alors ce n'était pas anodin, et il avait une façon spéciale de me soulever quand on baisait. Comme un tigre à dents de sabre, il me labourait les poumons pour que je ne puisse pas crier son nom ou raconter des histoires sur lui à ses ennemis. Il a laissé une piqûre d'épingle sur mon âme qui depuis me lance ; elle ne se refermera jamais complètement. Fuir avec une poignée de ses amis était bizarre et compliqué. Parfois, je me réveillais à moitié au milieu de la matinée et je devais faire un effort pour essayer de replacer l'homme qui était dans mon lit — lequel était-ce ? *Je préférais que ce soit lequel ?* Cet instant d'oubli, c'est arrivé plusieurs fois, et ça me désorientait — sans mentionner la culpabilité à son max. À l'époque de notre mobile home à Eugene, souvent, le matin, quand je rentrais, je trouvais Seth assis à une table pliante, écoutant bêtement des cassettes sur un petit magnéto qu'il avait pris dans notre chambre, cassette single après cassette single... Il était déterminé à devoir travailler dans une coopérative / communauté pour gagner de l'argent. Le mode de vie de ceux qui habitaient là, fait de mendicité, était assez communiste. Ils partageaient tout : les pièces qu'ils ramassaient sur les trottoirs, la maison, les merdes récupérées par terre, la nourriture, la bière et tout ce qu'on leur refilait. C'était une bande de squatters plutôt sympa. Des groupes jouaient fréquemment dans la maison et l'habituelle littérature anarcho-syndicaliste circulait dans l'entrée et, sur le patio à l'arrière, des divans humides étaient alignés, des bols de haricots à moitié mangés débordaient de mégots de cigarettes. J'étais assise sur l'estrade basse recouverte de moquette dans la cour et je regardais le groupe qui, à cet instant-là, avait un son ridiculement brouillon et sauvage ; le chanteur, en minuscule short en jean et boots, tombait régulièrement à genoux en une adoration respectueuse devant l'autel de la destruction, se contorsionnant, faisant voler des panaches de poussière et de feuilles, agrippant les mollets d'un type et chantant dans son entrejambe. Il s'est levé et a pissé trois gouttes dans son short et une traînée de poussière s'y est collée quand il s'est à nouveau jeté à terre. Pendant la quatrième chanson, il a vomi sur son micro et fait jaillir de la bile sur le public face à lui. En me promenant dans la propriété, je suis tombée sur une dépendance où une partie de bécotage se terminait dans la gêne. Des flaques de bière trempaient mes pieds, me poussant à m'enfuir encore plus vite tandis que du rock joué à une vitesse de dingue passait sur un magnéto cassette dans un coin. Sur le trajet de la cuisine, j'ai glissé la tête derrière de lourds rideaux noirs. Là, j'ai trouvé

Seth avec deux autres types et une fille, bien installés à l'écart des autres. J'en ai déduit qu'ils appartenaient à une espèce rare de yuppies punks, étendus de façon décadente sur de longs meubles bas. La fille portait une robe saumon extensible, peut-être un col roulé trop grand, et elle me photographiait à intervalles réguliers sans explication, tenant nonchalamment l'appareil à des angles bizarres, soupirant quand le flash refusait de se déclencher. J'étais gauchement perchée sur un tabouret au milieu de la pièce, la seule place libre, pendant que Seth roulait des cigarettes avec les autres mecs. Un 45 tours de bluegrass préhistorique tournait sur l'électrophone à côté de la porte, le mort chantait *"a gigolo is the only way to go-o"*. Le disque craquait et sautait, sonnait comme un sandwich au beurre de cacahuète qu'on ouvre lentement. Ils nous ont laissé dormir dans un camping-car sur la propriété et je me suis réveillée seule dans l'après-midi, une odeur de brûlé suave de haricots cramés flottant par la fenêtre. Un anar excentrique avait fait réchauffer un truc sur le feu de camp à côté du véhicule et l'avait oublié assez longtemps pour que la boîte de haricots soit réduite à une brique solide et sèche sur le feu. D'assez loin, j'ai jeté des poignées de terre sur les braises jusqu'à ce qu'il s'éteigne, puis j'ai marché des heures à travers la ville et, arrivée à la gare de triage, je me suis cachée dans les buissons. Quand la nuit est tombée, je me suis aperçue que j'étais allée ailleurs, un endroit plus pourri et à l'odeur de rouille et je me suis réveillée pour de bon vers quatre heures du matin. J'étais sur un *waterbed* dans un genre de lit en alcôve et, d'après mes premiers calculs, on était plus d'un là-dedans. Quelques-uns. Je me souviens que les autres se sont réveillés et m'ont entourée. J'aspirais l'oreiller et des cheveux et je n'arrivais pas à vraiment me réveiller. Je me rappelle avoir fait des tas de trucs, comme, disons, griffer un type qui essayait de m'embrasser. Un autre m'a dit que j'avais deux choix : un, je vais te manger ; ou deux, je vais te couper les bras et les jambes — *par Amour!* Quand ça a été terminé, j'ai eu de l'argent, je l'ai pris ? Pas sûre. J'ai été payée, en tout cas. J'ai quitté ce putain d'endroit et je suis retournée au camp. *Enveloppe les os dans du papier journal et mets les paquets dans un sac plastique noir.* Les sujets qui occupent mon esprit dans ces moments où la folie des amphets s'estompe et que la fureur de sucer du sang émerge d'une fissure dans ma psyché adolescente fracturée : un, mes obsessions pornographiques, souvenirs, anarchie, réflexions sur l'incapacité des hommes qui m'entourent à renoncer à leurs revendications sur mon corps. Deux, comment t'accommoder de ce que tu fais : vivre en sachant que ton corps ne vieillira jamais, mais en tant que vampire, tu ne meurs pas et en même temps, tu meurs tout le temps. *Balance-le.* Ça préserve le corps adolescent, parfois un peu décalé — c'est le regard vague ? Les membres vidés, lourds, le noyau fécond ? Les os liquides ? Ton cerveau reptilien ? Instinct de retour, copulation, agression, défense du corps, du territoire ? *Les cendres, le vent et le gel ont irrité et rendu rugueuse la peau adolescente. Malingres et souffrant de malnutrition chronique, ils semblent se nourrir presque exclusivement de leurs ongles, qu'ils rongent sans arrêt.* C'est quelque chose d'avoir dix-sept ans et d'être immortelle, comme si on souhaitait se transformer en être magique et qu'en se réveillant, on se regarde dans le miroir et on constate que ça s'est produit. Parce que tu vois que dalle et que tu sais que c'est arrivé, tu te métamorphoses en vampire. Alors un jour, mon cerveau reptilien s'est dit : "Je pourrais raconter cette putain d'histoire."

La nuit est marron, *l'heure marron*, le jour est orange, *l'heure orange*, puis rose, *l'heure rose*. Voyager clandestinement dans des wagons, ou de vraies voitures, provoque de nombreuses frictions — au sein des passagers — et la forte brise sentant l'air conditionné fécond et les sachets de chips fraîchement éclatés est presque médicinale. L'utilisation des services et des stands des supérettes induit un certain comportement. Le *peuple* des supérettes le comprend, ce comportement apporté par une vague d'air rose, puis marron, les carillons de la porte qui résonnent éternellement chaque fois que les pas d'un initié franchissent un seuil d'une transaction à une autre. Le peuple des supérettes exige un service rapide et bon marché ainsi qu'un accès à la boîte de petite monnaie à la caisse[1] si nécessaire. Leur vocation exige de vendre son corps à l'heure marron et son âme à l'heure rose. Ces deux choses requièrent de l'énergie et c'est là qu'intervient le sang. La transfusion de sang du cou aux dents puis à la gorge s'apparente à la transfusion de l'essence de l'érection à l'obturateur buccal et à la gorge. Ils ont besoin des deux pour survivre, le caractère utile de chacun ne le devenant qu'après le départ du lieu de transfusion, et une mobilité complète et absolue est assurée à perpétuité... On se faufile dans un Flying J face à une plantation d'amandiers. Je disparais dans les toilettes pour femmes au bout d'un long couloir gris après avoir écarté une serpillière et un seau pour ouvrir la porte. Une fois à l'intérieur, j'éteins la lumière et dirige le sèche-mains vers mon visage pour que mes vieilles larmes durcissent sur ma peau, se collent à leur place légitime autour de mes

[1] Les épiceries américaines laissent souvent une boîte de petite monnaie sur le comptoir. (*Toutes les notes sont de la traductrice*)

paupières. Je distingue à peine mon reflet dans le miroir — la clarté provenant d'un réverbère, dehors, modèle mes traits dans la pièce assombrie par la nuit marron. Dans la glace, j'ai l'air détachée du monde et ma voix sort basse et désincarnée. Je parle ainsi pendant Dieu sait combien de temps jusqu'à ce que ça s'échappe : "Marie la Sanglante — ressuscite ma sœur de sang d'entre les morts, ma sœur qui pourrit sous terre, pas dessus comme moi." De façon comique, le sèche-mains s'éteint et je peux lentement entrer dans le cadre du miroir, au-delà du voile gris et flou, et je fixe mon propre sourire fracturé depuis l'outre-tombe. À l'extérieur, dans l'aube perpétuellement radioactive du 7-Eleven, je me prépare un grand café de 75 centilitres que je verse de la cafetière la plus pleine, laissant un centimètre en haut pour deux doses de lait de noisette. Je le touille avec deux pailles rouges que je jette ensuite. Couvercle bleu, deux serviettes dans la poche de mon tablier pour les débordements dont une est déjà nécessaire pour essuyer les gouttes de condensation brûlantes qui se sont accumulées au bord du gobelet et sont tombées sur la palmure entre le pouce et l'index. *Je suis un loup affamé ! Je bondis sur tes globes oculaires, j'infecte tes entrailles en horrifiant tes yeux exorbités, je libère dans ton cerveau des produits chimiques qui déclenchent un soudain délabrement.* Je cherche une proie dans la nuit sans fin, le brouillard enveloppe mes couteaux, mes secrets d'un linceul. Je vais fouiller ton âme — ne me laisse pas faire ! *Ne me laisse pas t'approcher, je vais te mordre, te déchiqueter. Je veux te manger !* Lorsqu'ils anti-dorment dans un wagon, les Putes d'Ados Hobos Accros Vampires échangent des stimuli neuronaux avec leurs semblables. J'ai découvert que ça provoquait des érections dans les cerveaux masculins et des pleurs incontrôlables dans les cerveaux féminins. Je dors, maintenant. Dans chaque fissure de mes synapses, un petit fil de feutre pousse et se répand sur mon corps jusqu'à me recouvrir d'une toile d'araignée poussiéreuse. Ce linceul me dissimule et m'emprisonne dans un scénario d'autoannihilation. Chaque fil s'enroule encore plus serré autour de moi, jusqu'à ce que je suffoque de mon addiction à la PES, la Perception Extra-Sensorielle, prisonnière de mon insatiable désir de défaire les hommes par le pouvoir de l'esprit télékinésique !

“Le soleil s'est couché.

— Hé, viens ici m'aider à soulever la trappe de notre crypte télépathique.

— Allons au Safeway, j'en ai vu un à la dernière sortie ; j'ai envie de jus de raisin.”

J'erre dans l'allée autour du supermarché à la recherche d'un nouveau carton pour toutes mes affaires. Soudain, je m'aperçois que je ne peux plus avancer, qu'un sale truc va m'arriver si je tourne au coin. J'appuie mes paumes sur le flanc du bâtiment ; je retiens ma respiration qui semble m'avoir été ôtée. Une douleur aiguë résonne de l'intérieur dans mes rotules. Un frisson parcourt mon cerveau et glace tout mon corps. Je scrute l'ombre dessinée par le chevauchement du mur de parpaings et des éclairages orange. Je vois une forme. Suis-je censée être ici pour trouver des preuves ? Pour témoigner ? Pour tracer la voie ? Où ai-je laissé mon âme cette nuit-là ? Dans un carton derrière un Safeway à Spokane. Que signifie un emballement soudain du pouls ? Et un vacillement des synapses ? Est-ce que quelqu'un essaie de nous joindre par télépathie ? Elle s'appelait Kim ; je ressentais *quelque chose* pour Kim, mais d'une façon indescriptible qui ne ressemblait à rien d'autre. Elle paraissait être moins douée que tout le monde dans à peu près tous les domaines : l'intelligence, les travaux manuels, elle ne savait pas se battre, elle ne savait que réchauffer des Hot Pockets au micro-ondes… Pourquoi elle alors ? On pourrait dire que beaucoup de désir et de curiosité l'entouraient. Et je n'arrivais jamais à saisir ce qui m'attirait ; elle filait entre mes doigts. Elle était plus morte que le reste d'entre nous, la *plus morte*. Ses cheveux glissaient comme des rais de lumière entre mes doigts. Dans le reflet de ses yeux, je voyais mon cœur, qui éclatait. J'ai grandi près de son corps, j'ai atteint la puberté dans une série de battements de cœur quand elle prononçait les syllabes de mon nom. Je me suis retrouvée la main coincée dans le pli entre son torse et sa hanche. Il n'y avait personne, c'était un dimanche matin il y a trois ans et notre famille d'accueil était à l'église. Je m'étais endormie à côté d'elle le soir précédent ; ces nuits-là, on partageait notre lit parce que c'était le mieux pour dormir profondément près d'un corps qui poussait de faibles gémissements et ronronnait comme un moteur feutré, répandant des gardénias sur mon visage. J'ai effleuré ses cheveux sur mon oreiller, passé ma main sur son épaule et sur le petit bourrelet de graisse derrière ses seins, sous la pliure de son bras, sous les couvertures où sa chair était chaude après la lente brûlure de la nuit, jusqu'à ce que ma main trouve la triste vallée entre ses jambes, entre tout, et je m'y suis attardée et elle s'est réveillée sous cette insistance et elle s'est approchée de ma bouche et nous nous sommes embrassées pour la première fois, outrageusement indolentes à cause du manque / excès de sommeil, deux visages bouffis s'inspectant à la recherche de la source de ce gonflement. Des marques irréversibles, indélébiles ont été faites dans la chair vierge. C'est aussi l'été où je crois que certains de nos souvenirs et de nos expériences ont été échangés, nos âmes se transférant dans les baisers.

C'est à ce moment-là que j'ai commencé à me demander si certaines de mes pensées pouvaient ne pas être vraiment les miennes mais celles de Kim.

Maintenant, si je cesse de m'arrêter sur des pensées précises et d'utiliser mes yeux pour regarder des trucs, il peut m'arriver de la voir en train de fumer toute la journée sur une petite plage lugubre de Merrill Lake. À plat ventre sur le sable. De prendre le bus pour le centre commercial et roder dans le *food court* désert durant les heures creuses en début d'après-midi. De dormir dans un bureau de prêt hypothécaire vide, fermé pour cause de rénovation. De fuir avec une tribu de jeunes hobos, forces rebelles possédant quelques dents et des mouchoirs sur des bâtons, occupant les palais éventrés de l'ancien régime ; certains sont gentils avec elle, d'autres agissent mal, d'autres encore lui font de drôles de trucs imprégnés de bière dans le placard de l'agent d'entretien. Il n'y a pas de milieu. Mais pour les gangs de pseudo-racailles mystiques, il n'y a pas non plus de jour et les après-midis meurent avec votre capacité à comprendre les gens normaux et, ensuite, ils vous baisent dans les grandes largeurs. Et nous, les Gens de la Nuit ? Comment définissez-vous ce qui arrive à l'humanité lorsque le soleil se couche ? La tombée de la nuit dans les banlieues du Nord-Ouest Pacifique amène une population plus bizarre, plus droguée — ne serait-ce que parce que les exclus deviennent fous d'avoir été abandonnés.

La source du traumatisme est toujours hors des villes : arbres, mousse, pierres, fougères — ils sont tous impliqués. Les tempêtes naissent toujours dans les bois et se déplacent là où se trouvent les gens. Seuls les parkings sont vraiment sûrs, tout le reste sera rasé. Les gens partiront, iront dans un endroit plus utile. Alors il n'y a plus que les parkings. Le monde commence avec les parkings.

J'ai habité dans une caravane au milieu des bois, un bon moment, je crois. Quand je créchais là, je n'arrêtais pas de penser que j'irais faire un tour en vélo et qu'elle disparaîtrait, il n'y aurait plus qu'un carré mort dans l'herbe là où elle était autrefois amarrée. J'y vivais avec Seth et un jour, c'est arrivé, j'ai pris le virage avec mon vélo et la caravane avait disparu. Un type est sorti de derrière un arbre avec une clé à molette et m'a dit de filer; puis il a commencé à me poursuivre. Je suis partie, j'ai marché jusqu'à m'écrouler. Tout ce dont je me souviens c'est de m'être réveillée dans un lit inconnu, ou un canapé coincé dans un angle et il y avait une odeur de café brûlant sur une gazinière — la flamme du gaz était la seule lumière en dehors du soleil levant qui teintait de bleu les arbres couchés dans le brouillard. Je me sentais petite, des grains acérés de sable ou de gravier qui bougeaient entre moi et les coussins du canapé. J'ai entendu un homme se réveiller puis ramper sur moi... Plus important, je me souviens avoir grandi dans le système de placement en famille d'accueil du comté, bien avant tout ça. Des prostituées mineures en réinsertion arrivaient chez nous chaque semaine. J'ai été surprise quand mon “beau-père” a été inculpé pour ce meurtre. Vol à main armée d'un camionneur garé sur le bas-côté de l'autoroute. Plus tard, l'homme est mort de ses blessures. Les flics ont remonté la piste de la camelote volée jusqu'à une maison que mon beau-père utilisait pour planquer de la drogue et du matériel hi-fi. Il y a eu un article sur lui dans le journal quand il a été arrêté, des saloperies ont commencé à sortir sur une famille secrète, des gamins qui se débrouillaient tout seuls en Idaho. Le dernier jour du procès, les flics ont décrété qu'il était recherché pour un incident en octobre dans les foyers d'hébergement pour enfants d'Idaho Falls. Il y a eu une douzaine de rires nerveux chez les travailleurs sociaux, ils nous ont entourés pour dire merci au revoir. Ils ont interrogé une fille d'Idaho Falls qui ne savait pas bien lire et portait un fœtus de huit mois et demi dans son ventre. On était au courant du meurtre dans les grandes lignes, mais le témoignage de la fille nous a plongés dans la confusion. Au bout d'un moment, les deux parents étaient partis et c'était comme si on gérait nos propres vies dans ce repaire qui ressemblait à un pot-pourri criard. Au lit, on se tapait dessus avec une fourchette et une cuillère en bois immenses arrachées au mur de la cuisine. Le lundi soir, on avait trouvé le moyen de s'attaquer au bourbon.

J'ai attrapé le nouveau *People* à la caisse d'un 7-Eleven pour le feuilleter, en prenant soin de passer les sept ou huit premières pages — suffisamment pour éviter les publicités du début, mais pas trop pour ne pas rater les photos prises sur le vif de gens célèbres et finir avec la section des histoires vécues. Quand une dame m'a jeté un regard noir, j'ai fourré le magazine dans le présentoir et j'ai été me chercher un hot-dog sur lequel j'ai tassé une montagne d'oignon. Seth, Josh, Murph et Knowles essayaient de convaincre un employé de les laisser boire le vieux café froid dans un seau blanc posé par terre ; parce que ce sont des enfoirés de radins. Ils ont fini par obtenir l'autorisation de prendre des verres en polystyrène et de les remplir et ils s'en sont servis genre quatre chacun qu'ils ont réchauffés dans le micro-ondes dégueulasse. *Prêt pour le café à l'eau de nitrate et au burrito étuvé ?* Certains d'entre nous se sont écartés de la douzaine de gamins des environs qui suivaient leur exemple, sans autre raison que d'emmerder quelques personnes du coin. J'avais un sac en toile de linge sale alors on est allés à ce lavomatique qui sentait l'eau de javel. Ça plus la chaleur et rien que le volume sonore donnaient l'impression que l'endroit allait carrément exploser. La fine couche de poussière de lessive sur toutes les surfaces a horriblement crissé lorsque j'ai éraflé le couvercle émaillé d'une machine à laver. Je la remplissais de guenilles quand Knowles est arrivé et m'a dit que le type était là avec notre truc. "Va voir Seth, alors, je sais pas…", je lui ai dit. J'imagine que lui et le mec sont allés dans les toilettes parce que je ne l'ai pas vu pendant un moment et je me disais que ça prendrait un temps fou de forcer l'entrée de ces toilettes fermées à double tour, de toute façon. Knowles en est sorti aussi rutilant qu'un putain de robot jouet — draguant toutes les nanas de l'endroit avec son sourire vulgaire. Je me suis assise sur le bord blanc d'un trottoir dans le parking et j'ai coupé ma frange avec une minuscule paire de ciseaux à couture rouillée en plissant les yeux dans le miroir d'un poudrier rouge. Les amphétamines, c'est notre truc, m'a avertie Knowles en s'asseyant. Il m'a expliqué que "remonté à bloc et marchant dans le centre-ville, perdu et excité", il se donnait un coup de pied dans les tibias chaque fois qu'il commençait à penser au sexe et que quand il était dans un chouette endroit pour voyager, sous ces nouveaux wagons modernes, il tendait la main aussi près que possible du sol sans se la broyer sur les rails. Au coin de la gare Greyhound, j'ai rencontré un homme portant un coupe-vent vert. On s'est faufilés dans les toilettes les plus proches. Mes lèvres ont effleuré sa joue ; sa peau froide avait goût de vent.

Ne jamais vieillir ! En tant que vampire, tu es un mort-vivant, en tant que fille sexy, tu meurs tout le temps. Avec ce corps adolescent préservé, il y a juste un truc un peu décalé — est-ce le regard vague ? Les membres vidés, lourds, le noyau fécond ? Les os liquides ? Les cendres, le vent et le gel ont irrité et rendu rugueuse la peau adolescente. Malingre et souffrant de malnutrition chronique, je me nourris presque exclusivement de mes ongles, que je ronge sans arrêt. Dans ma tête, quand je ne suis ni dans les vapes ni éveillée mais dans un accès d'horreur psychédélique après que le Robitussin a cessé de faire effet, moi, comme mes frères du wagon de marchandises, je dois me pieuter un peu l'après-midi — dormir, dans un sens, mais c'est plutôt anti-rêver — une atroce visite guidée des entrées de service de mon cerveau.

Ce que j'ai fait !

Je voyais tout, mais de trop loin pour pouvoir y faire quoi que ce soit. Il y avait probablement le versant d'une colline au-dessus du lit d'un ruisseau près de l'endroit où on batifolait. Quand il y avait du vent, le bruit des feuilles sur les rochers étouffait le son d'un corps qui chutait. Il y avait un paquet, un cadavre enveloppé. Lorsque ce paquet sera défait, on découvrira qu'il s'agit des restes d'une fille de vingt ans, sa gorge tendue déchirée, ouverte en deux par de minces morsures blanches. Plus bas, son sein droit est coupé, car durant cette partie de la cérémonie une incision est pratiquée pour éclairer un point de l'histoire. Si on suit le tracé suggéré par sa cage thoracique, il mène à une rainure abrupte à la base du coccyx, un élargissement ciselé dans le rectum où l'on a titillé l'anus, un élément du scénario de séduction qui, on le saura plus tard, a été capturé sur une bande VHS par l'agresseur. Celle-ci sera choisie au milieu d'un sac de cassettes et visionnée, sa mort secrète formant une couche magnétique sur la bande qui, à son tour, restera comme un résidu cathartique que chacun pourra voir (on ne peut s'attendre à ce que quelqu'un subisse à la fois une naissance et une mort secrète.) Il y a également une partie de la cérémonie où un homme soulève les deux jambes d'une femme et concentre un énorme potentiel érotique à l'endroit où ces membres se sont écartés sous la persuasion, et lui aussi viendra à bout d'un invraisemblable orgasme qui le consumera, clignant et déclignant alternativement des yeux, comme s'il n'arrivait pas à y croire. Elle l'embrassera alors à pleine bouche, laissant tomber ses lèvres haletantes sur les siennes, aspirant sa salive vers un endroit étrange et merveilleux de son cerveau en même temps que ses pensées, son être, un transfert de fluide qui n'a pas plus de matérialité qu'un baiser. C'est ainsi qu'elle peut le connaître, le garder à l'intérieur d'elle, être au courant de ses pensées, rêver ses rêves à sa place ; par un pouvoir abstrait, habiter son être de cette façon — sans pénétrer son noyau, mais en l'introduisant en elle pour qu'il devienne son noyau à elle. Toute sa vie, elle a amassé des noyaux à l'intérieur de son corps, en introduire un nouveau ne devrait pas être une tâche ardue, et ce ne serait sûrement pas le dernier. Je le sais parce que j'étais là. C'est par ces transferts que j'en suis venue à connaître la fille sur la bande. J'ai embrassé l'écran et ainsi eu accès à son esprit et j'ai vécu à l'intérieur pendant un an comme de la buée.

KIM S'EST LAVÉ LES CHEVEUX DANS LE RUISSEAU, quelque part au milieu de la forêt, sous un four à chaux abandonné. Elle a pataugé dans un creux peu profond jusqu'à un large courant froid et s'est agenouillée sur une pierre noire luisante. À l'aide d'un mug fendillé, elle a fait couler de l'eau glacée sur sa chevelure. Elle a versé une goutte de liquide vaisselle dans sa main et a transformé le gel en mousse piquante. Elle a répandu plusieurs tasses d'eau du ruisseau sur sa tête courbée. Elle a baillé parce qu'elle était fatiguée et des courants violents se sont accumulés autour de sa bouche béante. Le chien qui gardait un chantier près de là où je dormais était capable d'absorber l'énergie des fantômes environnants. Il aboyait comme si c'était insupportable et je sais, je sais, le chien. Je m'étouffais dans l'air poussiéreux et j'ai sombré dans un sommeil agité et fiévreux.

J'ai rêvé que je me réveillais brusquement et me retrouvais dans un abri délabré par les intempéries sur la plage, visiblement construit de façon artisanale — je ne savais pas trop durant quel siècle. Seth apparaissait dans l'encadrement de la porte. Il transportait avec précaution un petit objet dans ses mains. “Tu dormais. Je t'ai trouvée et je t'ai amenée ici. Je me suis dit qu'au réveil tu verrais le monde avec d'autres yeux… Je suis désolé de t'avoir réveillée mais je voulais que tu voies ce qui s'est passé, ce que j'ai fait pour toi… Je voulais que tu voies ce qu'on a fabriqué." Il m'a tendu un minuscule masque rose. "Tout le temps que tu dormais. Il n'y avait personne d'autre dans le coin. Je n'aurais laissé personne approcher. Et un jour c'est apparu, c'est arrivé comme ça. C'est sorti de toi, de ton corps. Tu vois ? C'est ton image, combinée." Je regardais et voyais mes traits projetés en coordonnées dans la délicate cire rose. Je ne voulais pas savoir où il l'avait trouvé. Je le repoussais. "Tu ne comprends pas ? On l'a fabriqué. C'est à nous." Je toussais et enfouissais mon visage dans mon épaule. Il avait l'air franchement anéanti. La vérité, c'est que je ne reconnaissais pas ce foutu truc. Si j'avais dormi tout le temps et qu'il était arrivé comme ça, je ne pouvais pas être sûre qu'il était à moi. Je mâchouillais dans le vide : "Je m'en vais."

Josh et Knowles se sont trouvé des copines en ville, des nanas rockab' de seize ans en vieux Teddy puants, jeans serrés et creepers qui partageaient un lit dans leur appartement avec un jeune chat, miniaturisé par le tabagisme passif. Les garçons les ont ramenées au camp et les ont dorlotées en leur répétant sans cesse qu'elles étaient "torturées par leur propre sauvagerie". Murph est revenu avec un sac de bagels rassis récupéré derrière un café.

Quant à moi, dans toute la ville, des animaux martyrisés m'appellent, leurs yeux me suivent avec pessimisme, me mettant au défi de faire quelque chose pour empêcher les vols de bétail dans le brouillard qui flottait dans leurs enclos. Au-dessus du feu, Seth, les doigts gantés de mitaines plongés dans un paquet de chocolat en poudre Swiss Miss, a dit : “L’époque est trépidante. Nous commençons à manquer d’endroits où aller, d’endroits qui ne sont pas seulement des containers traversant l’univers en grinçant sur des rails en acier. *Nous ne sommes pas des citoyens.*” Mais c’est si terrible, de ne jamais revenir en arrière ? Bouger sans cesse, certains ne connaissent que ça. On ne tombe pas malade si on ne s’arrête jamais. Mais si on le fait, il faut se préparer à s’écrouler… Le lendemain, on a sauté dans un wagon pour Salem. On a fabriqué une tente merdique au bord d’une mare à canards. En ville, j’ai fouillé une poubelle derrière une friperie, comme si je savais qu’il y avait quelque chose de valeur là-dedans, extirpant sans sourciller butin et objets de textures variées du tas. Il n’y avait rien, à part une poignée de pièces en métal graisseuses et des vêtements couverts d’une poussière orange poisseuse. La plupart des objets chargés émettent un son : un seau de café possédé dans une supérette ; une tache rouge sur le sol d’une épicerie ; un oiseau égaré dans un placard de gare routière ; un clochard entrant dans les toilettes et hurlant à la perruche calopsitte sur son épaule : “Connasse”. Du sang du sang du sang sur le robinet des lavabos dans un *diner*, une grosse branche tout en haut d’un rayon de Safeway. Des tas de n’importe quoi. Des abeilles aux rayures orange et marron tapies dans les plus hautes feuilles des séquoias au-dessus de notre camp ; des pelures de pommes de terre jaunes grignotées dans un moule à tarte sur la table de pique-nique. Lorsqu’elles sont tout près, elles me dévisagent de leur regard rêveur et métallique extra-terrestre tout en avalant à grand bruit une matière visqueuse avec leur bouche en forme de paille. La forêt était orange et marron. Mes yeux s’emplissaient d’une obscurité qui rendait mes paupières douloureuses et difficiles à fermer. Je ne savais pas trop si c’était parce que la forêt était sombre ou désagréablement lumineuse. Je me suis agenouillée au pied d'un arbre, j'ai plongé les mains dans la mousse granuleuse et elle s'est complètement arrachée. J'ai creusé pendant plusieurs minutes avant de m'apercevoir que je grattais les contours d'une masse gélatineuse enfouie sous la surface tel un gigantesque tas de braise pétrifiée. Du gel de l'espace s'est accumulé sous mes ongles et a teinté le bord libre d'orange. Quelques heures plus tard, dans un Safeway, je me suis agenouillée au pied du rayon épicerie qui s'étendait jusqu'aux limites de la ville, pareil à un mur de carton. J'ai fouillé au milieu des paquets, déplaçant des rangées de boîtes pour trouver un tas de comprimés au fond de l'étagère. Je les ai gobés et j'ai rampé derrière le comptoir traiteur sur lequel un panneau disait : J'EX-SAUCE VOS DÉSIRS, ajoutant que le stand était fermé jusqu'à huit heures le lendemain matin. J'ai posé la tête sur une pile de tabliers que mes anti-rêves ont peu à peu transformés en pierre.

Des viocs rôdent dans toute la ville pour essayer de me faire déguerpir. Des flics surgissent aux coins des rues et tentent de me menotter sans raison. Tous ces *papas* se sont ligués contre nous, tant de regards vides. On ne cesse de répéter : "Nous ne sommes pas des citoyens, on est des putains de fantômes à vos yeux, vous ne nous voyez pas." Pigé ??? On s'est retrouvés là où un labo de meth a brûlé — a *explosé* comme ils disent — ne laissant qu'un pré graisseux. Mais l'ancienne rue commerçante du centre-ville est morte depuis longtemps. Une catastrophe est survenue et l'a changée à jamais. Le problème, c'est que je me souviens de comment c'était autrefois, ce qui se trouvait à tel endroit avant qu'un terrible ouragan s'abatte et transforme tout en un alignement de sous-sols en brique mousseux sans bâtiments au-dessus. Imaginez une rue entière émaillée de cavités clôturées, genre une ville faite de piscines vides. Un tremblement de terre, un gros, a balayé ma ville, engendrant des rangées et des rangées de sous-sols à l'air libre. Alors quoi ? Nous avons grandi au milieu de ces sous-sols si longtemps que le rez-de-chaussée semblait être un étage élevé. Ici, les sous-sols tenaient lieu de bâtiments inversés et on rôdait dans les rues au-dessus comme des foreurs surveillant un site de production invisible. La municipalité a comblé un trou, puis un autre, tranquillement, au fil des ans, si bien qu'il n'en reste plus qu'un qui abrite des familles de chats de gouttière et l'épaisse fumée d'espace négatif qui enveloppe tout ce qui est vivant dans ce lieu hanté. Il y avait le tremblement de terre, bien sûr, mais aussi le brouillard — et il recouvrait tout. Impossible d'entendre nos propres voix lorsque nous nous appelions d'un trottoir à l'autre, dans la ville entière. Le brouillard nous étouffait, gommait nos yeux et effaçait nos cerveaux à coups de souvenirs blancs affligés qui rampaient et se faufilaient le long des rues comme une rate enceinte attendant de donner naissance à de minuscules boules de coton trempées par la pluie. Nous crachions des souvenirs imprégnés de poison sur le trottoir.

Nous sommes entrés dans une ville un peu à l'écart de l'autoroute dans le sud-est de l'Oregon, près de Hines, ne nous arrêtant que brièvement pour siphonner le sang du cou d'un jeune mec. Il ne l'a sûrement même pas vu venir. On a pris des médicaments périmés dans sa salle de bain et on a tourné au coin de la rue pour nous rendre dans un Rite Aid ouvert vingt-quatre heures sur vingt-quatre. Il était quatre heures du matin alors il n'y avait quasiment que nous dans les rayons. Immédiatement, Murph s'est mis à compulsivement tracer dans les airs le chiffre treize dans tous les coins du magasin. Plutôt drôle, parce que sa silhouette menue et compacte d'os et de cheveux roux était en soi un assez bon porte-bonheur — un petit fétiche poilu qu'on frotte pour éloigner le mal. Ses bras n'étaient que de la peau tendue sur deux groupes d'os du coude géants ; les minuscules membres noueux étaient couverts de poils blancs translucides et de taches orange. "*Rien ne peut te blesser — si tu t'en fiches*", chantonnait-il. Le téléphone a sonné et l'employé principal a abandonné l'autolaveuse qu'il était en train de passer pour aller répondre. Il parlait vite et agitait machinalement le combiné. Je me suis dirigée vers l'engin maculé de saletés et de cochonneries, qui sentait comme une bouffée de l'Enfer émanant d'un citron. Un sac à dos à l'épaule, je me suis occupée en feuilletant des magazines. Josh lisait un périodique pour mères de famille, assis sur un appareil qui calculait la pression artérielle, tournant les pages si vite qu'il était évident qu'il ne le lisait pas. Seth est arrivé et nous a soulevés dans ses bras, moi et mon *Us Weekly*, et nous a embarqués dans la salle de pause à l'arrière. Il s'est préparé un petit café, s'est déshabillé, s'est couché nu sur le canapé du personnel et a regardé la télé en se tripotant. J'ai feuilleté le magazine avant de le balancer, dégoûtée. Knowles et Josh sont entrés après avoir piqué des pantalons de survêt dans le rayon vêtements. Comme dehors c'était un peu enfumé à cause des cheminées, les pantalons de survêt avaient toujours l'air humides. Ils sentaient la cendre noire.

Soldats de la guerre éternelle, armées mobilisées dans la nuit… On a rencontré un soldat de l'Anarchist Black Cross dans un Black Bear Diner à Sweet Home. Il s'appelait Jacob et se baladait avec une bande de jeunes sexy à l'allure de paysans qui dormaient pendant la journée dans des voitures non verrouillées. Il épluchait une orange à la peau coriace dans le parking, sans arrêter de jacasser sur la façon dont il vendait son corps à des vieux qui arrachaient son pantalon dans les après-midis sombres d'immeubles abandonnés. Après avoir tiré un cageot bleu près d'un feu de palettes derrière le *diner*, Jacob s'est accroupi avec nous et d'emblée s'est mis à palabrer à propos d'un type cinglé dans la salle d'attente de la gare Greyhound qui avait dit vouloir ramasser un ado vampire défoncé pour aller au cinéma mais à la place l'avait emmené à côté d'un mur de soutènement au fond d'un ravin sous une grande maison dans les bois. Le type était allé au pick-up et avait fait claquer une corde à sauter et tout ce que Jacob avait réussi à faire, c'était de rester allongé là à lécher ses lèvres salées par l'alcool en prenant une branlée. Il s'était dit qu'il allait distraire le mec en sortant sa bite, ce qui avait fonctionné, et quand le gars s'était jeté dessus, Jacob avait commencé à le cogner. Il avait pu alors s'enfuir, pourtant le vioc essayait encore de lui balancer une scie à métaux, mais il riait, riait et courait, couvert de sang. Jacob a dit que personne d'autre que Jacob ne possédait son corps. Il décidait de qui il baisait et de qui il tabassait. “Nous ne possédons que ce qui se trouve à l'intérieur. C'est le milieu de la nuit, là-dedans”, il a dit en désignant sa poitrine. Voilà ce que nous possédons : nos pensées, orange et malsaines. Tu ne les nourris que de chagrin et elles grandissent et les étoiles sortent et tu es le Roi de ta propre île de la Nuit !

Les camionneurs sont des tarés à moustache. Ils dorment dans de minuscules appartements coincés entre la cabine de leur gros-cul et la remorque. Ils s'installent dans ces cubes de métal à l'air confiné sentant l'essence avec au mieux une petite télé et des couvertures carrées et attendent avec tout le bois enchaîné à l'arrière et des tonnes de formulaires roses et jaunes sur le siège passager, prêts à être remplis. Le secteur de l'accueil des enfants placés se nourrit directement du secteur du transport routier. En gros, ils forment du personnel pour occuper ces emplois sur plusieurs générations. Inutile de préciser que le secteur de l'accueil des enfants placés soutient l'économie du transport routier avec des Camps de Putes de Bas-Côté pour apaiser les frustrations professionnelles. Les putes des familles d'accueil sont les bouts de pain jetés dans le ruisseau pour tenir les foutus cygnes en respect. Quand ils se regardent dans le miroir, tout ce que les camionneurs voient, ce sont des nuages de CO_2 de forme humaine.

On s'est assis dans un nouveau Black Bear Diner dans une autre ville de l'Oregon un peu avant le lever du soleil. Seth s'est mis à dévorer ce qu'il appelait un "Zoo Baby", une assiette de bananes, de kiwis et d'abricots coupés en morceaux — le genre de trucs qu'on pose dans la cage des mangoustes. Josh martelait la table. "C'est pas difficile de faire du café potable ! Ça me paraît encore plus difficile d'en faire du dégueulasse."

Knowles semblait s'en contenter, tenant le mug à deux mains. "Je le trouve pas si mauvais si tu prends le léger. Il a pas ce goût de cendre. Si tu prends le léger et que tu dis à ton cerveau que c'est du thé, ça passe sans problème.

— Qu'ils aillent se faire foutre, et toi avec. J'ai l'air de quoi, d'un sorcier ?"

Je savais que cet échange ne menait à rien. C'est là que j'ai remarqué Evangele le sans-abri, un habitué de l'endroit, qui a fait tout le tour du restaurant d'une démarche bancale pour rejoindre notre box, tout en caressant les murs des deux mains. Comportement classique de schizophrène. On avait assez souvent traversé la ville pour s'attendre à trouver Evangele ici, sa silhouette de Gumby[2] courbée dans un des box. Il nous a récemment adoptés en tant que terrain d'expérimentation pour de nouveaux matériaux et des projets inédits. Il s'est assis, ses sourcils s'agitant comme deux poignées de chasse d'eau. "Vous connaissez l'actrice de porno roumaine Blebe "Blaze" Cedourno ?" Personne n'a bronché. "Elle fait ce truc où...

Le nom sonne italien ou dans ce genre...

— Je t'assure que c'est tchèque.

— Roumain ?

— *Roumain.*" Et ça me rappelle cette étrange nuit dans le *diner*, à l'époque de Noël, vers deux heures et demie du matin. Il y avait moi, la serveuse et Evangele. Il était entré avec son caddie de clodo flambant neuf contenant toutes ses affaires : un magnétocassette, des pancartes aux slogans parachrétiens psychoévangéliques et un pigeon vivant posé sur un tas de *quarters* dans une cage — le tout sanglé à divers endroits de son truc à deux roues. Son caddie bloquait le passage alors je me suis presque confondue en excuses quand une fille dans les nuages vêtue d'une robe *et* d'un pantalon a essayé d'entrer, mais a dû faire le tour de ce tas de saloperies bizarres, ce qui n'était pas commode. C'est là que j'ai remarqué que la fille avait du dégueulis sur tout le devant de sa robe et quand elle a ouvert la bouche, ça a été pour sortir un truc du genre : "*Hé, les gars.* Je voulais juste vous dire que ma famille arrive et ils font partie de la mafia, OK ? Ils sont dans le crime organisé, des gangsters. Ils vont vous faire du mal. Faites gaffe, ils

[2] Personnage de courts-métrages d'animation créé en 1955.

vont vous baiser. Ne prononcez pas un mot — faites gaffe !" Et le plus étrange, c'est que des Blancs sont entrés dans le *diner*, et c'était sa famille, ses parents et un frère. Style habitants du Midwest portant d'honnêtes lainages et de petits bijoux en or. Ils se sont installés et ont commandé un petit déjeuner tandis que la fille a passé la majeure partie du repas à vomir aux toilettes. Elle est revenue à table et s'est endormie. Ils riaient la bouche fermée, ont avalé leurs plats et sont sortis pendant que la fille gerbait dans le box et l'entrée et laissait du vomi sur la porte. Mais la famille ne s'est pas précipitée à l'extérieur, ils sont partis tranquillement — sans même *faire semblant* de mimer le geste universel signifiant : "Désolé, on va nettoyer ça." Une fois dehors, ils ont résolument bouclé leurs ceintures de sécurité et ils ont filé, la fille recroquevillée quelque part sur la banquette arrière, allant Dieu sait où. Je suis sortie fumer une cigarette à côté d'une poubelle dans la nuit froide et j'ai repensé au jeu auquel Seth et moi avions l'habitude de jouer : je devenais toute molle et il essayait de fourrer mon poids mort la tête en bas et de biais sur le siège passager de la voiture. On trouvait (ou peut-être seulement moi) que c'était le truc le plus hilarant à faire dans un parking. Mes membres pendaient n'importe comment, il les balançait à l'intérieur et claquait la portière. Ce spectacle pouvait durer un bon moment et toutes sortes de gens horrifiés me zieutaient par-dessus leurs sacs de courses et je m'éclatais, le cou tendu autour de mes chevilles et le pied sur le volant.

Mais laissez-moi vous parler un peu d'Evangele (prononcez i-vane-gueu-lé) et son Caddie de Clodo (c'était nouveau ; avant, il avait un van, et maintenant, il avait un caddie.) Il a récemment rétrogradé au rang de véritable clodo avec son caddie, mais, sinon, c'était toujours le même Marocain en pantalon de survêtement ayant la trique. Un ancien yogi de Freemont qui a publié un livre sur le yoga chrétien en 1972. Evangele, dont l'âge réel était un mystère, gardait aussi secrètes les raisons pour lesquelles il se planquait dans les *diners* et les vans du Nord-Ouest. Il se murmurait autour du bar à salade des raisons possibles pour s'être barré de chez lui, mais aucune n'était aussi inquiétante ou convaincante que celle suggérant qu'il était un descendant marocain disgracié de la photographie spirite. Qu'Evangele parle souvent, dans les termes les plus vagues, de son "profond océan de tristesse" qui rôdait juste en dessous de la surface n'aidait pas. Il était assez âgé pour avoir déjà vécu plusieurs vies et qu'il s'entoure de personnes de moins de vingt ans ne semblait qu'ajouter de l'eau au moulin, une excentricité de plus. Une envie quelconque, comme de tartiner son pain de porc salé. Quand il a disparu durant quatre mois, tout le monde a supposé qu'il avait été expulsé. Peut-être qu'ils avaient découvert les cartes postales illégales planquées ou les annotations incendiaires dans sa bible ou toute l'histoire marocaine — ou n'importe quels *trucs* imaginables sur lesquels les flics auraient pu tomber, les doigts brûlants de dégoût. Evangele était le genre d'homme ayant en permanence de multiples raisons de se faire coffrer. Son assiette était remplie d'accompagnements baveux. Personne n'a été surpris quand il a refait surface des mois plus tard, débitant une rhétorique communiste élémentaire et trimballant toute une nouvelle collection de pancartes ornées de slogans. On se demandait où il avait trouvé ces trucs.

"Qu'est-ce que… ces machins te sont tombés du ciel ?

—Tu es un génie ! nous a-t-il dit, ne faisant plus la différence entre l'individu et le groupe. Tu poses toujours les mauvaises questions… Je suis parti pendant de longs mois et j'ai appris des tas de nouvelles choses. J'ai connu de nombreux réveils, beaucoup d'illusions ont été arrachées à mon cerveau et je me réveillais au milieu de la nuit — toutes les nuits — et j'écrivais des lettres, tant de lettres, mais pas pour les envoyer. Des lettres pour mes enfants, mon passé, mon Moi d'autrefois… Il y a des tas de choses me concernant que personne ne connaîtra jamais, car, derrière mon sourire, il y a un profond océan de tristesse."

Dehors, on est tombés sur des gamins straight-edge crados (les nouveaux amis d'Evangele), ces types de la Black Cross au look victorien avec des mouchoirs fourrés dans leurs manches, tous alignés jambes croisées contre le flanc du bâtiment. Ils avaient l'air moites assis là, comme s'ils prenaient un coup de lune sous toute cette sueur. Josh leur a balancé une branche dessus et ils se sont mis à gueuler, genre charmeurs, nous disant combien le communisme était sexy. Ils ont bondi sur leurs pieds, ont levé leurs petits poings glacés et nous ont encerclés avec des liasses de tracts dégueus. "Écoutez, barrez-vous, c'est un putain de *May Day*." Le chef de la bande cognait la vitrine pour souligner chaque phrase, son haleine formant des bulles de dialogue vides. "Les communistes de tous les coins du globe, brandissant leurs faux dans les champs, enfonçant des rivets dans l'acier des péniches, nous convient autour de la table. C'est notre tour de humer le gruau de la lutte des classes ! Les communistes n'ont jamais été aussi sexy, a lu le chef, avec leurs casquettes, leurs boots et leurs tabliers qui enveloppent leurs explosions de rires francs. Des tabliers tachés du sérum de l'innovation technique, souillés des poils de chimpanzés envoyés dans l'espace pour collecter des échantillons de poussière martienne destinée à fabriquer de la poudre vitaminée pour les nourrissons des Rouges. Ils grandiront et utiliseront leurs immenses yeux expressifs pour inverser la marche des chars ennemis." Hé, hé, hé, hé, il a aboyé en nous fourrant des tracts dans les mains. "C'est un engagement total ! Rejoignez-nous, emmitouflés de vêtements tissés sur le métier de la résistance. Nos cheveux sont comme du blé. Papa Karl ! Des violons financés par l'État jouent pour toi. La chaude étreinte de ta barbe n'a jamais semblé si accueillante, c'est un spectre qui hante mes tripes tiraillées !!!" Seth, Knowles, Josh, Murph et moi réprimions nos ricanements (sauf Murph — il était vraiment contrarié !) en grimpant dans leur bus scolaire volé pour aller faire un tour dans une station-service abandonnée. Là, dans ce grand garage déglingué, un enfoiré obèse était sur scène avec un micro sanguinolent et une bâche bleue bouchonnée près de l'estrade-batterie. Les anarchos crados se sont mis à gueuler sur d'autres jeunes à l'entrée. Ils se sont sautés dessus et ont formé un tas qui semblait d'autant plus chaotique que c'était extrêmement bruyant là-dedans. J'ai toussé, mais sans être sûre que ce soit réel parce que je n'entendais rien. Le sang s'agglutinait sur le linoléum en dessous du tas. De la poussière emplissait l'atmosphère et de la bière s'infiltrait sous l'appui des fenêtres. Le type sur scène saignait lui aussi et le sang dégoulinait en rideaux humides, suintant du sommet de sa tête. Il a fixé le public d'un regard marron moite. "Whaou ! Hé, mon corps est le temple du rock'n'roll ; ma chair, mon sang et mes fluides corporels sont une communion pour le peuple", il a aboyé avant de cogner le micro contre ses mâchoires serrées et de sauter dans la batterie. *Yeeyah*... il a écrasé du verre cassé sur son ventre mou — *ma peau est comme du papier !* Il a jeté des saletés et du verre dans le public. "Mon rock'n'roll n'est pas pour divertir mais pour anéantir."... tout autour de nous, des gens ont commencé à crier leurs noms. Des injures et des phrases entre guillemets ont jailli du sol et se sont tamponnées dans les airs comme si on était au cimetière et que tous les mots sur les tombes s'étaient soudain détachés. Des herbes et des ronces s'entortillaient partout sur le sol...

"Mon esprit est une mitraillette, mon corps, les balles et le public, la cible!"...

— Mon style de vie se résume plus ou moins à ce que vous voyez: je possède un pantalon, une veste, une chemise; tout ce qui entre dans un sac en papier. Je suis le genre de personne qui doit pouvoir quitter la ville vite fait, a dit quelqu'un.

— Mon esprit sauvage est trop confiné dans cette vie, a dit un autre. L'enfoiré obèse s'est allongé et a chanté les trois chansons suivantes dans un état de semi-conscience.

Seth et moi, on est partis dans une supérette voisine. "Qu'est-ce qui se passerait si une fille essayait de se taillader sur scène?

— Le public deviendrait fou — ils tenteraient de l'arrêter."

On est sortis, il avait commencé à pleuvoir. *Et si elle se tuait sur scène?*

On ne peut plus passer sur les ponts, seulement en dessous. L'employé à la caisse portait de toute évidence une perruque et une énorme fausse barbe. J'imagine que quand on est en cavale, il faut quand même gagner sa vie.

On a essayé de le voler. De frustration, il a balancé son déguisement. "On n'est pas vos ennemis — on est comme vous! Je m'en fous de cet endroit. Moi aussi, j'ai tendance à faire ce genre de conneries. Et je le fais! Je m'en branle. Je dis à mes potes de se garer derrière et de charger tout ce qu'ils veulent. L'autre jour, j'ai piqué dans un 7-Eleven à Lancaster. Je m'en branle !

— Va te faire foutre, mec. Continue à parler. Tu me hais et je te hais."

Plantée là, immobile, un café à la main. Le monde entier peut aller se faire foutre… le café emplit mon cerveau d'idées de fuite. Des feuilles mortes éparpillées sont tombées doucement au sol, apportant le souvenir d'un jour de l'automne dernier où j'étais assise devant un rectangle aplati de lierre et de foin là où avait été amarrée notre caravane dans les environs d'Eugene, au fond des bois. Je vivais là avec Seth depuis déjà plusieurs mois, survivant grâce à des boîtes de nouilles chinoises cabossées, de doggy bags qu'il me rapportait du restaurant. J'avais l'impression que chaque fois que je rentrais à la maison, je le trouvais en train de bricoler des trucs sur la caravane — essayer de boucher des trous ou accrocher un tuyau — jusqu'à ce qu'un jour, en arrivant, je découvre que la caravane avait disparu. Tout ce que j'ai trouvé, c'était un endroit qui me rappelait vaguement quelque chose dans les bois. Un homme à plusieurs mètres dans le chemin de gravier s'est approché de moi avec un énorme chien de chasse somnolent au bout d'une chaîne, m'a crié de partir et a commencé à me poursuivre. Je me suis enfuie avec une dernière nouille dans la bouche comme un oiseau. Tout ce dont je me souviens, c'est de m'être plus tard réveillée dans le lit d'un inconnu, peut-être le matin, avec cette odeur qui m'avait envahie, celle de café brûlant sur une gazinière. Une soudaine prise de conscience venue de très loin m'a encore davantage secouée. Par la fenêtre, j'ai observé un journalier petit, aux articulations pointues, se poster devant le Big Creek Lumber. J'ai entendu un homme bouger et se réveiller à côté de moi, des cauchemars agitant son sommeil erratique. Je pouvais aussi rêver ses rêves si je voulais, ainsi qu'adopter son point de vue sur les enfants dont il savait qu'ils en avaient soupé des autorités du comté, des jeunes en jeans serrés puants et Doc Martens livrés chez lui chaque semaine. Un gamin est revenu tôt le matin avec des bleus dus à ce meurtre. À notre grande surprise, il y aurait un article sur lui dans le journal, qui racontait qu'un vieux type l'avait embarqué pour effectuer un boulot mais l'avait en réalité emmené vivre avec sa famille secrète, une bande de gamins qui se débrouillaient seuls dans les collines. Mais avant que les flics ne découvrent toute l'histoire, ils avaient trouvé un corps dans un entrepôt à côté de l'autoroute. Le routier était resté allongé là si longtemps sans aide qu'il était mort de ses blessures. Plus tard, les gamins avaient bêtement essayé de se barrer de force d'une pièce pleine de travailleurs sociaux. Ils avaient une idée plutôt déformée de ce à quoi ils faisaient face si bien que la seule chose qu'ils avoueraient, c'était l'anecdote de ce jeune balançant une poignée de gravier à la figure du type et tous les autres s'enfuyant.

C'était comme si l'Ange Paternel m'avait rendu visite durant la nuit pour me rappeler mon rôle et m'avait laissée brûlante, gonflée par une nausée insidieuse due à une piqûre de moustique couvrant tout mon corps. J'avais peur de bientôt commencer à pourrir. Ça me donnait des ailes, carrément.

Tôt un matin, j'étais assise au bord du plateau d'un camion dans un atelier de maintenance, portant des lunettes de soleil vert camouflage que j'avais trouvées dans un magasin d'Halloween. Seth a dit “Arrête de cogner les pieds contre le pare-chocs, ça me rend dingue”.

Alors on est partis se balader le long de la voie ferrée, laissant une piste de canettes de bière et d'empreintes de pas moites. Je suis restée dehors à fumer pendant que Seth achetait une voiture dans une vente aux enchères de la police pour cinquante dollars. On est revenus au camp dans ce tas de ferraille de Chevy Celebrity. Seth n'arrêtait pas de dire cinquante balles, cinquante balles et toutes ces conneries sur le fait qu'elle n'avait que 77 000 kilomètres au compteur malgré ses dix-huit ans. Putain, ils l'avaient pas payée, mais ils se glissaient presque tous en douce dedans pour pieuter.

En fouillant dans le coffre, l'Esprit Oiseau de Seth a soudain fait tilt. Toute cette histoire de bagnole l'avait rendu plus Oiseau qu'à l'ordinaire. Ça pouvait le submerger, mais aussi l'ébouriffer comme une perruche énervée. Ça commence avec une étincelle cinglée dans l'œil, les paupières à demi fermées comme s'il allait s'endormir, mais à la place il part dans une transe névrotique. Ce soir-là, assis sur le capot de la voiture, Seth a montré sa poitrine : “Tu peux faire n'importe quoi et t'en tirer si tu portes un tablier.” Il était très convaincant parce que “c'est un fait avéré” que les gens qui portent un tablier de la couleur réglementaire rouge, bleue ou verte sont au-delà de tout soupçon quand ils entrent dans un magasin, par exemple, et repartent avec deux plantes ou une caisse de bouteilles d'eau. “Réfléchis : tu vas dans une école primaire, tu traînes dans les couloirs avec ton tablier. Est-ce que quelqu'un s'en inquiète ? Tu entres dans un motel, tu prends toutes les brochures dans le hall, tu fais signe au réceptionniste et tu pars. S'il y a un problème, tu montres le tablier et tu te casses. Tu vois une voiturette de golf? Tu sautes dedans parce que tu portes un tablier. Tu vas à une intersection passante, tu poses des plastiques noirs sur les horodateurs, tu peins le bord du trottoir en blanc — personne ne t'arrêtera parce que tu portes un tablier." Il s'est précipité dans le Safeway et il est revenu les bras chargés de plantes en fleur. Il en a posé sur la banquette arrière, en a laissé d'autres sur le capot. C'était une voiture saisie, dans les entrepôts de la police depuis seize ans. Le seul résidu humain était une cassette de heavy metal que j'ai trouvée dans la boîte à gants. On l'a conduite pendant trois jours et l'alternateur a lâché. On l'a abandonnée dans le parking du Safeway quand elle n'a plus voulu démarrer et je l'utilise pour dormir quand je suis fatiguée.

Notre ville est foutue. On se contente de traîner en attendant qu'elle se transforme en autre chose, puis on ira se coucher. Construisez vos conneries autour de nous, on ne sort que la nuit, de toute façon… La ville reprenait conscience par intermittence, ça dépendait où vous alliez. Toutes les petites brindilles effleuraient le sol comme des éventails en dentelles déployés face au soleil.

Je pataugeais dans le ruisseau pour y faire la vaisselle quand une femme fantôme est apparue derrière des plantes musquées, une espèce de version genre portrait-robot grossier de Kim, gazeuse et fibreuse, comme la plus exquise des guirlandes de Noël. Elle semblait avancer dans le ruisseau pour me rejoindre, mais elle est tombée dans un trou, ou une crevasse, une sorte d'absence inexpliquée face à moi. Elle aurait pu se baisser exprès dans cette cachette — pour qu'on la cherche, la découvre — mais elle n'est jamais ressortie, preuve frappante de la timidité d'un tel comportement. Quand je suis revenue à la caravane, un chat du coin s'était installé sur un morceau de bois mal dégrossi à côté de la porte, assis bien raide, sa silhouette en forme de triangle, sur une section de poutre de la taille d'une valise, m'attendant, regardant droit devant lui telle une sentinelle. Je l'ai attrapé et je l'ai posé par terre parce que quelque chose dans la rigueur de cette posture me gênait. Avec de faibles couinements hachés, le petit chat a fait des allers-retours entre mes jambes nues, sa queue collant à ma peau froide et humide. J'avais le sentiment que Kim avait autrefois habité ma caravane, en suspens, dense et à ras de terre comme du propane enfermé dans les murs courbes émaillés. C'est une petite ville, alors la coïncidence est inévitable, mais je savais tout bêtement qu'elle avait vécu là avant moi. Je la sentais reposer sa carcasse fatiguée dans mon lit, une volute de fumée toxique incroyablement réconfortante. L'air qui tourbillonnait au-dessus de moi quand je dormais témoignait des terribles circonstances qui entouraient sa disparition. Je comprenais tout à son sujet dans cet espace exigu, par exemple, un jour, des mois auparavant, son mec l'avait prise dans ses bras pour la sortir de la minuscule cabine de douche et, d'un seul mouvement circulaire révélateur de la taille réduite et du centre énergétique de leur caravane, l'avait transportée sur le canapé convertible. Il l'avait posée, encore mouillée, sur les draps et elle avait immédiatement fusionné avec chaque goutte restante. Chacun de ses pores s'était refermé, son corps gonflé d'humidité, mais il en avait trouvé un au centre de son être et avait commencé à s'y afférer avec sa bite jusqu'à dessiner un sillon avant de plonger en une percée extatique et lui aussi avait fusionné avec la fille, comblé de seulement demeurer en suspens dans ce pore — ayant peur de se dissoudre en elle d'un coup, totalement, tant sa force était grande. Son sortilège… combien poisseux et insaisissable en de tels moments, lorsqu'elle n'était ni éveillée ni endormie mais dans un lieu éthéré de splendeur toxique qu'il ne connaîtrait jamais, devant déduire son mystère des faibles sons intenses qu'elle émettait tandis qu'il s'enfonçait dans sa zone de controverse... On m'a raconté que pendant que j'étais dans les vapes, Seth, Knowles et Josh m'ont transportée dans une cavité creusée dans le sol à la limite d'une décharge et m'ont déposée à côté d'un chauffeur de bus ensanglanté également évanoui. Je me suis extirpée de ce rêve labyrinthique, je me suis réveillée avec de légers élancements qui traversaient mon front et éclipsaient ma vue. Les autres étaient à quelques mètres, buvaient et déconnaient. Ils se sont retournés et se sont agenouillés à l'endroit où le chauffeur de bus était allongé, inconscient, et l'ont sucé en faisant un trou dans sa gorge ; mais à la place de sang, c'est du Robitussin qui est sorti. Quand ils ont été repus, Seth a sautillé vers moi dans le brouillard et m'a embrassée, mais plutôt que de l'amour, c'est du Robitussin qui est sorti. Knowles, Murph et Josh ont entrelacé leurs doigts et ont hissé le chauffeur de bus sur un auvent, hors de vue, mais la force de ce léger mouvement a fait basculer son corps qui a roulé jusqu'à un talus au bord de l'autoroute. La pluie, qui a redoublé, commence à ronger ses restes, scellant les orifices qu'ils ont sucés, qui se remplissent et s'élargissent en cratères béants de liquides. Je me suis levée quelques heures plus tard et j'ai trouvé Josh qui se prélassait sur le trottoir, mais quand j'ai voulu l'aider à se lever, mon pied s'est enlisé dans une flaque de boue et de cheveux emmêlés et je n'arrivais pas à m'en dépêtrer. Je me suis baissée pour écarter l'obstacle, mais, ce faisant, je suis tombée et je me suis rapidement aperçue que j'étais sous un alignement de poutres, peut-être dans un sous-sol rempli de sacs de farine. J'ai essayé de me relever, mais je n'avais fait que m'enfoncer de plus en plus profondément dans le tas. J'ai poussé le mur en carton et je l'ai traversé, puis j'ai rampé et franchi une porte au bout du couloir et je me suis retrouvée dans un parking derrière le centre commercial où les autres s'étaient rassemblés. Je ne sais pas si je l'ai hurlé ou mimé, mais je me souviens leur avoir demandé s'ils s'étaient souciés de me chercher pendant mon absence, avant de commencer à me battre avec l'un d'entre eux — Knowles ? — pour avoir "tenté de déboutonner ma chemise sans mon consentement", mais je n'ai fait que lui griffer le visage sans conviction. J'ai remarqué un paquet de chips entamé par terre et lorsque je me suis baissée pour le ramasser, il a semblé émettre un son grave et étouffé, comme un coquillage. J'ai peu à peu pris conscience du sang et des bouts de peau sous mes ongles *Knowles, merde, je suis désolée* mais quand je me suis retournée, il était recroquevillé en pleine crise, sanglotant et criant. Soudain, une à une, de minuscules égratignures sanguinolentes sont apparues partout sur ma peau, comme creusées de l'intérieur. Je refermais ma main sur chacune d'elles, tour à tour, mais d'autres surgissaient, des perles noires brillantes dans leur sillage. *Dévore-le à ton tour* sanglote Kim, et je me réveille d'un coup. J'ouvre les yeux dans l'après-midi. Il fait chaud, ça me donne le cerveau gris d'une gueule de bois. Je vois que le chat s'est faufilé sous les marches parce qu'il revient avec des moutons de poussière accrochés aux vibrisses de ses sourcils. Tous ces garçons avec leurs vêtements faits main ! Je ne saurai jamais pourquoi ils insistaient pour coudre leurs pantalons. Ils zippaient tout si serré — tout était suturé à leur corps, les cols et les poignets scellés contre la nuit froide. Ils enfermaient tout, s'empaquetaient, bouclaient leur bite dans un endroit qu'eux seuls pouvaient ouvrir. Ils réparaient leurs boots avec du ruban adhésif, comme les garçons dans leur genre l'avaient toujours fait. Ils scellaient l'espace entre leurs boots et l'ourlet de leur pantalon. Rien n'allait s'accrocher ou se déchirer sur du fil barbelé acéré ou du grillage. Aucun chien de garde n'allait y planter ses griffes... De mystérieux mecs fabricants de pantalons, ces soldats de la forêt — des hommes et aussi deux femmes — avec des schlass planqués sur tout le corps. Toujours baissés, près du sol, toujours accroupis sous les fenêtres des supermarchés, des 7-Eleven ou des *diners*. Leurs taches de rousseur et leurs cils clairs les rendaient encore plus exotiques, comme des guerriers rouges — des objets fétiches qui respiraient et fauchaient. Leurs corps outillés cachaient des lames qui sortaient de nulle part. Ils pouvaient plier leur corps dans des formes impossibles pour épouser les fissures qu'ils s'étaient appropriées dans un squat où ils vivaient de paquets de chips qu'ils avaient agrafés au mur, de soupes faite d'eau de mare et de feuilles de nénuphar. D'autres dormaient encastrés les uns dans les autres dans un nid de vêtements ramassés par terre et faisaient des rêves collectifs. Le matin est venu et je les ai trouvés à nouveau juchés sur des objets minces mis au rebut, une serviette ou une boîte de pizza. La main plongée dans un sac en papier ou piochant dans leur paume quelques graines de tournesol ; accroupis sur leurs boots, fixant le soleil à travers une fissure dans les nuages — se demandant si ça allait s'éclaircir aujourd'hui. Humant l'air. La sueur tachant le devant de leurs t-shirts comme un logo sombre — les seuls logos du camp... J'ai émergé au milieu des pancakes du petit déjeuner dans un club du troisième âge où le ratio serveuses / clients était largement en ma faveur. Il y avait genre cinq grands-mères qui s'occupaient de moi, toutes fourrant leur nez dans mon assiette, me pressant de terminer la première pile de pâte cuite à la poêle pour pouvoir m'en servir une deuxième. Pendant ce temps, l'une d'entre elles jouait du piano dans un coin et d'autres circulaient avec des plateaux de gobelets en carton remplis de jus coloré pour vieux : tomate, pamplemousse, ananas... Détachant mes yeux des verres éclaboussés de produits chimiques, j'ai examiné des clochards dans la rue. Ils n'ont jamais remarqué que je les observais. L'inverse, c'est de regarder de vieilles photographies. Je me suis toujours dit que les vieilles photos d'animaux domestiques sont les plus étranges. Des animaux morts depuis longtemps semblent bizarrement teintés par le temps, peut-être parce qu'ils s'en tiennent tellement à l'écart. C'est l'indicible attrait de ces yeux vitreux, ce choc de deux mondes si familiers que l'on ne reconnaît qu'à peine. Je me suis interrogée sur les animaux du passé et leur comportement, sur la façon dont leur caractère était façonné par les sensibilités de l'époque. Mon esprit a lutté contre l'image de pionniers fouettant leurs animaux, mais je savais qu'il y avait forcément autre chose et j'ai essayé de la faire disparaître.

En aval du cours d'eau, il y a une petite ville du nom d'Irondale, une route à une voie qui se faufile en plein milieu de la jungle d'une forêt luxuriante du genre à rendre fier Marty Stouffer[3]. J'ai retrouvé le reste de mes potes hobos qui campaient au milieu de quelques

[3] Producteur de l'émission documentaire télévisée *Wild America* sur la faune et la nature.

maisons et baraques modestes construites sur environ six hectares émaillés de mobile homes et *d'attirail* puant pour fabriquer de la meth, une vitrine resplendissante pour cette région revendiquant son droit à la célébrité dans les journaux locaux : un ensemble miteux de mobile homes mutants au revêtement arraché. C'était un des fameux squats de meth d'Irondale, une vraie moustache dessinée sur la face de la dépravation. Le *Jefferson County Leader* envoyait régulièrement des reporters rôder derrière des baignoires remplies de saloperies pour prendre des notes. Plus d'une âme y avait été engloutie. Irondale tenait lieu de monument vivant aux accros à la meth qui avaient accidentellement atteint un niveau d'ingéniosité grâce auquel — après avoir vendu le revêtement métallique de leurs caravanes — ils se retrouvaient sans rien sur quoi taguer, alors ils faisaient passer le mot, sollicitaient d'autres types pour apporter de quoi combler les vides. Un terrain jonché d'épaves pourvoit à de nombreux besoins, abri, bijouterie, cible d'entraînement et… ? Des voisins ont été un jour déconcertés en voyant un squatter défoncé à la meth tirer un bateau rempli de détritus sur une remorque sans roues. Quand la remorque a refusé d'aller plus loin, elle a été abandonnée sans cérémonie au milieu de la route, ce qui, même selon la norme d'un squat de meth est assez ingénieux. Les cochonneries qui avaient réussi à entrer sur la propriété avaient été balancées derrière des arbres ou avaient servi à soulever un des coins de la caravane dépouillée, ou avaient été traînées par des animaux sauvages afin d'être utilisées dans leurs propres squats. Pas grand-chose ne pouvait pousser sur la terre du squat de meth et ce qui y parvenait était brûlé. D'énormes rassemblements se tenaient autour de chaudrons géants de potion frelatée qui bouillonnaient délicieusement sur le feu. *Fschuiii… sssssss…* Quelques jours plus tard, dégoûtés par l'atmosphère complaisante, on a sauté dans un train pour Portland et, en glandant ici et là, on a fini par tomber sur un concert gratuit à la maison des jeunes. Le même sachet de bagels semblait nous suivre dans toute la ville. La soirée était organisée par des amis de ces riot grrrls que Josh et Knowles avaient ramassées à Olympia le mois précédent, les intellos aux vieux Teddy dégueulasses. Il était ouvert à tout le monde : mendiants, vétérans, Guerrières du vagin. Des tracts auxquels on jetait des regards plus ou moins appuyés étaient empilés juste après la porte. On s'est arrêtés sous un panneau qui disait : MESDAMES ! FAITES UNE COURBE DE VOTRE GLAIRE CERVICALE ! au-dessus d'un pictogramme grossier montrant quatre silhouettes en bâton vêtues de jupes qui dansaient dans un environnement agraire de cultures hachurées. Murph a froncé le nez : "Trop d'informations !" Une femme en veste à motifs cachemire s'est pointée dans leur dos. "Mords la pomme, chéri", elle a dit en passant, sans s'arrêter. "Oh, savoir seeecret", Josh a sifflé. *Trop d'infos, trop d'infos*, ils ont scandé à l'unisson.

Les deux riot grrrls n'étaient même pas là, mais le groupe de leurs potes, Touch Boob, si. (À propos de Touch Boob : avec ce froid polaire permanent, là-haut, à Tumwater, elles parlaient souvent de la vie "au sein de [leur] nouveau biodôme magique, mystérieux, époustouflant. Il abrite divers écosystèmes indépendants adaptés aux fumeurs d'herbe. Certains sont des habitats de la jungle, [d'autres] des forêts enchantées pleines d'animaux ou de créatures mythiques menacés d'extinction… on fume de l'herbe.") Elles étaient chiantes et la soirée s'annonçait longue et ennuyeuse, alors on est allés fouiner dans les débarras au bout de l'entrée et on a rempli nos poches de petits objets qui attiraient notre regard avant de revenir voir un groupe du nom de The Slaves en vêtements de ville bien repassés, faisant jaillir des bouquets de sueur collante, gobant l'air parce qu'ils pouvaient à peine respirer. Le chanteur était étendu sur un immense plateau au pied de la scène. Il était évident qu'il se passait un truc bizarre. Ils appartenaient indéniablement à la même école que la scène de D.C., surcompensatrice, à la théâtralité teintée de culpabilité, où les tentatives d'en faire un refuge avaient transformé les concerts de rock en exhibitions publiques de groupes en transe, mais quelque chose de lumineux et adorable brillait dans leurs yeux. Quand il m'a regardée, j'ai été certaine de ne pas retourner son regard à un être vivant. Il semblait s'être fermé au monde pour une éternité et ça rendait tout acceptable. *Acceptable de faire ou dire ou penser toutes sortes de choses étranges.*

Toutes les filles se sont agglutinées devant la scène pour voir le spectaculaire dieu du rock se présenter comme une offrande repue, inondée de gloire. Elles le touchaient, l'embrassaient et jouaient avec sa queue et ses couilles. À la fin du set, dans un silence de mort, trempé de sueur, il a fini par s'allonger : sur le sol, sur *on ne sait quoi*, un peu dans les vapes, tandis que les nanas faisaient ce qu'elles voulaient de lui ; il était un observateur passif de sa propre éviscération, étalé devant une bande de démons sadiques, de sorcières perverses habitées, harcelées. Elles se cramponnaient à lui. Lui enlevaient son short, faisaient l'amour avec n'importe quelle partie de son corps. Il "dormait" au milieu de tout ça, enfermé dans une transe d'après-concert, son corps pareil à une hutte de sudation humaine alimentée par l'auto-apitoiement. Sourd à toutes les voix hormis la sienne, au martèlement dans sa tête, des voix ternies, migraine après migraine. Il en avait tant cognées, rouées de coups de poing : "Vous me vouliez, me voilà", il a dit… Les riot grrrls couraient partout, arrachaient des banderoles et des trucs moites, scandant *Je vois un club punk, il voit un club de strip-tease !* encore et encore. OK, OK, je comprends bien qu'être sur scène peut être très étrange pour une fille. Au début, je croyais que c'était de ça que parlaient les hommes quand ils traînaient autour des nanas dévêtues sur scène avec ce regard meurtrier / serein. Je n'arriverai jamais à approcher des strip-teaseuses et leurs semblables — ce sont des êtres immatériels. Mais sinon, si tu es un *garçon*, là-haut, sur scène, en train de te déchaîner, bon, je pourrais te mater. N'aie pas peur ça fait pas mal. Ce n'est que moi qui regarde, les yeux comme des soucoupes… Je vois un club punk et je vois un bar à strip-tease. (Le rock'n'roll, *c'est* du strip-tease pour les filles ; sans rire ! c'est l'histoire secrète du rock.) Tenez, par exemple : Seth et moi, on n'est pas au même concert en ce moment. Il pige rien. J'ai envie de le prendre par le bras, de pointer le doigt et de crier : "Regarde ce qui se passe autour de toi !" Regarde les yeux de cette fille qui lui sortent de la tête devant le dieu de la guerre moite sur scène, en mode attaque ! (c'est pas du flan) Elle le supplie du regard ! Elle le mate avec le visage impassible du prêcheur qui a peur d'avoir l'air possédé, ou de l'escroc qui ne peut pas se trahir…

Deux filles à l'accent universitaire font un travail de recherche sur les gangs locaux de délinquants suceurs de sang. Le lendemain, elles ont débarqué dans notre camp, ont parlé à Knowles et Josh, puis les ont séduits. Ahh elles sont une espèce en voie de disparition. Plus beaucoup de filles qui portent de grands t-shirts avec des jupes stretch, des boots et une coupe au carré, des barrettes ; les yeux qui louchent comme un chat siamois. Leurs opinions politiques s'évaporent plus vite maintenant avec tout ce vent et le jour viendra, bientôt, où elles ne seront plus que de simples nanas rockab', leurs obsessions se réduiront au vol à la tire, à la puberté, aux cliques d'ados, aux lycées, aux flingues, aux criminels masculins, aux putes et à la pop française des années 1960. Mais elles restent pleines de ressources et, comme nous, elles créeront ce qu'elles voudront si ce n'est déjà fait. Contrairement à nous, leur truc est organisé. On est juste des pervers D.I.Y. Saleté D.I.Y., mort D.I.Y. On fait tout nous-mêmes ça oui. Seth a rafistolé mes pompes avec de l'adhésif. On se débrouille en se glissant dans des voitures non verrouillées, avec le papier à lettres des motels et en mangeant les restes dans les assiettes des *food courts* des centres commerciaux. On s'installe autour du feu juchés sur des meubles abandonnés ou des objets trouvés dans la rue. Récupérer, c'est mieux qu'acheter. Taper du fric, c'est mieux que travailler. Nos mains sont figées en un geste de mendicité et nos poches ne sont plus que de grands lambeaux, étirées en permanence à force d'être si souvent emplies et vidées. La plupart du temps, la nuit, nos feux de camp ressemblent à une convention à la con. C'est idiot, mais réel. L'énorme silhouette en carton de pom-pom girl en chapeau de cow-boy d'une marque de bière a été pliée et "assise" sur la meilleure chaise de bureau par Knowles ou Josh. J'ai dit "je vais la balancer dans ce putain de feu !" et je me suis assise.

"Vous comprenez, a tranché Josh, la bouche collée à un sachet de graine de citrouille, l'Est n'existe pas vraiment. Austin est déjà presque la limite pour nous. San Luis au Sud. Putain, tous ces cons de crétins coincés du New Jersey ont l'air tellement bêtes. Je ne sais pas comment le dire autrement. Chez eux, c'est le pays des neuneus." L'Autre Washington était le seul endroit à l'Est qu'ils voulaient bien reconnaître. D.C. était *OK*. La scène, là-bas, avait fait déferler une avalanche de groupes hardcore sans humour, sans piédestal qui débarquaient dans tout le pays, l'estrade n'étant parfois qu'un carré de plancher où jouait le groupe, entouré de toutes sortes de gamins politiquement déjantés. Dans ce cas, plutôt que de me sentir au même niveau qu'eux, j'ai toujours l'impression de regarder les opérations de haut, de contempler les événements se dérouler et par conséquent de les sanctifier comme lorsqu'on observe un oiseau ou un rapport sexuel en direct. Je regarde toujours de haut. Ça se passe toujours sous mon regard.

Josh et Knowles étaient en train de débattre de l'orientation adéquate d'un fer à cheval porte-bonheur. L'un disait que c'était en forme de U pour que toute la chance se concentre à l'intérieur.

"Mais s'il était dans l'autre sens, la chance se concentrerait quand même à l'intérieur, a dit l'autre.

— Qu'est-ce que tu veux dire ?

— La chance pourrait venir d'en dessous..."

Il se moquait. "La chance vient de l'Enfer..."

Au Black Bear, Evangele a ouvert boutique dans le box du coin. Il a garé son caddie dans l'allée et le restaurant a plongé de huit rangs dans le classement des restos les plus chicos. Il éclatait de rire pour ponctuer chaque remarque anodine, mais rien n'était drôle. Il ouvrait le livre de poche quelconque qu'il avait avec lui pour révéler d'intenses calculs numérologiques qui emplissaient les marges, escamotant souvent précisément les mots que ses chiffres étaient censés interpréter. J'ai poussé un énorme soupir de soulagement : c'était juste un connard cinglé, un crétin dément et ce n'était pas que *moi*… Sur sa table étaient alignés, soigneusement, en tas bien nets : trois rouleaux de ruban adhésif de masquage, deux briquets, diverses cigarettes coupées en deux, des paquets de clopes vides, américaines ou étrangères, de multiples tas de deux *quarters*, une banane, deux vestes, des journaux et des feuilles. *Evangele*, figurez-vous, était au comptoir, tournoyant sur sa chaise sur l'air de *Oh Sherrie* qu'il passait sur son magnétocassette. Si seulement les autres clients savaient qu'il avait infiltré leur petit club privé… ses yeux parcouraient à toute vitesse les jeux de clés posés sur les tables près des assiettes du petit déjeuner. Ses yeux les fixaient si longtemps qu'il les voyait dans ses mains. Tous ces gens assis là, qui mangeaient et discutaient, ne réalisaient même pas : d'ici l'aube, il serait confortablement installé dans leur jacuzzi avec deux rouquines — ça, il en était sûr. Il a écrit des paroles de chanson sur un reçu et l'a passé à une femme assise à côté de lui. Elle l'a giflé et a fixé, furieuse, la fenêtre… La poussière du magasin avait formé une couche protectrice sur un vieux seau de café posé par terre dans un 7-Eleven. Le café s'épaissit de plus en plus, devient croûteux et rare. Seth ne voyait pas que je l'observais, comme une vraie obsédée, descendre quelques marches jusqu'au parking, les jambes arquées par la sous-alimentation. Je regardais cet étalage de fragilité avec désir et une curiosité perverse. J'étais assez bourrée pour baiser comme deux personnes n'avaient encore jamais baisé. Le problème, c'est qu'on n'arrivait pas à rester éveillés, défoncés par les relents des effluves de sirop pour la toux, du DXM, nous affalant l'un sur l'autre. J'ai décidé de faire la sieste dans la baignoire. Assise au milieu de toute cette vapeur, j'ai remarqué des morceaux de chair qui se détachaient en grands lambeaux gris, plongeaient dans l'eau du bain poisseuse, se dissolvaient en une couche de cendre à la surface du liquide anonyme. Épelant de sinistres secrets.

Peu avant de s'enfuir, Kim avait ramené chez nous deux chiots qu'elle avait achetés devant l'épicerie. À la maison, ils sont devenus fous, ont mangé les pantoufles de notre beau-père et ont pissé sur les documents du bureau du comté. Il les a envoyés dans un refuge où l'un a été endormi et l'autre est parti vivre avec une femme à Eugene. Le mort était moribond, de toute façon, et il a été achevé avec une série de piqûres. Notre beau-père était le chef de famille, maman, comme Jésus, était la cheffe de l'église : "Ce n'est pas une question de domination, c'est une question d'amour". Kim dansait en rond dans la cuisine : "Je passerai cette chanson jusqu'à ce que je la supporte plus", elle a dit. Quant à ses amis Rick, Ronnie, Peetie — cette *autre* bande de Putes d'Ados Hobos Accros — tous ces types venaient de maisons pourries. Ils en avaient eu assez et s'étaient enfuis. Ils faisaient chier les flics avec leur attitude j'm'en-foutiste et leurs corps déglingués, et être de minables putes vagabondes leur avait valu trop de branlées. Ils avaient des trous dans la gorge à force de cracher de la bile en direction des limites de la ville. Peetie avait une coiffure en brosse inégale et un tatouage qui disait BRÅNLE-TOI + MEURS en lettres majuscules et il portait tous les jours le même t-shirt marron aux manches roulées jusqu'en haut. Avant, il avait l'air normal, les joues bien pleines d'un jeune correctement nourri, les dents régulières, mais plusieurs mois sur la route et toutes les drogues et les autres trucs l'ont amaigri, ont tanné sa peau. Comme un cheval de trait fouetté à longueur de journée. Dans notre maison d'accueil, des bocaux de plantes d'appartement à demi formées étaient posés sur toutes les surfaces planes. Certaines n'étaient qu'un amas de brins de fil vert — de l'herbe, en fait — dans des verres d'eau. Comment on fait pour faire pousser une petite plante dans un verre d'eau ? Des racines orange s'enroulaient dans le verre trouble. J'ai cru en voir une remuer et rejeter une série de bulles, mais non... D'autres plantes qui ressemblaient à des ailes en papier mâché plongées dans une matière visqueuse étaient posées par terre sur des bouts de carton. Celles-ci étaient vraiment enracinées dans la terre. Des éclats plats de coquillage vert sur un bâton. Je l'arroserai dans un moment et elle glougloutera pour m'en réclamer davantage jusqu'à ce que toutes les bestioles qui vivent dans la terre aient escaladé la tige pour se mettre en sécurité. *La sécurité des bestioles ? Je m'en souciais ?* Kim repliait les oreilles du chat en arrière pour qu'elles ressemblent à des feuilles couvertes de feutre. Elle était surprise de voir à quel point elles semblaient prendre à la perfection la forme de petites fléchettes compactes. Elles étaient plus jolies comme ça, elle disait. Elle se souvenait qu'elle rabattait les oreilles de son chien en arrière pour que le côté peau soit visible. Elle disait qu'elle le coiffait... "Attends une minute, a dit Kim, dans sa chambre obscure avec Rick en plein après-midi, c'est pas parce que tu m'as apporté une vidéo que je dois coucher avec toi. De toute façon, on est amis." À peine elle avait dit ça qu'il s'est à nouveau glissé jusqu'à son visage et, l'espace d'une seconde, elle a été certaine que ça allait se produire : Premier Contact. Elle s'est hérissée quand il s'est approché pour l'embrasser. S'est brusquement dégagée. "Putain, ton haleine sent l'établi de taxidermiste..." Son visage lui rappelait celui de nombreux autres qu'elle avait vus débarquer en Oregon pour mourir.

Il y avait quelque chose de pathétique chez Rick. Il était sombre et ressemblait à un écureuil. Timide et désireux de plaire, novice et brut de décoffrage. Démuni... Kim n'arrivait pas à l'empêcher de tourner en rond comme un chien qui aplatit le sol pour dormir. Problème, le sommeil avait tendance à leur échapper à cette époque. Il aurait fallu diminuer l'emprise mortelle du speed / de la conscience / de la vie...

Un été, j'ai attrapé un petit animal diabolique. Je l'ai mis en cage mais il m'a plaquée. Pas de problème. Après son départ, je lui ai donné des ordres de loin. Maintenant, je contrôle ses gestes à distance, des liens que j'ai noués au cours de mois indélébiles et sans fin d'errance répugnante. Marchant, perdue, mon corps bouillonnant jusqu'à ce que toutes les pensées dans ma tête s'évaporent. Les traînées de vapeur dans le ciel infectent vos poumons et me poussent dans des bulles de votre cerveau à chaque respiration prévisible. Cet été-là, j'étais une adolescente carnivore. Durant les nuits étouffantes, je déterrais çà et là de petites choses que je dénichais au fond de trous. Quand je me faufilais sous les passerelles en acier dans le centre-ville, je gardais toujours les yeux rivés au sol, frappée par le nombre de punks de caniveau, de mendiants, de fouilleurs de poubelles, de branleurs, de vagabonds et de clochards romantiques qui ne pigeraient jamais : le fait que nous devons creuser pour découvrir ce que nous ne comprenons pas *parce que nous vivons dans un passé que nous ne comprenons pas*. J'ai trouvé une cassette vidéo au milieu d'autres trucs. On y voyait des jeunes faire la fête dans un appartement. Ils étaient tous défoncés au speed, se tatouaient mutuellement pendant qu'une fille serrait son chat contre sa poitrine, bourrée, allongée sur le sol du salon. Elle observait d'un regard vide ce qui se déroulait autour d'elle, un peu abasourdie peut-être, mais s'abandonnant tranquillement et avec délice à son ivresse nonchalante. Elle feuilletait des brochures religieuses dans l'obscurité. Je m'identifiais à cette fille sur la vidéo, sa gêne me sautait au visage depuis sa bouche tordue. Elle me regardait, mais sa frange dissimulait tout.

En passant par les squats anarchistes entre Salem et Eugene, je n'ai pas pu m'empêcher d'absorber les désirs de tous ces gens logés dans chaque recoin possible, aspirés dans les jointures des poutres. Leur extrême autosatisfaction réchauffait l'espace caverneux tel un énorme poêle ventru ronflant. Ils se faisaient la lecture à la lueur d'une ampoule nue qui brûlait sur le flanc d'un immeuble adjacent. La pièce était éclairée de marron sous la faible lumière orange. Leurs corps étaient enveloppés et ficelés comme des fromages et, de fait, leur peau, à la vue et au toucher, ressemblait à un délicieux fromage arrosé de sel parce qu'ils n'ont jamais quitté la lumière marron. Ils avaient de l'argent — pourquoi ils ne s'en servaient pas ?... Toute idée de fuite était bizarrement absente. Ils s'entortillaient tels des serpents à ceux qui se trouvaient à proximité et avançaient à tâtons, de façon poignante, leurs esprits passant en revue les détails de la procédure permettant de fabriquer des bombes avec des articles ménagers. Brûlants d'être de vrais fugitifs, qu'un véritable désastre frappe ; ils voulaient ramasser les miettes sur le sol des maisons des flics, des juges et des surveillants du comté, pomper l'eau des robinets des anciens occupants une fois que ceux-ci se seraient arrachés à ce monde, étranglés et en plein conflit. Ils se donnaient beaucoup de mal afin d'écrire à l'avance des lettres de suicide pour tous les robots importants dont ils avaient prévu la mort. Les flics n'avaient aucun indice, aucun renseignement sur eux. C'était une guerre strictement subliminale, menée derrière les yeux noyés de sang, la peau marquée à l'acide, crachée d'une cuve bouillonnante de gruau sur le gaz. Ils partageaient un corps géant. Il était tout le temps affamé parce que ce n'était qu'un bébé.

Dans le *diner*, quelques-uns restaient là à distraire le serveur pendant que d'autres plongeaient à l'arrière et remplissaient leurs pantalons de pains du dîner. "Espèce d'ordures de merde, on leur disait, on n'est pas en Europe, vous savez !" Des anarchistes ! Rien de surprenant là-dedans. "Regardez-les se branloter sous la table. On dirait qu'ils dirigent une symphonie, là-dessous..." Josh s'est levé et leur a balancé un verre de glaçons : "Couvrez mon toit de chaume, enfoirés ! Faites tourner mon moulin à vent bucolique !" Ça devenait redondant : "Étranglez-moi avec vos cils extra-longs ! Avec votre bière et vos cigarettes de luxe... !"

Debout avant l'aube, on est allés à un vide-grenier en ville et les gens nous regardaient comme si on était des putain de tarés, mais c'était eux qui étaient bourrés et se cassaient la figure sur leurs trucs pourraves empilés dans la cour. Je me disais, genre, les mecs, arrêtez de me renverser de la bière dessus et dégagez avec votre ballon de plage merdique... C'est un peu comme faire du shopping sur une autre planète. L'endroit est habité par tout un peuple souterrain, dont, de façon disproportionnée, des quinquagénaires célibataires à la barbe grisonnante, vêtus de chemises hawaïennes et conduisant des camionnettes sans vitres, qui gagnent chichement leur vie en achetant des box de garde-meubles saisis dans des ventes aux enchères et en refourguant la marchandise dans des bourses d'échange. Ils vivent à la cool, à l'écart de la société de masse, généralement enterrés au milieu des saloperies qu'ils essaient de vendre sans y parvenir. C'est une espèce en voie de disparition. Leurs vies sont pleines de conneries, de mystères et d'intrigues avec pas grand-chose pour compenser, en termes de personnalité. Nous avons découvert des preuves d'activité humaine ancestrale près d'un four à chaux dans les bois, abandonné il y a 175 ans. Nous avions le sentiment que d'horribles tragédies avaient été infligées à ce lieu. Peut-être la planque d'un tueur. Peut-être qu'un type a été enchaîné à son lit dans les années 1910. Peut-être qu'une famille d'adolescents désespérés est morte de faim dans le ruisseau pendant la Grande Dépression. Nous avons suivi les empreintes de pas fossilisées de petits adultes du passé — les traces d'une ancienne race d'enfants pimpants, des enfants-animaux au langage indéchiffrable. On a trouvé une chaussure, un mégot de cigarette fossilisé, un squelette de chat. En fouillant, en creusant dans les parages, j'ai commencé à dénicher des objets à la fois mystérieux et familiers, guidée télépathiquement par d'horribles artefacts émettant un son des mètres en dessous. Mais je ne peux m'empêcher de penser à tous les autres objets qui poireautent dans des garde-meubles à travers tout le pays. Haletants, la sueur perlant sur leurs films de polyester, attendant que la porte de leur prison s'ouvre et laisse entrer cette étrange lumière. Dans tout le pays des containers de stockage sont posés sur le sol, pleins et silencieux. Seuls dans le noir ; dégageant cette énergie négative que seuls les objets entreposés peuvent produire. Palpitant dans l'obscurité.

Quand on est allés là où on peut faire encaisser ses chèques, il était presque trois heures du matin et il n'y avait personne. Puis on a aperçu deux yeux qui nous épiaient par-dessus le comptoir. Le type qui travaillait là, je suppose, mais ça paraissait bizarre, comme s'il trafiquait quelque chose derrière. On s'est avancés et on a remarqué qu'il était accroupi mais que de toute façon il ne mesurait qu'un mètre vingt. Il nous fixait et émettait des bruits grimaçants douloureux, comme si respirer était à la fois précieux et déchirant. Il ressemblait à Evangele, hormis que sa peau était grise et boutonneuse et que ses cheveux semblaient implantés à l'envers. Quand il s'est mis à parler, on aurait dit que quelqu'un avait appuyé sur un bouton. Une voix est sortie d'une fente dans le comptoir d'encaissement. "L'Homme Aspirine : Son Histoire", il a annoncé.

— Quoi ? a dit Josh.

— J'attends, vous savez...

— Je peux avoir des cigarettes ?

— Approchez-vous un peu, vous entendrez mieux. Prêtez l'oreille, les enfants.

— Que quelqu'un l'éteigne, sans déconner.

— Vous êtes en fuite, les enfants ? Moi aussi à votre âge." On n'a pas répondu, pourtant il a continué : "C'est dur dans les tranchées, je ne le nie pas, mais ici, ce n'est pas non plus un parterre de roses !... Vous avez été blessés, les garçons ? C'est bien, mais moi je suis complètement détruit. Ça fait deux ans que je travaille de nuit. Vous savez ce que ça signifie ? Épuisé ! Lessivé ! Oh mon Dieu !" Il parlait tellement fort qu'on aurait dit qu'il criait pour qu'on l'entende depuis l'autre berge d'une rivière noire : "La nuit, je somnole au bout d'un pont basculant avec une boîte de comprimés d'Anacin super forts. La situation derrière les supermarchés est désespérée, avec toutes sortes de gens désespérés, d'animaux désespérés, de choses désespérées qui furètent à l'autre bout du pont basculant. L'ouverture dans le bâtiment est exactement de la taille du camion qui vient livrer la nourriture à l'intérieur. Il s'arrête et toutes les denrées peuvent rouler dans la réserve géante. Mais avant que le camion puisse s'arrêter, il y a le pont basculant et c'est là que j'interviens. Je suis le tireur de levier, l'actionneur d'interrupteur."

Après un silence où il a même fermé les yeux, il a poursuivi : "Les Anacin super forts me permettent de continuer. La nourriture qui sort de ces camions ne m'est d'aucune utilité. Besoin de rien d'autre pour me stimuler — seulement de ce minerai blanc aigre qui démolit mes membres… Mon estomac s'est depuis longtemps durci en un gros caillou blanc. Mes yeux sont deux balles de ping-pong emplies de sable, de l'eau du robinet coule dans mes veines — mais mes mains sont toujours enroulées autour de cet interrupteur, prêtes à appuyer. Je suis l'Homme Anacin actionneur d'interrupteur sculpté ; passez devant moi et vous atteindrez l'entrepôt de vos rêves ! Mon lit est aménagé dans la cabine bousillée d'un camion Mack — cet incubateur meurtrier de moustachu diabolique. Sièges en peau de lézard, verre d'eau sucrée, excroissance hypertrophiée là où se trouvait autrefois le volant… Je me rengorge et m'installe sur une palette de tampons d'ouate à l'arrière et je regarde une petite télé que j'ai là-bas, en me léchant les pattes et en humectant mes oreilles et je regarde ma petite télé et je rêve des rêves d'Anacin, un cerf blanc entouré de lunes aussi grosses que le ciel."

Devant la supérette, à un endroit du ciel plus noir qu'un orage serpentant au firmament, il y avait une fente dans les nuages. De mes yeux sans filtre, j'ai observé le ruban qui ondulait et s'enroulait nonchalamment dans le crépuscule. Tard le soir, je me suis perdue à l'intérieur… Je me souviens m'être trouvée dans la cuisine avec Kim et elle s'est tournée vers moi et a dit de façon énigmatique : *"Je peux sentir le vent qui naît au milieu de cette maison !… Il tourne, tourne, tourne, forcit, se déchaîne sauvagement. Il tourne et cingle, me transforme en ce que j'ai toujours voulu être… mes organes se cristallisent et deviennent des gemmes."* Elle s'est assise toute droite, fixant le mur derrière moi. J'ai dit Kim, tu sens la PES ? Elle vient te chercher ? Elle a répondu Oui, je la sens…

"Tu sens aussi la tempête ?"

Et j'ai répondu : Non. Je ne peux pas.

Elle semblait toujours un peu embryonnaire. Revenant à un état liminal déclenché par son départ de la maison, comme si la bâtisse elle-même lui permettait d'aller de l'avant, d'évoluer jusqu'à devenir une vraie personne. S'enfuir équivalait à un retour en arrière. Elle est tombée et s'est effondrée au bas de la chaîne alimentaire au cours du printemps… Dans cette pièce secrète sans porte existe une jungle dorée où tout est précieux et sauvage. Je convoitais un éclat d'os dont on disait qu'il provenait de l'expédition Donner[4], incinéré avec des marques de boucherie visibles à l'œil nu. D'autres objets sont apparus dans la terre au fil du temps. Des objets que j'avais du mal à situer : des tessons de porcelaine, une croûte de pain pétrifiée, des dés, une boule de Scotch plié pour ressembler à un glaçon écrasé. D'autres impossibles à reconnaître mais qui tintaient malgré tout dans ma poche, des bouts de bois, de

[4] En 1846 un groupe de pionniers parti d'Illinois, composé de 87 personnes et dirigé par Georges Donner, se retrouva coincé dans la Sierra Nevada par une tempête de neige. Ayant épuisé leurs vivres, certains se livrèrent au cannibalisme.

verre. Pris ensemble, ils étaient mon Jeu de divination. Je les secouais, les lançais sur la table et les déchiffrais. Les objets perdus me conduisaient comme un guide fantôme à travers la forêt, des villes et des quartiers qui empestaient la mort et des choses fraîches, urgentes, sur lesquelles je n'arrivais pas à mettre le doigt.

Je me suis agenouillée sur un parterre de trèfles contre un mur de soutènement humide. Au nom du Père, du Fils et du Saint-Esprit j'ai dit, comme si je savais, en tapotant chaque petit nodule sur la tête des trèfles. Je suis devenue fébrile à l'idée de déchirer une des feuilles en deux pour obtenir quatre feuilles, comme si je comprenais d'un coup, pour la première fois, ce que ça signifiait. Reliez les quatre feuilles à la tige et la croix à cinq branches redoutée — le pentagramme — apparaissait. Qu'est-ce que ça signifiait ? J'ai dessiné mentalement des esquisses de chaque possibilité et du nombre qui lui était associé. J'ai songé au petit sachet d'os resté toutes ces longues journées et nuits d'hiver dans la poche de mon tablier. Je les comptais et marmonnais le nom et l'origine de chacun d'eux en louvoyant sur les chemins de terre de ce côté-ci de la forêt pluviale du Nord-Est. Je rêvais de blé. Des boisseaux de grands tubes bien nets de tiges friables. Bizarre, parce que je ne me suis jamais sentie proche du blé et je n'en ai jamais approché et je me demandais pourquoi je rêverais d'un grain d'une importance cosmique. Je voyais de petits oiseaux marron s'agiter au bout de longs épis de blé. Ne faisaient-ils qu'un ? Un bruissement de plumes tranché par la faux ; un boisseau charnu de tiges friables ?... *"S'il vous plaît écartez-vous de l'ombre de la dame"* ai-je entendu du coin de l'œil, et je me suis réveillée. Le blé était une personne, alors ? Une mère humaine ? Un ange féminin venu me sauver ? Tard le soir dans le salon de mon ancienne famille, je me suis réveillée et me suis assise au milieu du lit. De la poussière de plastique s'élevait de la moquette bleue épaisse telle une vapeur silencieuse et dangereuse. Le chat fouillait sous une couverture et a fini par dénicher un reste oublié de vieille bouffe sur le sol, peut-être rien de plus qu'un minuscule bout salé provenant d'on ne sait quoi. Contrairement à ce que j'aurais trouvé judicieux de la part d'un animal, il a léché cette tache sur le sol très longtemps. Je l'ai enlevé de là, sa langue encore à moitié sortie de la bouche. Mais les chats n'ont pas vraiment de bouche ; ils ont ce qui ressemble plutôt à un petit piège à ours salé et compact. L'extérieur était mieux éclairé, les réverbères orange bannissaient toute vie dans la rue en dessous. Le faisceau cru des projecteurs écrasait les battements de cœur au cœur de la nuit. Je me suis retrouvée dehors, surplombant les vers qui se regroupent dans la rue à cette heure nocturne, inconscients de leur destin entre les mains d'un monde diurne qui ne leur appartenait pas. J'ai commencé à me sentir vaguement coupable de ne pas les mettre au courant. Ils allaient frire comme les autres quand le soleil se lèverait, comme tous les vers du passé ; aucune raison qu'ils soient différents. Et peut-être qu'ils finiraient par connaître intimement cet endroit, après tout. En s'incrustant, grésillants, à la surface, ils se confondront avec elle, en un sens, contrairement à n'importe quoi d'autre. Je regardais dans le vide et j'ai senti mes globes oculaires percer des trous dans leur douce peau pâle. Méritent-ils ça ? Je suis allée au tonneau de récupération des eaux de pluie derrière la maison des voisins. J'ai fait infuser une tisane rustique composée de diverses fleurs, de brindilles et de cailloux qui entouraient une des tombes sur la colline. Je suis redescendue ; un sentiment de prédictibilité imprégnait le chemin ; du jus s'écoulait de fissures et s'accumulait en de sombres réservoirs au niveau de la rue. Les microbes qui vivent sur les petits cailloux sont censés vous donner le don de clairvoyance — s'ils ne commencent pas par vous enfermer dans l'échafaudage statique de votre foutu squelette.

Pauvre petite fille, fuyant pour de bon ; fuyant sur un chemin circulaire fait de gravier, de béton et d'asphalte, entrant et sortant de villes et de lotissements, jusqu'à ce que, le quatrième jour, elle s'écroule près de la limite du comté. Elle est tombée sur un bureau de prêts hypothécaires vacant dans une zone boisée, s'est faufilée à l'intérieur pour lécher ses blessures. Des hors-la-loi se trouvaient déjà là et ils lui ont immédiatement sauté dessus, des calmants à la main. Elle est restée une semaine hors-jeu après cet incident, abandonnée quand les autres jeunes ont pris un train pour quitter la ville. Des jours ont passé sans que personne ne la découvre, même si ses pieds dépassaient de la porte d'un placard, mais elle s'est à nouveau enfuie, se libérant d'une clé de cou et descendant la rue en courant. Heureusement, il ne manquait pas de canapés libres dans le voisinage. Elle en a choisi un, probablement le mauvais, parce qu'elle est restée étendue là sans un bruit une semaine entière. Coincée dans cette maison silencieuse dont elle avait le sentiment qu'elle avait toujours été là, entourée de parkings de tous bords, condamnant par ses pulsations électriques tous ses semblables à devenir ses esclaves. Étendue là, consciente des déplacements humains tracés sur les murs, mais pas un bruit. Il semblait y avoir des gens partout, des ombres qui la chatouillaient et l'effleuraient en la voyant. Dans cette pièce, il ne faisait jamais jour ; l'après-midi mourait avec sa capacité à régurgiter du vomi toxique à la demande pour faire fondre la poignée de porte et s'échapper. Et ces Gens de la Nuit qui l'avait gardée captive tout ce temps ? Qui ne lui donnaient rien d'autre que des liquides et une paille ; qui rongeaient ses ongles et faisaient se lever et se coucher le soleil sur elle à volonté ? Ils ne cessaient de lui murmurer à l'oreille que "le milieu de la nuit est à l'intérieur", mais elle entendait à peine. Hibernationalistes, ils essayaient de l'entraîner avec eux pour l'hiver, mais son esprit refusait de se fermer et, inquiet, comptait les jours. Alchimistes amateurs, ils étaient revenus un jour avec des liquides pour elle, un mélange à base d'eau sucrée qui l'avait laissée perdue pendant des heures dans une crevasse hantée du canapé. Un jour, sentant que je m'approchais, j'ai tout doucement tourné au coin dans ma tête. Dans un rêve, elle m'a parlé d'un type qu'elle avait rencontré qui avait déverrouillé son don de clairvoyance au point qu'elle était capable de l'arracher à l'endroit où il se trouvait pour m'en faire cadeau, ajoutant avec emphase que ce que je cherchais était enterré "un peu à l'écart des rails à Salem".

On est allés chez Cockbuster[5]. Depuis la dernière fois,

[5] Jeu de mot dérivé de *Blockbuster*, célèbre chaîne de vidéo-clubs et de *Cock* (bite) *buster* (exploseur de).

ils ont déplacé les vidéos tout au fond du magasin, une nécessité pour maintenir ce qui autrefois était l'activité principale de ce commerce. Vous faites chier, les mecs! on s'est écriés, en passant au crible de petits boîtiers blancs. J'ai bourré mes poches de snacks. La moquette bleu et jaune puait et les employés dormaient tous à l'entrée. La moitié du magasin était plongée dans le noir, alors on se tapissait là, accroupis derrière un présentoir chaque fois que les flics braquaient leurs Maglite sur la vitrine. Murph a arraché le bord de la moquette et a continué de tirer sur le lambeau et on a découvert des initiales gravées dans le sol en ciment en dessous. J'imagine que ce sont celles des ouvriers qui ont construit cet endroit inutile... Soudain, on a entendu comme un coup de fusil cataclysmique, on s'est levés et on a vu un des employés debout sur la caisse, un balai à la main, qui tapait sur quelque chose contre le plafond en miroir. Il a continué de taper et a fait exploser presque toutes les lampes restantes. Ils ont monté le son de la stéréo du Cockbuster, ont hurlé et brisé des lampes dans tous les coins. "Chope-le! Chope ce putain de truc!" De quoi ils parlent? Putain, on se demandait ce que ces connards faisaient là-bas. "Ha ha!" Les employés criaient et faisaient de grands gestes, mais on les entendait à peine par-dessus les sons grinçants de ce qu'ils passaient sur la sono du magasin... Au concert de rock dans le sous-sol, les punks Krishna cradingues à côté des marches se livraient à des discussions sans fin afin de déterminer si la croix était en fait un glyphe ultra simplifié de deux personnes ayant des rapports sexuels. Il se murmurait aussi des spéculations pour savoir si oui ou non le chanteur de ce soir-là allait sortir sa croix de son pantalon. Et encore d'autres débats pour savoir si tout ça avait vraiment une signification. Ils ne savaient donc pas qu'il manquait quelque chose à tout ça ? Ça me titillait. Les affres de cette absence précise propulsaient une énorme et sanguinolente écume de crise qui montait jusqu'au bord du corps déglingué de la scène. Ou peut-être qu'elle jaillissait du nez de la scène tellement elle riait fort. C'est le progrès, je me suis dit. Ils ont gagné. La vraie vie a été menottée et entravée avec succès et exhibée sur la grande place de la ville — comme si cette image n'avait pas déjà été suffisamment trafiquée. *Je veux seulement que ce soit réel — je suis prête à faire en sorte que ça le soit...* Et quand j'ai prononcé ces mots, la ventouse à vide dégueulasse qui crachait du sang partout sur mes cheveux s'est dressée sur ses coudes, a tiré une rallonge, l'a branchée sur le trou à l'emplacement de son nombril, a gobé trente-huit Excedryn et est morte tranquillement.

C'était inéluctable. Ce n'était plus les années 1990. Ce n'était même plus le Pacifique Nord-Ouest. Quelque chose était arrivé qui avait tout balayé et j'avais été abandonnée enfermée dans un sarcophage puant, rêvant de l'endroit où j'étais née, me sentant très triste parce que cet endroit aussi avait été ramassé et fourré dans la gueule du monde. J'avais l'impression d'être coincée à mi-chemin du tube digestif de quelqu'un en sale état.

Tant de raisons de dormir tout le temps. Tant de facteurs pour que la somnolence soit l'attitude de l'époque. Sauf que pour moi, c'était réel. C'était *obligé*, sinon notre espèce ferait face à une extinction plus définitive que jamais. À quoi je pensais ? Ils avaient tous tellement peur de la mort qu'ils se couvraient de crânes et s'étranglaient avec des discours sur les fameux tueurs de hobos dans une tentative de la charmer afin de la tenir à l'écart. La vérité, c'était que la Peur s'était déjà glissée au fond de notre gorge et attendait telle une graine caustique de s'embraser afin de brûler la peau de son hôte jusqu'à l'os. J'ai regardé autour de moi. Leur attitude face à la vraie vie était épuisante. Rien ne semblait sacré — mais tout l'était. Certains prétendaient être des sages et arboraient la longue barbe du clergé russe, ou faisaient tinter leur bâton de prière et mangeaient des fruits en saumure comme les *born again* qu'ils étaient. Des chamans et des mystiques, sauf qu'ils ne l'étaient pas. Des guillemets recouvraient leur corps pareils à des morsures de lapin noircies, tout le monde en avait marre. Ça me fatiguait à un point. Je n'avais qu'une envie, partir ailleurs. Le manque me rendait terriblement triste parce que c'était la mort de tout ce que je pensais connaître et ça me laissait un mauvais goût dans la bouche. Crayeux, le sang était sec depuis des semaines.

Cette nuit, juste avant deux heures, il s'est mis à pleuvoir. On est allés au supermarché, on a dit à tout le monde de se barrer en pénétrant dans la réserve où on s'est tous endormis sous une caisse de rhum brun. En me retournant, j'ai vu Murph se branler devant son reflet dans le miroir ! *Merde, sois un peu classe !* Pour en rajouter, l'enfoiré fumait une clope, une de ces longues cigarettes délicates pour dames. Il a craché la cigarette, ah ! Victoire ! Un petit incendie a démarré dans le coin. Knowles et Josh ont escaladé les poutres de l'entrepôt et ont déchiré des tas de paquets d'articles d'épicerie entourés de plastique, riz, nouilles instantanées. Ils se sont vidé des boîtes d'assaisonnement dans la bouche, la poudre se transformant en sauce dans leur estomac. Knowles s'est lui aussi écroulé là-haut ; Josh est redescendu et il a commencé à saccager les toilettes des employés. *Ne me laisse pas approcher, je vais te mordre, je vais te mettre en pièces. Je veux te manger !* La tête me tournait, je tordais compulsivement mon sweat-shirt pour rester consciente, déjà imbibée de bière depuis le soir précédent ; j'ai été prise de violents haut-le-cœur et j'ai vomi sur Seth, la bile traçant un chemin jusqu'au pantalon froissé à ses pieds. Je me suis effondrée plus loin, roulant sous un présentoir à pain dans le coin. J'ai eu un trou et je me suis retrouvée étendue à plat ventre sur le sable. J'ai craché plusieurs mégots de cigarette salés. Je passais des matinées entières dans le bus pour me rendre au centre commercial, traînant dans le *food court* abandonné aux heures creuses en début d'après-midi. Des nuits et des nuits à dormir recroquevillée en haut des étagères en acier orange de l'entrepôt du Safeway. Désormais, sous une pile de boîtes d'assaisonnement, je manigance ma fuite… Je cherche une proie dans l'interminable nuit, le brouillard dissimule mes couteaux, mes secrets. Je vais fouiller votre âme — ne me laissez pas faire !

Au concert de rock en sous-sol : ils tapent des pieds, écrasent les feuilles vertes humides dans le sol. "C'est bon, sois pas triste", a dit une voix dans un coin de l'assistance. Un membre de ceux qui se font appeler les "Marionnettes à doigts de Jésus". Il a fait un gros doigt, "allez vous faire foutre", il a éructé, ses dents devenant plus pointues… Discernables au milieu du bruit de soufflerie assourdissant. La fumée éclairée de rouge soulevait la pièce vers des régions exotiques. Les Sorcerers étaient sur scène et on aurait dit que des milliers de soldats identiques — qui tous s'ennuyaient ferme — fixaient le panneau de sortie en grattant les bestioles dans leurs manches. Un gamin / homme en forme de poire envoyait sa voix mielleuse se répandre dans les airs. Si je cessais de fixer un point précis, j'avais l'impression que quelque chose de mécanique se déroulait dans la pièce — la texture palpitante d'un objet immense qui recouvrait tout, détectable uniquement par des yeux d'oiseau. Le plus épuisant, c'était la puanteur des tas putréfiés de baies et de trèfles (à quatre feuilles ou cassés) qui pourrissaient dans de grands paniers tout autour de la salle — des pots-pourris censés masquer le dégoûtant ordre du jour de la salle. Les poches de Knowles étaient remplies de pastilles de menthe. Il était obsédé par la menthe et se sentait légèrement grippé dès que le goût se dissipait et que son haleine normale revenait. Entre les groupes, Josh faisait semblant de peloter le néant devant lui, disait qu'il allait "baiser la musique" et s'activait dans le vide... Mais c'est la musique qui nous baisait. Et pas manqué, quinze minutes plus tard, trois enfoirés à cheveux longs portant des sangles noires sont montés sur scène et ont libéré un vitriol métallique venu des profondeurs d'une horrible prison quelque part. Une lueur de l'Enfer brillait dans leurs yeux vitreux. Dans les ténèbres au centre du club, leur musique s'évaporait dans une fosse bouillonnante de soupe merdique tandis que les fans sniffaient des inhalateurs Vicks, "la meth de la dernière chance" et tombaient dans le coma sous les grands matelas qui bloquaient l'escalier... J'ai retourné le petit morceau de papier cartonné beige sur lequel avait été notée l'"affliction" du jour. J'avais commencé à me fier au hasard pour déterminer comment je devais me sentir. Et bien sûr, ça n'avait pas été probant. J'ai secoué la tête : *trop de mots*, j'ai mâchouillé des graines saumâtres de camomille sous les néons grésillants. Du gaz blanc suintait de bas en haut à chaque extrémité du tube illuminé. De la suie recouvrait la partie supérieure et des mouches léchaient et aspiraient des bestioles sur toute la longueur de la rallonge. Je me suis assise dans le lit, un truc inhabituel que j'avais coincé entre deux lavabos dans les toilettes d'une station Chevron. J'ai allumé. Quelques serviettes en papier étaient écrasées entre mon épaule et le lit pas fait, indiquant que j'avais dormi longtemps. Mes jambes étaient si blanches, la plante de mes pieds orange et froide... "*Je veux vivre dans la forêt, baby, yeeah-eeow...*" Où que j'aille, quel que soit le concert, il y avait immanquablement un type sur scène dont une chanson parlait de tout quitter pour aller vivre là où on pouvait faire ce qu'on voulait — comme si par magie on cessait de vous pourchasser lorsque vous atteigniez des arbres et un ruisseau glougloutant. Les mecs essaient immanquablement d'agir exactement comme ils ont envie, à savoir qu'ils cherchent toujours une façon de faire de leur vie une œuvre d'art parfaite et exemplaire, au-dessus des "Forces". Ils peuvent généralement faire ce qu'ils ont envie, ce qui rend d'autant plus insupportable ce qu'ils *font* en réalité.

J'ai fait une sieste et je suis retournée dans le salon de mon enfance — une maison avec deux prises de courant où chaque cordon d'appareil électrique était tendu au maximum, comme si un réseau de fils-piège nous narguait, rendant toute fuite impossible. Des petits morceaux de fourrure saignaient lentement sur des bouts de journaux. Ma mère d'accueil s'activait, fabriquant des armatures en fil de fer, attachant des bandes durcies de plastique jaune pour le bec et enfonçant des graines dans la tête pour les yeux. Des concoctions diverses bouillaient sur la gazinière et, quand elle était prête, elle plongeait successivement les carcasses dans chaque récipient ; peu à peu, elles grossissaient en taille et en volume, de nombreuses fines couches qui séchaient pour former un cuir floqué, une nouvelle peau collée en plis poussiéreux sur la structure musculaire... Des corps d'oiseaux et d'animaux nains reposaient sur des bouts de journaux. Maman d'accueil fabriquait de petites silhouettes d'oiseaux motorisées à l'aide de fil de fer, de ficelle et de morceaux d'argile. Ils sautaient au milieu des chevrons et restaient là, dégoulinants de pâte, perdant leurs poils et de minuscules ressorts. Des fourrures séchaient sur des formes en bois, des vessies d'eau chaude pressurisées couvertes de fourrure, des peaux d'oiseaux retournées, saupoudrées de fécule de maïs et d'arsenic. De fines éraflures faites au ciseau sur un os vert, des crânes vidés de l'intérieur. Des crânes de cerf piquetés de pourriture d'eau de javel. Carapaces creuses puantes de punaises d'eau, hannetons, viande avariée, minuscules traînées d'empreintes d'huile noire courant en coutures décoratives le long de la nappe. Maman d'accueil planquait des trucs dans toute la maison. Elle cachait ce qui l'enquiquinait. S'activant dans sa robe noire et son tablier blanc — *Tu dramatises, tu es obsédée !* me répétait-elle sans cesse. Je ne voyais que l'image inaltérable de moi-même chevauchant sur son dos jusqu'à l'oubli. “Obsédée”. Oh, maman ! Elle entassait les vêtements parce que le corps humain exposé en dessous de la mâchoire était obscène (son corps en dessous de la mâchoire était strictement *hors scène* et sa taille était sanglée bien serrée avec des bandages qui l'enveloppaient de façon à suggérer une sorte de fertilité perverse, stylisée). Ses manies étaient de nature cyclique. Quand elle ne pratiquait pas la taxidermie, elle se jetait sur les sources de saleté, la modelait et la transformait, extirpant des choses qui traînaient, visibles, sur le sol. Malgré tout, elle avait découvert de nouvelles façons industrieuses de tenir l'orage à distance. Elle dessinait au crayon de magnifiques éventails semblables à de la dentelle sur les nus qui se tortillaient autour de la cheminée, plongeait des photographies dans l'encre, dissimulait des photos de bébé sur le frigo à l'aide de petits pantalons et vestes pleins d'imagination. L'homme sur la couverture du magazine portait un costume dessiné au blanco. Il y avait un livre, une chronique de la conversion des Indiens Costanoans par les missionnaires espagnols, sur lequel elle avait sérigraphié une nouvelle jaquette. Les Espagnols, enveloppés de robes de crêpe fabriquées avec soin, s'armaient de courage face à de menus Ohlones et Miwoks richement costumés. Même les morts étaient allongés sous des tas de babioles et plusieurs couches de parures, de minuscules vêtements découpés à l'emporte-pièce, légers comme l'air et invraisemblables comme le papier d'une lettre d'amour.

Seth et moi, on s'est poursuivis, courant comme des débiles défoncés jusqu'au "mini-désert" du terrain vague qui s'étend de l'arrière du centre commercial aux limites de la ville — où se trouve un petit aéroport abandonné. La piste s'arrêtait à l'endroit où une chaise électrique en bois, aussi grande qu'une maison, se dressait au sommet d'un monticule de terre. Dix personnes auraient pu jouer autour de ce truc et, aux dires de beaucoup, ça arrivait souvent. C'était un vieux projet artistique d'une autre époque, imbibé de bière. Des crânes d'écureuil logés dans les fentes des planches gauchies. Un rayon de soleil tombait du ciel sur la chaise et l'illuminait sur fond de poussière, si bien que le monde semblait jaune, crémeux et cendré tout autour. On a fait la course jusqu'à la chaise électrique, qui allait gagner? Je ne sais pas que c'est une course. *Qui va gagner?*... Je me retourne et je vois des étincelles jaillir de tes yeux. Des oiseaux s'envoler de ta bouche. Sans un bruit. Je t'ai rattrapé au moment où tu t'écroulais et on est tombés en silence tous les deux, presque comme si on tombait de sommeil, chacun entraînant l'autre au sol, s'agrippant à ce qu'il pouvait... J'ai passé toute la nuit avec lui sans vraiment regarder son visage. Je n'y arrivais pas. J'avais peur de ce que je pourrais découvrir si je regardais.

Dans ses yeux, je voyais des étoiles qui me fixaient — j'en avais déjà trop déchiffré, je ne regardais plus. Sa bouche était l'endroit le plus chaud de son corps et je la cherchais, comme une petite fille… Je me souvenais des minuscules crépitements d'une radio à très faible volume, tard le soir, et j'imaginais me trouver dans la même pièce que sa source, le lieu d'où venait la chanson — et de la moiteur oppressante de tout ça. Désormais, c'était dans mon cœur qu'était diffusée son immensité, comme les sons ténus à peine audibles sortant de cette boîte, et c'était affreusement triste. "*Il te capturera et te tiendra dans ses bras de velours urticants*"… Il avait déterré une grosse betterave dans le jardin des voisins.

"Je l'ai choisie parce qu'elle ressemblait à un cœur, anatomiquement, a dit Seth. Tu vois ?" Il l'a coupée avec un couteau-scie. "Il saigne exactement comme nous. La seule plante réellement vivante." On a fait cuire les morceaux dans une casserole sur le réchaud du camp. J'ai une sensation de chair et de moelle dans la bouche. "Ce n'est pas pour rien que le heavy metal se préoccupe de viande et de sang, a-t-il poursuivi, en tripotant des morceaux de betterave, c'est pour nous avertir de ne pas oublier d'où vient notre chair…

— Mais ils essaient de nous choquer avec le sang. Comment agiter un bout de viande sur scène va nous faire éprouver de la compassion pour l'animal ?" Le bruit qu'il a fait en faisant semblant de se couper le bras nous a fait rire tous les deux et on a abandonné la discussion.

———

“J’ai toujours voulu être le genre de personne à aimer ce groupe”, a dit un type dans le public. Le guitariste a appuyé à fond sur sa Big Muff, une parmi la douzaine de pédales d’effet fixées sur une planche de contreplaqué à ses pieds. La frange du batteur fouettait l’air quand il frappait sa cymbale ride. *Laisse-moi entrer! Laisse-moi entrer!* Dans la salle, les regards convergeaient tous dans la même direction, rivés aux membres du groupe. Ils nous retournaient nos regards. Le batteur m’observait d’un air absent en cognant comme un sourd. C’était une petite salle et je m’étais retrouvée juste devant lui. Je ne savais pas trop quoi faire. C’était un des premiers concerts de Hibernation Spectacle, un groupe marxiste vulgaire de psychedelic-doom dans lequel Evangele était impliqué d’une façon ou d’une autre. Difficile de savoir s’il était le manager ou traînait seulement avec eux. En tout cas, ils étaient sympas avec lui, le laissaient monter sur scène pendant qu’ils jouaient. Evangele scrutait la set-list les bras croisés dans le dos, ou leur adressait de grands gestes comme un chef d’orchestre pendant les parties les plus bruyantes.

Tout autour de nous, la ville tombait en morceaux, retournait à son état préhistorique. Dactyl avait entrepris d’envoyer aux journaux de vieilles cartes postales sur lesquelles il avait tapé à la machine sa propre philosophie, tel un dialogue rhétorique. Ce n’était ni drôle ni futé, mais les gens riaient et s’oubliaient malgré tout. Il voulait nous faire savoir qu’il avait toujours des rendez-vous avec des filles et, de surcroît, était amoureux. Les flics survolent la ville en hélico ce soir, à la recherche d’importantes concentrations de phares se dirigeant en groupes vers les collines : indice des pathétiques fêtes des gamins du coin. Je me suis effondrée sur le sol de la forêt, les yeux humides d’émotion, creusant la terre devant moi pour être d'une façon ou d'une autre libérée. "Y a-t-il vraiment eu un temps où on pouvait tout laisser tomber pour faire la fête sur la plage au fond d'une grande crevasse dans le sable ? a crié Josh. Cette époque est révolue ?"

— C'est la meth, connard, tu ne vois pas que c'est pour ça qu'ils ont besoin de nous choper... ?" Des fougères et des buissons de baies imbibés de bière... des nuages de poussière soulevés par les pneus des pick-up, le sang de la nuit répandu sur les fourrés de mousse grise. Ce sang de la forêt, pétillant et bulbeux, enrichi, formait un film gris en s'écoulant vers la berge. La pluie viendrait et nettoierait tout. Les rochers s'agitaient, des fougères touffues s'affinaient doucement au-dessus de nous ; l'humidité suintait du cœur ; un brouillard sulfureux perlait le long des veines de terre entre les plantes. Des grains de pluie salés recouvraient les ronciers sauvages épineux. Des buissons jaillissaient de minuscules fleurs blanches, comme un millier de piqûres d'épingle, des vibrisses miniatures bourgeonnaient sur les baies sauvages noires. Pas encore brillantes. Dans chacune d'elles, je voyais les visages de ceux qui étaient venus en Oregon pour mourir. J'avais envie de saisir une branche basse et de secouer une douzaine de gouttes de sang pour tous ceux qui étaient venus mourir en Oregon. Le mûrier sauvage a tout dévoré, a lapé cette mort, ce don qui éclaboussait ses propres fleurs et s'accrochait telles des vibrisses dans ma gorge. J'ai avalé une grosse boule de sang sauvage charnu et de minuscules vibrisses blanches rassemblées dans la paume de ma main. Ma main dévore des mûres sauvages. On est tous voraces de mûres sauvages. Nous mangeons sans retenue jusqu'à ce que les ronciers soient réduits à des tas de vibrisses et de ronces. Nous mangeons toutes les fleurs, elles prennent

du volume dans ma bouche et je recrache des bébés mûres à demi formés.
Des ados malheureux sont assis sur les porches, rassemblés comme du bois flotté sur les cages d'escalier qui mènent du trottoir à la plage. Des tarés tristes, franges de six kilos, sweat-shirts trop grands recouvrant leurs articulations qui craquent prématurément. Des bébés urubus à tête rouge vieux de cent huit ans barbotant dans le crépuscule, déjà si bouffis de misère ; leurs membres maintenus par des ficelles, ils pressent les uns contre les autres leurs corps sous la pluie. On a trouvé le chemin de l'Autoroute qui Dévore les Gens. Il y a sept étés de ça, elle a englouti quatre adolescents bourrés qui ont brûlé dans une Lincoln qui s'était enroulée autour d'un arbre tandis que, non loin de là, la Mort tricotait de la dentelle funéraire à la lumière d'un fourneau. Un accident de voiture est un rite de passage dans ce quartier, comme craquer la dernière allumette. Ils s'entassent dans les grosses bagnoles confortables de leurs parents et partent faire un tour. L'autoroute est affamée. Ils doivent la nourrir. Sur les quatre qui sont morts cette nuit-là, trois étaient des sportifs, alors ça a fait du bruit en ville. Personne ne savait pourquoi le non-sportif était dans la caisse, mais il a néanmoins brûlé. En dehors de ça, une fille a un jour sauté dans l'océan depuis une falaise et deux types ont pris trop d'héroïne, mais, habituellement, quand ça se produisait, c'était avec les voitures dans les collines ; une histoire d'ados malheureux qui nourrissaient l'autoroute de leurs corps au milieu de la nuit.

Une clôture, pas plus haute que mes genoux, enferme une race naine d'animaux de ferme miniatures appartenant à une famille qui n'a en commun que son affliction. Entreposés là par le zoo pour enfants officiel de la foire du comté, ils hennissent, broutent le sol, chargent la clôture et se font mini-électrocuter. La nuit, ils dorment en tas, partagent leurs endorphines et souffrent de leur état de façon microscopique. Leurs corps sont couverts de mouches et même elles ne peuvent leur résister et aspirent leurs larmes miniatures... Je crois que certains de mes copains ont fait un casse à quelques villes d'ici. Tout d'un coup, ils ont de l'argent, mais ils insistent malgré tout pour niquer les gens du coin, leur prendre leur sang et leur petite monnaie. J'ai renversé sur les caillebotis le sac en feutre rempli d'os, d'éclats de porcelaine, de bâtons, et autres objets bizarres. Il a prédit de bonnes choses pour le futur. Des voyages heureux, j'imagine. J'ai tourné et retourné la dent de chien entre mes doigts en parcourant les rayons du magasin de vidéos gigantesque, comme un client qui s'ennuie, ou peut-être un tueur qui s'ennuie, ou peut-être les deux. Retournant méthodiquement les objets dans ce sac en feutre, guidée par le tintement instantané — j'approchais. Cet après-midi, en me réveillant, j'ai vu Knowles caresser délicatement Josh qui dormait. Ils sont mignons et bizarres ainsi. Knowles parlait à voix basse et a dit, de façon énigmatique, que le tournant, pour lui, avait été de "voir le sang de son ami". Ce qui a scellé le pacte pour *moi* a commencé un soir, il y a quelques années, quand Kim et moi faisions réchauffer deux burritos au micro-ondes dans la cuisine de notre foyer d'accueil. Elle a ôté des petits bouts de serviette en papier du sien et m'a dit que depuis qu'elle prenait la pilule elle se sentait plus colonisée que jamais. Son anatomie déglinguée était célèbre à la maison. Je ne sais pas, elle a juste pris des trucs qu'on lui avait donnés.

Et le défilé d'effets secondaires a débuté. La contraception orale était une partie importante du programme. Non pas qu'elle ait eu de la glaire fertile à relever, résultat de cryptes cervicales endommagées… *Je pourrais poursuivre indéfiniment ainsi à propos de Seth.* On a vécu dans une caravane posée sur un monticule de terre au bord d'une longue allée qui menait à une maison qui n'existe plus. À l'intérieur : versions miniatures de la plupart des appareils ménagers, minuscule gazinière avec une petite porte pour de minuscules ustensiles, niches creusées sur les côtés pour y ranger on ne sait quoi, plaques humides, qui se décollaient, de "carrelage de caravane" au sol. Des spores emplissaient l'air. Respirer revenait à laisser son corps absorber une partie de la forêt, de la même façon que la forêt semblait avoir mâchouillé cette petite caravane avant de la recracher… La nuit dernière, tu es venue à moi dans un rêve et on a prié l'une pour l'autre. Je me rappelle avoir joui en même temps que toi tandis que nous prononcions nos noms dans le noir. Je me souviens à peine de l'air haletant de tes yeux, des bouffées pleines de sens flottant entre nous et j'ai eu l'impression de vouloir être avec toi pour toujours. On a essayé toutes les portes des bus scolaires garés dans le parking adjacent à la maison de ton copain. Il y en avait bien une qui n'était pas verrouillée. Seth m'a fabriqué un petit lit à l'arrière avec un rideau de récup' et un sac de couchage. J'ai posé ma tête sur ses genoux alors qu'il était assis jambes croisées sur sa pile de vêtements, tripoté sa braguette en gage de remerciement pour sa gentillesse. Il m'a soulevée vers son baiser et on s'est embrassés intensément, concentrés. Il m'a embrassé les cheveux et j'ai repensé à l'époque où j'avais passé deux jours dans une chambre de motel avec un type qui me gardait sans arrêt sous médicament. La drogue le rendait avide de mon corps, mais n'ayant pas d'orgasme, il était démangé par un tiraillement extatique qu'il assouvissait en partie en me poussant à plat ventre sur le matelas, m'étouffant sous ses halètements suppliants. Je n'arrive pas à me souvenir de l'instant où je me suis endormie près de lui — était-ce en songeant à toi ? Au bas d'une colline qui s'enfonçait si profondément dans une région silencieuse, immobile de la forêt, à peine terrestre. Franchement, ça ne ressemblait à rien de connu. Un jour, tous les objets que j'ai perdus au fil des ans apparaîtront dans la terre autour de ma tombe. Cette souplesse grandissante du vent qui emportait mes pensées de la caravane où je vivais autrefois signifiait tant... D'autres rumeurs circulaient dans les terres sauvages tout près de notre camp. En haut du chemin de gravier, il y avait une série de terrasses, de l'herbe jonchée de cupules de gland et de brindilles pour les oiseaux, bordée de buissons de baies et de chardons. Les racines d'un arbre géant formaient des marches pour grimper à la maison en séquoia du voisin. L'allée était incroyablement raide, même à pied. On a dégringolé vers le ruisseau au pied de la colline, de l'eau froide qui se faufilait et marquait la limite d'un champ et d'un bosquet de chênes. On a suivi la route de comté pour sortir de la forêt et aller en ville sans jamais trop nous éloigner des pilotis grinçants de la voie ferrée. Alors que nous longions des lotissements pourrissants, il faisait de plus en plus humide, et quand nous avons fini par arriver au premier des nombreux centres commerciaux négligés à la périphérie de la ville, il pleuvait.

Là, des plaques de linoléum étaient usées jusqu'à la trame par des décennies de clients écrasant des grains de sable dans leurs minuscules pores. Des gaz préhistoriques s'infiltraient par le sol. J'ai cherché de quoi boire à travers des portes en verre troubles, givrées, j'ai fait valser d'une chiquenaude les gouttes de transpiration sur les canettes cabossées de l'étagère derrière moi. J'ai pris note des minuscules larmes sur les sacs de maïs congelés. Des boîtes de farine en plastique. Du sirop recouvre le sol bordé de rayonnages en aluminium. La laitue pourrit déjà au fond de son casier attitré. Personne ne veut toucher au lait périmé entreposé derrière des sacs de graines ailleurs dans le magasin. J'attrape le nouveau *Us*, le feuillette, le parcours à la recherche de photos de célébrités dans leur propre supermarché ; je suis saisie par les regards troubles et la démarche pétrifiée, mais toujours déçue par ce qu'ils ont dans leur caddie. Dans l'allée du fond, un four éventré est enseveli sous un tas de journaux ; l'épave semblait avoir été extirpée de sous un camion Mack. J'ai traversé le parking en courant jusqu'au Walgreens, je m'y suis engouffrée : "Ça ? j'ai dit en montrant mon avant-bras sale, vous devriez voir les couches de merde qui tapissent l'intérieur de mon corps !" La dame qui travaillait à la caisse avait un gros nœud dans les cheveux. Dehors, une bande de clochards était juchée, ombres d'êtres humains enflées et moites — effigies carbonisées d'ecclésiastiques bienveillants. L'Administrateur a déroulé un tract et a lu ses propres slogans. Ses lèvres bougeaient mais tout ce que j'arrivais à entendre c'était un clapet qui claquait. Il m'a fourré une brochure mouillée dans les mains tout en déclamant, ses pupilles des globes oculaires de pierre contractés. Les sans-abri semblaient avoir la journée entière pour perfectionner leurs discours. L'un d'entre eux a quitté en rampant sa place sur le trottoir pour aller se draper autour d'une sculpture publique en bronze. Il a déroulé sa grosse barbe encombrante. C'était l'Heure Oratoire.

Une lueur d'orthodoxie a surgi dans ses yeux. Il paraissait sur le point de bondir sur la première femme venue, de déchirer ses vêtements avec les dents. De séparer sa peau de ses os. Je me suis retrouvée piégée dans une discussion quasi religieuse avec lui et mon stress a empiré. Il traversait la vie comme s'il avait du sable dans son pantalon, laissant une traînée partout où il allait. Être dans cette partie de la ville me rappelait toujours pourquoi j'avais fui. Partout où j'allais, des slogans me mordaient au visage. Des missionnaires me fourraient des échantillons gratuits dans les mains toute la journée. J'ai gratté une démangeaison sur mon avant-bras, une éruption cutanée rose ayant la forme d'un masque. *Pas équipée pour me débrouiller dans cette vie.* Des odeurs de chocolat et de mûre éclaboussaient mon visage. Une vague de souvenirs colorés m'a frappée comme une corne de brume.

On a poussé les portes vitrées du magasin d'alcool pour entrer avant de nous éparpiller dans cinq directions. Un jeune homme était assis, courbé, derrière le comptoir, traçant des dessins précis, balafrant le papier en balançant sa jambe. Des bribes d'une voix masculine s'échappaient d'une radio dans le coin — *redresse-toi et vole tout droit*, il chantait. Le jeune homme s'est arrêté et nous a regardés du coin de l'œil un long moment, plusieurs minutes, comme un animal dérangé à la rivière. La radio gratouillait et crachotait derrière lui. Les paroles qui en sortaient semblaient vous secouer l'âme, ou tout comme…

Je suis si tendu, a hurlé la radio…

Notre but est d'anéantir, pas de disséminer, a dit Josh…

Notre but est d'empêcher la mort psychique, a dit Murph…

Nous n'existons pas, a dit Knowles…

Des murmures et des cris au concert de rock en sous-sol jaillissaient du public ; je n'en saisissais que des bribes

— *Écrasez l'État, allez dormir*, ils disaient — *Pourquoi encore sortir dans le monde extérieur?* a demandé Seth.

Ne payez jamais pour du sexe…

Révolution à la manière des filles, dès maintenant…

D'un coup, nos yeux s'ouvraient à tous les cris qui avaient toujours été autour de nous, nous cernaient partout où nous allions. Nous arrêter pour écouter les rendait d'autant plus incessants. On est allés au *diner* et on a réalisé qu'on était encerclés de toutes parts par des gens qui hurlaient…

"Ça devient plus difficile de se déplacer!" a crié quelqu'un.

Un autre: "Des rêves de mort, c'est tout ce qu'on a!"

"Ah ouais? Pas si je marche toute la nuit!"

"J'ai besoin d'aventure!" ont gémi des gamins.

Un accusateur: "Vous croyez être le mal mais vous ne l'êtes pas!"

"Si t'as froid, t'es mort, mais si t'es frais, tu ne l'es qu'à moitié."

"…Pourquoi est-ce que j'ai cru que je pourrais te garder?" a-t-elle sangloté.

Je l'aime ; je la hais
Tu as tout gâché
Aime-moi comme un reptile.

Le vent s'abattait sur les galeries en bois brut exposées et les auvents dans les vastes quartiers datant des années 1970 qui bordaient Salem au sud. Une odeur particulière, qui ressemblait à de la cire ou du produit de calfatage nous a suivis dans toute la ville et quand on est tombés sur une grande papeterie qui tournait à plein régime près d'un marécage, ça a pris du sens. J'ai effrité les joints avec un tournevis à un arrêt de bus. J'avais envie d'être à la maison ; je voulais me glisser dans mon lit avec ma petite chérie. On a retrouvé Seth dans des baraquements style fort espagnol faits de briques peintes en blanc. Je me suis promenée à l'intérieur. Les bâtiments avaient été transformés en petites chambres et sous-appartements encastrés les uns dans les autres. C'est à ce moment-là que j'ai réalisé que les terres qui les entouraient étaient un immense cimetière. J'ai regardé dehors et vu le terrain s'élever en terrasses en escaliers, des hectares et des hectares de pierres tombales. Des gens venaient de partout pour vivre là. Je me suis assise avec lui sur une courte volée de marches en bois peint qui menait à une entrée de service. "Tu savais que Kirk Cameron[6] est devenu un croisé de Jésus-Christ ? a demandé Seth à brûle-pourpoint. Il a laissé Jésus entrer dans sa vie et le SEIGNEUR a pris les manettes et ne l'a jamais lâché."

La terre s'est assombrie en dessous de nous, une humidité qui s'installait et se répandait sous nos pieds, apportant avec elle une compréhension de la bouleversante compassion, de la tristesse débordante — une maladie, franchement — de Jésus-Christ. Des marques faites sur le corps, une chose profanée, détruite, des restes en lambeaux ; traînés dans la terre. Tu le sens aussi ? L'incrédulité en suspens ; un bond qui permet d'entrer, d'être absorbé. Des espaces échelonnés sur une ligne de tension à la fois lourde et ténue, grésillante et effilochée. Mais nous pouvons la traverser parce qu'on est à la fois légers comme

[6] Acteur américain devenu leader de l'organisation chrétienne évangélique *The Way of the Master*.

l'air et dilatables. D'une façon de voir et dessiner, lorsque nos yeux tracent le contour d'un objet lointain, le crayon bougeant en dessous ; une transmutation de la substance qui entre par nos yeux et rejaillit sur la page, à travers nos mains et leur morceau de charbon. L'incrédulité en suspens ? Dieu est partout, tu ne le sens pas ? Le soleil couchant était un immense œil qui se fermait, isolant le monde de l'autre côté des collines moquettées. Le ciel était suspendu telle une membrane pommelée qui collait à mes yeux. J'ai regardé la tombe devant moi. C'était une petite valise contenant un organe qui respirait encore. La valise perchée comme un torse miniature, un petit être dépourvu de membres s'éloignant d'un pas tranquille dans l'obscurité. Cette valise palpitait de chagrin ; des larmes éclaboussaient l'intérieur. Les ténèbres, encore. Le silence. Il en est ainsi de la plupart des choses réelles. Il en est ainsi de la plupart des objets scellés.

Toc sur le nid de mouches. Toc. Toc. Des boisseaux de perles de cuivres brillantes en tombent.

Les cafards boivent de minuscules filets d'eau et grimpent aux arbres ; ils ont l'air de plaques en bois. De sceaux gravés tarabiscotés vibrant dans les arbres.

Je vois une station-service et une grande cheminée au loin. La fumée doit bien aller quelque part. Inutile de prétendre qu'elle ne part pas dans le ciel... Tandis que je marche, une pièce, une partie dangereuse, se détache de plus en plus de mon corps et bringuebale quand je marche. Il *faut* que j'aille la faire remplacer... On est peut-être des extra-terrestres qui ont atterri là, mais en regardant autour de moi, j'ai bien l'impression que tous les signes indiquent que nos ancêtres ont vécu exactement au même endroit. En fait, pas plus tard que l'autre jour, je suis montée au cimetière et j'ai trouvé une tombe portant mon nom. Elle était occupée, cependant, depuis cent quarante ans. Si ceux qui nous ont précédés — bien avant que toutes ces conneries soient là — n'avaient pas eu ce "truc" quand il s'agissait de parler des morts, de leurs parents, et si tous leurs biens et leurs créations n'avaient pas été si biodégradables, peut-être qu'on connaîtrait aussi leurs noms. Mais ils ont disparu et cet endroit ne sera plus jamais le même.

Nos ancêtres, sur cette terre, ont emporté quelque chose avec eux qui a davantage modifié le paysage psychique que le physique. Leur sens de la fatalité est palpable et raconte leur histoire mieux que ne peuvent le faire les artefacts. Leur contribution au monde repose dans les poches de gaz emprisonnées dans le sous-sol, cette étendue blanche qui frappe à la porte à l'aide du poing enflé des morts malheureux ; elle s'élève en volutes sous le châssis de la fenêtre de la cabane, donnant vie aux psychopathes de la saison hivernale dans une étincelle de graisse crépitante électrifiée si irrésistible qu'ils doivent traîner leur carcasse dehors, dans le monde extérieur, pour lancer les projets que leurs notes et leurs recherches méticuleuses ont élaborés tout au long de l'hiver... Notre ville crache tant de flegme volcanique dans la vapeur en un veld qui l'isole du ciel, que ce qu'on appelle "brouillard" n'est qu'une rage aveugle toxique qui pâlit jusqu'à devenir blanche. Elle avait tellement contaminé la conscience de notre ville que personne ne la voyait plus ; on aurait seulement dit du brouillard au-dessus de nous. On ne pouvait pas faire confiance à la terre. Son climat avait le potentiel de faire basculer ceux qui vacillaient au bord de la décence dans "meurtreville". Ils cherchaient à enterrer davantage d'objets pour de futures fouilles. Les tremblements de terre laissaient échapper une petite vapeur, des colonnes de fumée venues de l'Enfer libérées de puits de brouillard stockés au plus profond de la terre. Les psychopathes essayaient de combler les fissures avec des corps, des vêtements, tout ce qu'ils avaient sous la main. D'endiguer le flot. Plus il y avait de corps, moins il y avait de tremblements de terre, voilà comment ils voyaient ça. Le lutin de la forêt, le tueur hippie Herbert Mullin tuait pour empêcher les tremblements de terre — et pourquoi pas ? Les tremblements de terre, après tout, sont d'horribles catastrophes. Il observait, pareil à un rat, que les séismes nés sous la surface de la terre étaient le signe d'une animosité résiduelle de la part des autochtones traqués dans cette partie de l'État des siècles auparavant. En l'absence d'artefacts tangibles, issus du monde réel, comme des poteries ou des sarcophages, ils avaient introduit du brouillard empoisonné dans le sol dans le but de punir les humains modernes (les descendants des abrutis belliqueux de Nouvelle-Angleterre) qui serait libéré à l'époque des constructions modernes, de l'abattage des arbres et des forages sur les plages, s'échappant de poches profondément enfouies dans la terre, s'échappant dans l'atmosphère et contaminant la conscience de tout le monde… *hooo bon sang !…* Chaque mot était une possibilité qui scintillait le long du mur en ombres bleues de forme humaine. Le psychopathe était démangé de partout par les voix des possibles et les créatures ailées qui battaient des ailes sous son lit.

La lune s'est levée, minuscule et silencieuse, dans le ciel nocturne beige. Dans ces limbes qui précèdent l'aube, je suçais un vieux chewing-gum dans mon sommeil. Seth m'a réveillée. *Je bande pour toi*, il a sangloté. *Laisse ma passion s'immiscer dans ton voyage*. Il m'a ouvert les yeux et m'a soulevée à son niveau, me dirigeant habilement au-dessus de sa queue. Au bout d'une minute, j'ai dit que je préférais la prendre dans ma bouche tout en posant les yeux sur le sol où ma main suivait le passage de la pluie d'un côté du pare-brise... Mes yeux voyaient trouble et délavé et je me suis penchée pour aspirer sa rage hilarante. Sucer sauter nausée, encore. Régurgite ça et les ruisseaux s'écouleront vers le ciel sur une chanson illuminée comme un nuage pourpre. S'il te plaît, tais-toi, je me suis entendue dire. Je suis allée à la salle de bain. N'en suis pas sortie pendant plusieurs heures. Son haleine s'élevait en volutes sous la porte tandis qu'assise sur le lavabo je réfléchissais à mon destin. Est-ce cruel de vivre ainsi ? Pourquoi m'ont-ils tous choisie ? Tant aimée, serrée si fort ? Qu'est-ce que j'ai de si déglingué qui les rend si sentimentaux, si amicaux, si furieux qu'ils ne cessent de sourire ?... Un quinquagénaire en chemise boutonnée jusqu'en haut m'a fait signe de le suivre dans sa voiture. On est arrivés dans un appartement à peine meublé mauve et laqué de noir. Pendant qu'il était dans la salle de bain, j'ai jeté un coup d'œil prudent au réfrigérateur pour trouver quelque chose à manger. Eau en bouteille, sachet de muffins, pot de mayonnaise. J'ai déniché un sachet de sauce piquante provenant d'un fast-food et je me suis empressée d'en verser le contenu dans ma bouche. Il est revenu et m'a demandé si personne n'avait frappé à la porte avant de glisser vers moi avec un roucoulement rauque et guttural et de faire passer mon sweat-shirt par-dessus ma tête. Plus tard, après avoir avalé des tas de sachets découverts entre les coussins, une migraine épicée s'est mise à palpiter dans ma gorge douloureuse. Il m'avait fait me courber sur l'accoudoir du canapé, la main posée sur mon dos. Les oiseaux perchés sur les chaises de jardin se sont envolés, ont gazouillé de l'autre côté de la porte coulissante quand il s'est retiré. Des flots de toiles d'araignée ont englouti la pièce. Il s'est un peu étranglé dans son plaisir exubérant, puis il s'est retranché dans l'étreinte élimée de son pantalon froissé... Il y avait toujours un noyau d'extase au centre d'un atroce méfait, la graine annihilatrice qui pousse la perle à... dormir dormir dormir... Je n'arrive plus à me réveiller toute seule ; quelqu'un doit être là pour m'ouvrir les paupières et obliger le soleil à les pénétrer — mais je ne me réveille pas comme si je refaisais surface dans un lac ; je crie, je saute sur ceux qui m'observent, lance un poing dans leur direction. Je brûle mon lit dans le feu de camp et pars en ville d'un pas décidé.

Aux premières heures du jour, les filles rockab' étaient dans les vapes sur une palette près du feu éteint. Elles étaient interchangeables à mes yeux, osseuses et malléables avec seulement une pointe de mort. Elles veulent que je leur apprenne, je vais le faire.

Cloison sèche texturée, vacances de peinture... révélant en inspectant de plus près des images de plâtre en formations nuageuses : cérémonies dépravées dans des cocktail partys, coussins de canapé qui sentent la sueur, ottomane encombrée qui sert de table basse. Que des trucs nuls. Un soir, une fille était dans les vapes sur le canapé, le visage coincé entre les coussins pour se protéger de la lumière et s'empêcher de vomir sur tout le monde, elle avait le cœur au bord des lèvres. Les regards interrogateurs la clouaient là. Toutes sortes de bougies parfumées et de voix étaient présentes. Un téléphone sans fil a vibré et quelqu'un a répondu. À voix basse. La pizza était arrivée. Des carottes, des endives et des radis coupés en morceaux ont été plongés dans des sauces et avalés. Des tabourets de bar en rotin ont été tirés et rapprochés pour y poser un ou plusieurs Dockers rembourrés. L'atmosphère était chargée d'os broyés, de sucre et d'huile. De petits feux scellaient les poings gelés en houillères à chaque coin du balcon. À l'intérieur, la fille a porté ses mains à son haleine chaude, séparant les coussins perpendiculaires devant son visage ; elle a trouvé des pièces de cinq cents, des miettes et un passage vers l'autre extrémité de la maison : un angle en haut des chevrons Tudor du plafond voûté dans la chambre du fond où une cérémonie se déroulait, un rite de passion. Plusieurs silhouettes sombres vêtues de capes se tenaient autour d'un canapé-lit défait. En se glissant plus près, elle a pu voir qu'ils n'étaient qu'à moitié humains, leur chair s'arrêtant là où les capes commençaient, comme des visages de poupées en céramique cousues à leurs vêtements. Elle a circulé au-dessus d'eux et a vu un cercle de poings frénétiques pompant des queues se détacher sur le velours noir. L'objet de leur affection était arc-bouté contre deux de ces gourdins, ses propres mains impuissantes à résister au désir brûlant de tirer à petits coups sur cet étalage autour d'elle. De la fumée s'infiltrait depuis les coins de la pièce, s'échappant des méandres des fibres de la moquette repliée au niveau des plinthes. Chaque fois qu'une horloge sonnait, l'un d'entre eux lâchait le paquet sur sa peau, et, à son contact, il crépitait et s'évaporait en petites bouffées de fumée orange. Ils la marquaient, laissant des éclaboussures bombées informes, des nuages caillés qui, malgré des entames superficielles, pénétraient la couche extérieure pour finir par marquer son être profond. Plusieurs graines de haine carillonnaient et gravaient un désir indélébile dans son âme et elle était transformée à jamais, portant ces insignes de l'anéantissement comme les traits indiquant les secondes d'une heure, des encoches se dirigeant vers le zéro. Les participants s'étaient dispersés assez vite et elle était seule ; à cause de la force d'impact des carillons, sa vision était noyée par un nuage noir qui s'abattait sur la pièce à chaque battement de cœur. Ses oreilles étaient fermées à ce qui se passait à l'extérieur. Elle n'entendait d'autres sons que le chaud sifflement suffoqué du sang dessinant les limites de ses veines. Son corps était intact si ce n'était les marques caillées sur sa chair, qui s'enfonçaient de toutes parts. Elle implosait... Il y a de meilleurs endroits où aller que la forêt. Les rayons des épiceries étaient des appareils mentaux contribuant à un oubli systématique des forêts et de leurs havres de méchanceté. Kim et moi nous sommes rendues dans une épicerie le soir de Thanksgiving quand rien d'autre n'était ouvert. Il n'y avait personne. Même le caissier était dans une autre partie du magasin. On traînait, feuilletait des magazines, assises sous un rayon quelque part au fond. Elle a attrapé une boîte de barres de céréales sur l'étagère, m'en a jeté une sur les genoux et m'a regardée manger une friandise de chaque parfum. J'ai effleuré son genou de la main et elle s'est abattue comme un orage exceptionnel. Elle avait l'habitude de se dissoudre juste devant mes yeux. Et, à ce moment-là, je l'ai sentie s'effacer doucement, disparaître à ma vue.

J'ai marché dans la ville à la recherche de réponses. J'écartais du coude tous ceux qui se mettaient en travers de mon chemin. Frappais les badauds qui riaient. J'en avais assez ; la porte a claqué et j'ai couru pendant des jours, aussi vite que possible jusqu'à ce que, le quatrième jour, je glisse et tombe dans une fosse creusée dans le sol exprès pour l'occasion. Je me nourrissais d'aliments volés mais je suis tombée malade et je dormais la majeure partie de la journée pour éviter de mourir. Je toussais et toussais des larmes et ma main arrivait à peine à se lever pour les essuyer avant qu'elles gèlent sur mon visage. Le sirop pour la toux coulait dans ma gorge et la tête me tournait. Les semaines ont passé, mes vêtements étaient déchirés par les parois déchiquetées de la fosse, ma graisse fondait en crampes, mes cheveux tombaient par plaques, chaque mèche rampant de plus en plus profondément dans le sol. Certaines emportées par des oiseaux. Nuit après nuit, des inconnus m'offraient de la nourriture — qu'est-ce que je pouvais faire ? Détourner la tête ? Manger plutôt du minerai préhistorique niché sous des couches de terre et des débris terrestres ? Quand je suis revenue à moi, mon ouïe était morte et mes mains bloquées paume ouverte, engourdies et pleines de fourmis. On m'a dit que je m'étais évanouie et avait été transportée dans un endroit retiré, dans les rayonnages d'un grand placard, où je respirais les fibres abrasives de pulls pendus là. Je me suis réveillée avec une gueule de bois laineuse et la vague impression de m'être déjà trouvée dans ce placard. Une voix désincarnée me fige. Je suis incapable de bouger. Le son fait vibrer tous les fluides de mon corps, rampe hors de mon sang et pénètre mes os. *Je pourrais être ton amoureux, faisons semblant !...* Un papillon de nuit fou voltige, se découpant dans la méchanceté de la lune de sang, s'élevant le long d'un abreuvoir où les chats se désaltèrent quand maman est absente... Il paraît logique que le corps du futur soit plus facile à entreposer, capable d'être planqué et remisé au bon vouloir du remiseur. C'est ainsi que s'exprimera le corps du futur. Le corps des ados vampiriques — les morts-vivants post-adolescents — sera infiniment plus transportable parce que leur sang modifié se gardera plusieurs mois même si le corps est rangé, replié sur lui-même dans divers endroits confinés et sombres. Ces corps sont plongés en hibernation : celle d'un immobilisme physique mais d'une hyperactivité psychique. *Rêves sexuels et cauchemars sexuels*. En entrant dans un espace négatif, un anti-rêve où les capacités motrices s'effondrent. Mon corps perd sa forme et risque de prendre celle de n'importe qui se trouvant dans les parages. Mes membres sont étalés, sans vie, de chaque côté, mes yeux rivés sur un unique objectif, un poids mort qui bouge selon leurs caprices. Qui le corps dévore-t-il ? Le corps dévore qui il veut, est contenté par son indifférence… J'ai trouvé un carnet sur les marches de notre caravane. À l'intérieur il y avait des dessins de femmes ligotées, suspendues à des poutres, entravées du menton aux genoux sur des ballots de paille. Plus j'avançais dans les dessins, plus j'avais le sentiment que les filles se réconciliaient avec leur destin. Le dernier dessin montrait un étrange sourire tout en dents. J'ai refermé le carnet, dégoûtée, et je l'ai rapporté dans la caravane pour le planquer sous la cuisinière, dans ce tiroir en métal dépareillé. C'était le voisin qui l'avait déposé là pour que je le trouve et que ça me fasse flipper. C'était sa façon de nous forcer à quitter le coin. J'imagine que la prochaine fois, il va encore débarquer avec sa grosse clé à molette. Je commence à y voir de plus en plus clair au sujet du cadavre et de la cassette VHS, la preuve enregistrée d'un méfait. Le court-métrage. Ce mot ! Impliquant une certaine distance, un mètre ruban mesurant le terrain. En un grand geste qui glisse, ininterrompu. Ses restes fracassés placés sur ce mètre, se désembobinant. Je pouvais la voir, je veux dire, je savais que c'était le corps d'une fille, mais je n'arrivais pas encore à la reconnaître. Son visage était flou. Et le tueur, l'homme. Je pourrais le nommer ? Je n'en sais rien. Seulement un homme, un exécuteur sans badge… À minuit, à Salem, mes copains bourrés m'ont soutenue pour traverser une série de parkings en direction du 7-Eleven. Je me suis effondrée au sol, m'agrippant à un seau blanc plein de café froid parce que j'étais sur le point de vomir pendant que les autres collaient l'employé au mur derrière la caisse avec une longue barre d'armature. Josh a contourné le comptoir et a fait dégringoler des paquets de cigarettes pendant que l'employé nous hurlait dessus. Mes yeux se sont perdus dans la masse argentée, devant la flaque d'huile marron qui protégeait le marécage en dessous. J'ai plongé à l'intérieur et découvert un orage qui couvait au fond du seau, empoigné plus fort le rebord tandis qu'il parcourait mon corps sous forme de frissons, une fièvre de glace.

Je pouvais voir comment toi, petite fille, pouvais être attirée sur un sentier boueux mal entretenu jusqu'au lit d'un ruisseau, sous le couvert de grands séquoias. Pouvais être entraînée là par un petit ami, peut-être. Un allié. Qui t'a dit que tu pouvais laisser ton sac à main accroché à une branche basse. Il y avait des étendues de fougères, des herbes imprégnées d'eau, d'autres aux douces feuilles rondes. Des pétales. Le sol était détrempé et gorgé d'eau mais de la poussière rouge était en suspension dans l'air, se posant et se solidifiant en une pâte noire. La pourriture était partout. Plus tard, la scène circonscrite par de la rubalise très jaune. Scène de crime / *hors scène*. La zone de pourriture s'est peut-être elle-même soustraite au reste du monde, mais pas pour des yeux attentifs et des esprits perspicaces fumant comme une grande cheminée à des kilomètres de là. La nuit, j'ai soufflé une bougie. De la suie cireuse a survécu dans mes poumons tandis que le couvert des ténèbres me permettait de laisser mes pensées flotter librement vers le tissu pendu aux fenêtres de la caravane dans les bois : du tweed écossais rose et marron. De me concentrer sur des rideaux tapissés de moisissure noire pendus dans une caravane au milieu d'un quelconque coin paumé, sur un carré aplati de paille et de jute détrempées... Pendant des journées entières. Toussant à cause du gaz qui brûle en toile de fond. Un ciel incandescent aussi orange qu'un intestin. Vivant à portée de main des plus grands *loozers* du monde, les tabassant quand ils me faisaient de l'œil. La vidéosurveillance les montrait en train de ramasser une fille sur la chaussée, à l'autre bout du monde. Des miliciens exécutent une danse avec des pelles. Tout l'endroit semblait sentir le vomi de plastique. Ils fourrent la fille sur la banquette arrière d'une voiture et s'éloignent. Les images du reportage se terminent en un effet dramatique par un fondu enchaîné rouge et le présentateur fait une plaisanterie sur le meurtre qui redevient "radical". "Si personne ne s'en doutait encore, il y a une putain de guerre en cours." La membrane se referme autour des yeux du chat, des volets blancs suintants... ma bouche se referme autour de la grosse croix noire et blanche accrochée à mon cou. Sucer cette grosse croix en plastique me rend heureuse. Mes canines s'allongent et soudain, je ne peux plus refermer la bouche exactement de la même façon, mais tu sais que je suis devenue une machine à tuer et à dévorer, adepte du goinfrage et de l'aspiration. J'aime bien mes nouvelles dents, pas toi ?

J'ai fini par vomir dans une poubelle, elle a crépité et s'est cassée en deux. L'homme était parti, mais je ne crois pas qu'il s'était tiré, il était seulement sorti acheter des cigarettes et du jus de pamplemousse. Je suis restée couchée un long moment sur le dos comme si j'étais dans mon putain de cercueil. J'ai finalement attrapé un bus pour quitter la ville et j'ai passé beaucoup de temps à parcourir divers cantons, des bandes de terre étroites autour de la gare routière, j'ai marché jusqu'à ce que je tombe à genoux et vomisse dans le lit d'un ruisseau. Écartelée, ballonnée, le souffle court sous les racines à l'air libre d'un énorme séquoia sur un promontoire boueux. Évanouie sur le capot d'une Honda bleue sous la pluie, me réveillant avec la chaussette graisseuse de quelqu'un d'autre en boule dans la main… préparant de la soupe avec l'eau d'une mare et des feuilles de nénuphar… buvant un grand verre de lait végétal au 7-Eleven par un après-midi torride… embarquant un canard dans un parc et me promenant avec lui sous le bras tout l'après-midi. J'ai aussi ramassé des mecs riches aux cheveux blonds, des salauds insouciants, un ado pour qui j'ai eu le béguin et que j'ai sodomisé et je t'ai écrit des millions de lettres dans ma tête — c'est le bruit de mon âme écrivant celle-ci pour toi, d'accord ? *Écoute*. Elle s'écrit entre les respirations de tous les gamins qui dorment dans la rue, attendant que tu passes. Tous les clochards qui te raillent, les putes de ta ville, les ados vaseux qui squattent partout, leurs corps minuscules emmitouflés toute l'année, des galopins mystiques ayant la rare capacité de voir des fantômes du coin de l'œil. Tous les métalleux, thrashers, camés, branleurs, skaters, graffers, rockab', Dharma punks, reptiles adeptes de la meth — vont-ils vraiment te *rejoindre* avant d'être eux-mêmes absorbés par la chaussée ou emportés vers le ciel ? Notre espèce est condamnée… C'est juste que ton mode de vie ne m'inclut pas — il se trouve que rien de tout ça ne s'applique à moi. Mes traumatismes n'appartiennent qu'à moi, sont particuliers et intimes… J'étais en colère qu'un type traîne dans le coin et tue des prostituées et des filles qui vivaient dans la rue — certaines qui s'étaient enfuies, d'autres qui avaient des foyers merdiques. Mais où était encore la distinction ? Une pute est une pute est une pute. Tu peux être tout ce que tu prétends être. Si tu n'as que quatorze ou quinze ans, rien de tout ça ne s'applique à toi, de toute façon. Aucune personne respectable ne te cantonnera à ça. À cet âge-là, on est seulement une "fille". L'homme plus âgé en a emmené une dans les bois ou derrière un immeuble et ses mains ont enserré son cou. Ensuite, il l'a balancée comme un sac poubelle. Personne, personne ne devrait jamais la traiter de ces noms. Aucun ne colle. Aucun n'est juste… La fille dormait étendue sur le flanc telle une statue peinte. Soufflant de l'air invisible par le nez. Des flots entrant, des flots sortant. Toute la journée, horreur et sang. Des pensées graves se murmuraient au-dessus des courants d'air poussiéreux. Des vibrations reçues à temps pour modifier l'issue des événements… J'ai fini par être connue pour être celle que la souffrance n'atteignait pas, qui était déjà morte et ne pouvait supporter l'idée d'être couchée suffisamment longtemps pour être recouverte de terre. Marchant dans la forêt la nuit, tâtonnant devant moi pour trouver l'issue, je sentais une présence animale, aussi visible qu'une image devant mon visage, un drap noir pendant, odorant, comme une peau d'ours mouillée. J'ai continué de crapahuter, même si j'étais pétrifiée à l'intérieur et, d'un coup, ça a disparu. J'imagine que j'étais passée au travers. Marcher ; marcher toute la nuit sur le circuit touristique des animaux écrasés d'Oregon. Des faucons écrasés tous les quatre ou cinq kilomètres sur l'autoroute. Comment roule-t-on sur un oiseau de proie ? Plus je marchais, plus j'avais l'impression que certaines des carcasses étaient impossibles à identifier comme étant celles d'un animal en particulier. Seulement des amas charnus de plumes. Deux bandes de roulement de pneu aplaties s'étalaient côte à côte telles des fourrures noircies sur l'autoroute. Ailleurs, des lumières gazeuses brûlant au loin, je me creusais les méninges pour reconnaître les carcasses d'animaux devant moi. Qu'est-ce que c'est ? Un chat ? Un rat ? Qu'est-ce que je souhaite que ce soit ?... Je suis entrée dans un 7-Eleven sans raison particulière. Des gens m'ont crié dessus et ont détourné la tête. J'ai enlevé des articles des étagères pour les poser dans les coins de la pièce où des liquides s'étaient accumulés. J'ai utilisé des miches de pain et des mélanges de céréales de marque pour endiguer les flots qui s'infiltraient dans tous les recoins. Les céréales ont noirci. Un jour, dans un parking, j'ai trouvé une photo d'une fille à l'air étrange datant des années 1900. À l'époque, ça m'a amusée. Mais aujourd'hui, en fouillant dans mon tas de brochures, j'ai retrouvé la photo et elle m'a fait flipper avec son regard en coin parfaitement diabolique et j'ai dû me dépêcher de la mettre sous clé. Cette femme assez jeune, bossue, sans cou, avec une mèche de cheveux rêches asymétrique, est assise à l'envers sur une chaise, agrippant le dossier avec une volupté douloureuse : 1916. Elle porte une robe-tablier à carreaux de fille mais elle... n'est... pas... humaine !

On a sanglé autant de provisions que possible sur notre dos. On allait grimper en haut du lopin de terre et aucun autre véhicule que nos corps n'allait nous y conduire. Des aiguilles étaient cousues dans nos ourlets, des rasoirs et des munitions scotchés le long des faces internes de nos bras. Des rations de secours planquées dans des fioles sur nos jambes, des compartiments secrets dans les talons de nos boots emplis de capsules de gel ; nos corps étaient habitués à supporter les épreuves du voyage. Autour de nous, des louves léchaient leurs plaies. Des feuilles pourpres tanguaient sur le sol, s'alourdissant avec la pluie. Je suis tombée sur une voiture non verrouillée sous un vieux tronc d'arbre carbonisé, je suis montée à l'intérieur, devenant encore plus aveugle lorsque les vitres se sont embuées autour de moi. Me laisser aller est l'unique façon de me sauver. Je me suis enfoncée plus profondément ; du sang s'est écoulé sur les cailloux en dessous, les ramenant à la vie. Les sièges en vinyle étaient craquelés, formant des dessins éloquents qui révélaient des formes brun clair poussiéreuses en dessous ; la surface avait enregistré chaque cellule morte que la forêt avait expirée. Des couches de poussière se posaient également sur moi, m'intégrant à ce dessein oppressant auquel j'avais tenté de résister sans conviction. J'ai moi aussi commencé à appartenir au passé, j'imagine, un caillou de plus. Étendue là, je me suis mise à repasser dans ma tête la topographie de chaque petite pièce que j'avais occupée dans ma vie. Mes empreintes de doigt brillaient, blanches, sur toutes leurs surfaces intérieures et je pouvais voir les minuscules points blancs déplacer lentement les objets. Le rayonnement gravait mon image sur le mur. La poussière pétrifiait mes contours sur les draps, cette forme cuisant à petit feu que ma fosse à bitume piégeait. Le bitume collait à ma bouche. Les cellules qui dessinaient mon ombre sur le mur effaçaient chaque contour de mon enclos. J'avais l'impression d'avoir toujours vécu là. Mais cette image due au rayonnement était la seule preuve de mon existence, un résidu aggloméré sur une cloison sèche mouchetée : invisible, indéfectible et lointaine. Ça avait pris des années, mais après les déferlements de pluie, l'eau infiltrée entre les murs intérieurs et extérieurs était restée à la surface. La moisissure noire s'était accumulée dans les zones gorgées au point de prendre ma forme à la surface.

Kim avait toujours une queue de cheval et un pantalon noir. Elle m'a possédée avant tout autre garçon ou homme. Elle a balancé mon précieux don dans les airs et l'a regardé retomber. C'était il y a quelques années — quand on était jeunes. Kim en avait assez de notre beau-père et de la façon dont il la touchait sans arrêt : lui frottait les épaules, lui serrait le genou, zieutait dans sa direction, la voix douce et enjôleuse. Moi il me laissait tranquille. Je passais des journées entières sans le voir. Après le départ de Kim, il n'était plus vraiment dans le tableau. J'étais occupée à fomenter des plans en dehors de “maman”, “papa” et notre maison. Les projets de maman d'accueil absorbaient une grande partie de l'énergie mentale de l'endroit, de toute façon. Elle s'est mise à me fabriquer des vêtements que je ne portais pas. À l'exception des tabliers. “Gracias, meuf”, j'ai dit quand j'en ai embarqué un en sortant. Je n'ai pas tardé à déménager et, plus tard, j'ai entendu dire que quelque chose d'horrible était arrivé à ma sœur ; elle voyageait dans les trains de marchandises avec une bande de voyous de caniveau, se prostituant dans les toilettes des gares routières, quand elle avait disparu pendant plusieurs mois. Il est facile de disparaître quand on ne fait que traverser des lieux publics — on est invisibles, de toute façon — mais elle avait *disparu*-disparu.

Même les adeptes des trains ne l'avaient pas vue, et j'en connaissais certains, ils voient tout ce qui se passe dans leur putain de communauté. Mais ils ne l'avaient pas vue. J'avais dans l'idée que quelque chose de vraiment horrible lui était arrivé. Peut-être qu'elle avait fini dans le lit d'un ruisseau dans la forêt, ou derrière un Safeway de Spokane. J'avais ces deux visions persistantes. Les faits sont incertains ; je m'étais seulement emparée de ce qui était déjà présent dans mes fantasmes effrayants sous Robitussin. Quand je m'écroulais, je dormais d'un faux sommeil et j'avais des idées bizarres, dans une sorte de coma diabétique. Quand j'ai des PES, je vois des choses se produire de très loin, je vois des choses qui sont sur le point de se produire. Je n'arrête pas de voir le lit d'un ruisseau. Je n'arrête pas de voir l'arrière d'un Safeway de Spokane. Je ne vois pas de *cadavre*, mais j'ai un mauvais pressentiment au sujet de tout ça, comme si mon être s'enfonçait dans quelque chose que je n'arrivais pas à reconnaître. Debout contre un mur mousseux, l'acier glaçant mon dos. Des idées macabres. Quand j'ai moi-même commencé à grimper dans des trains à l'automne, à me faire payer pour tailler des pipes dans des gares routières dans tout le Nord-Ouest, je croyais qu'être tripotée par des tas d'hommes serait perturbant. Mais c'était tellement prévisible. Et ça m'aidait à m'endormir chaque nuit — quand j'ai commencé à sans cesse rêver de *toi*.

IL Y AVAIT L'OPTION HIBERNATION. Des anticonsumméristes genre néostaliniens avaient récemment pris position en faveur de l'hibernation, considérant qu'il s'agissait de la meilleure stratégie pour emmerder à la fois Dieu et l'homme. Dormir tout l'hiver ficherait non seulement en l'air l'économie locale, mais saboterait la conspiration alimentaire. Un mélange secret de médicaments contre la grippe en vente libre et d'herbes sauvages autochtones était mis au point pour provoquer chez "l'Ours Brun" un état d'anti-conscience béat allant de trois semaines à deux mois. Pendant ce temps, d'autres "Ratons Laveurs" resteraient dans les parages pour retourner et s'occuper des OB endormis, les badigeonner de désinfectant tous les cinq jours et ajuster les langes en tissu en fonction des gonflements. Tout un réseau de mobile homes faisant office de bureaux abandonnés et de dépendances dans les zones rurales était converti en entrepôts d'hibernation, y compris le célèbre et ancien "Motel Hell" à Truckee, au sommet d'une colline qui surplombe le col Donner. L'enceinte était gardée par des milices de skaters médicaux, armés d'arbalètes et cantonnés dans des bunkers autour de la colline. Le bâtiment principal abritait une piscine couverte badigeonnée d'épaisseurs croûteuses de peinture en bombe et était autrefois un centre de thalasso, déserté bien avant l'apparition de cette absurdité.

Croire qu'il est possible d'arrêter la guerre simplement en allant dormir, en vivant délibérément hors du système pourrait vous faire traiter de fou. Qui aurait cru qu'il était possible de tourner le dos à sa ville et à tout le reste, d'éteindre les lumières, d'arracher la boîte aux lettres pour se recroqueviller en position d'hibernation, suant et gonflant ? C'était une option que très peu voulaient envisager. Pas de nourriture pas de marche pas d'idée de fuite. Rien de tout ça n'étant utile. Quelques morts-vivants avaient décidé de cesser de bouger et de laisser filer en dormant — pas dans le but de mourir pour de vrai, mais pour essayer de vivre dans les territoires situés de l'autre côté de leurs esprits silencieux. Ils avaient forgé leur propre clé à partir de leur narcissisme visionnaire et, comme par magie, elle entrait dans la serrure ; leurs poumons absorbaient l'air qui stagnait et filtrait à travers la peau assoupie et tendue. Quantité de solutions avaient été tentées et avaient pourtant échoué. Personne ne comprenait. Le rêve était mort, alors ils battaient en retraite, quittaient les autoroutes et les rues de leur région, fouillaient les tas d'ordures pour récupérer des miettes et des provisions et plongeaient dans un long sommeil hivernal qui durait des mois et des mois.

Pourtant je suis là, je cherche des signes provenant d'animaux, des traces dans la forêt, en ville. Des petits corps dé-terrés dé-nichés, dans cet endroit flou entre deux mondes… Me dirigeant à trois heures du matin vers les toilettes d'une station Chevron. De petits oiseaux croûtés de terre sur le rebord de la fenêtre, trop lourds pour voler. Le bâtiment était enfoui jusqu'à mi-hauteur sous les fenêtres. J'ai regardé dehors avec deux cornées sèches collées sur mon visage, vaseuse, m'enfonçant peu à peu dans un état de conscience comme si le sang était drainé puis remplacé par un fluide différent qui préserve éternellement la vie tout en prolongeant une agonie infiniment lente, punitive. Y a-t-il d'autres signes physiques ? Des marques laissées à l'intérieur ? C'est un processus sans fin de se résoudre à son destin quand un lit dans un wagon, un terrier dans la forêt et une voiture abandonnée sont les endroits les plus désirablement convoités pour un sommeil léger… Refaire surface dans la lumière crue d'un 7-Eleven. Une faible aurore lacère la membrane de paupières douloureuses à cause de l'arôme de sucreries périmées, sans vraiment apporter le jour. Refaire surface à travers des couches d'air pesantes dans une clarté de plus en plus vive, atteindre un instant de lucidité au bout d'une nouvelle corde. Il y avait des tas de choses murmurées perdues à proximité. Des tas de morts. Des paquets de viande pour chat crue sur les plans de travail… Sur scène, dans un club rock, un enfoiré de nazi obèse n'arrête pas de brailler "je vais te violer" tandis que les hobos au bar brandissent leurs poings et me regardent de leurs yeux blancs luisants… "Je vais te violer te violer te violer te violer". Il halète ooohmeerde putaain *foutues filles* sur scène avant de plonger sur quelques tables poisseuses majoritairement occupées par des gens bourrés qui se vomissent les uns sur les autres. Il plonge et se met immédiatement à tirer sur tous les bouts de chair qui lui tombent sous la main. Il embrasse indifféremment filles et garçons avant que des types armés de maillets se jettent sur lui. Il crie et gerbe en même temps. La scène est débarrassée et généreusement saupoudrée de sciure pour absorber l'humidité qui s'est retirée dans les coins pendant le concert. Elle s'est solidifiée en cailloux brun-roux croûteux et des fourmis ont commencé à déménager dans les crevasses toutes leurs possessions. J'observais incrédule, sur un perchoir distant, en haut des poutres. J'ai eu quelques haut-le-cœur. Venus d'un endroit pur. À la fin de la soirée, les seules personnes restantes au bar étaient enfoncées jusqu'aux chevilles dans les sous-vêtements éparpillés sur tout le sol. Elles pataugeaient dedans, à la recherche de monnaie et de leurs clés. Les bouts de tissus blancs absorbaient les gouttes, constituaient un joli matelas pour les bouteilles de bière qui tombaient.

La ville sentait le sac en papier mouillé. Cet immense chiffon sale suspendu dans le ciel projetait une ombre au centre de la ville. Un motel étrangement et inexplicablement équipé d'une grande cheminée d'usine crachait des jets de fumée couleur merde de pigeon dans le ciel. À l'intérieur, la réception était restée inchangée depuis trente-cinq ans. En dehors des cernes entremêlés laissés par les tasses de café qui servaient à dater la table basse comme les cernes d'un arbre, l'endroit était une crypte que le temps n'avait pas maquillée. Une dame était au comptoir et plusieurs ventilateurs se soufflaient mutuellement dessus dans un coin du bureau derrière elle. Je pouvais sentir l'odeur de ses dents depuis le côté opposé de la réception. Elle était assise derrière un buste grandeur nature en pop-corn qui semblait *la* représenter. Voilà ce qui se passe quand une couleur locale reste au même endroit trop longtemps. Elle commence à attirer l'attention des "artisans" locaux. Et puis le journal local débarque et il se sent obligé de faire un reportage sur elle et cet immense et célèbre rouleau de merde de pigeon entortillé au sommet de sa tête. Un article de journal découpé et encadré accroché au mur à côté du buste brossait l'histoire à grands traits, pour les curieux. La dame était une institution. Digne d'avoir un buste, même. L'article datait de vingt-trois ans, faisant du pop-corn une denrée ayant depuis longtemps dépassé la date limite de consommation. Mais qui compte lorsqu'il s'agit d'un chignon en pop-corn au sommet de la tête d'une dame en pop-corn ? En étudiant plus attentivement la pièce, j'ai remarqué des traces de morsure sur le fauteuil dans lequel j'étais assise. J'ai attendu que les clients légitimes du motel terminent dans la salle à manger exiguë où le petit déjeuner gratuit était encore servi. Du pied, j'ai empêché la porte de se refermer et j'ai enfourné la plus grande partie de ce qui avait été abandonné : pâtisseries diverses, un bagel / donut (je n'étais pas très sûre de ce que c'était). Le café était *atroce*, fait n'importe comment... j'en ai quand même bu. J'avais besoin de mon médicament.

Au milieu de la forêt, de petits oiseaux marron crachaient des gouttes de flegme poisseuses sur un chemin forestier obscur. J'ai fait attention de bien les contourner avant de m'installer dans un buisson sur le surplomb d'un cours d'eau glacé. Des filles égarées comme moi erraient dans toute la ville à la recherche de réponses. Elles passaient des heures sur leur visage dans les toilettes des stations-services, reflétées par des miroirs sombres qui brisaient les surfaces planes de leur chair translucide. Les filles rockab' sont les plus expressives des créatures, toutes en cils et en bouches rouges tordues, des sourcils qui tendaient à se rejoindre au milieu du front lorsqu'elles étouffaient un sanglot et suppliaient qu'on les embrasse tandis que le groupe jouait derrière elles. Il n'a pas entendu... Assise juste à côté du sac d'os, je sentais leur puissance cliqueter dans ma poitrine. Ils s'entrechoquaient avec des bruits subtils, crissaient et claquaient sans interruption alors que les yeux me sortaient de la tête.

"Qu'est-ce qui ne va pas chez moi?" elles n'arrêtaient pas de demander.

Des chansons déformées provenant de concerts, toutes ces danses guerrières de sous-sol, me sont revenues, tamisées. Toutes ces silhouettes hantées, recroquevillées, s'inclinant et brandissant le poing qui se retournaient, et des crânes leur tenaient lieu de visage, enveloppés de petits bouts de cordes cassées. Tout ce sang qui clapotait dans leurs ventres chauds, ballonnés, chaque cellule dont les coutures éclataient, qui criait, volait, des mottes de terre balancées qui atteignaient les poutres. Des boots grésillantes raclaient des morceaux de mottes de terre frites, de la chair brûlée était écrasée sur le sol. Le sol était si poisseux. Folie… sans-abri, frigorifiés… des murs visqueux piégés à l'intérieur d'une croisée gélatineuse, recroquevillés et hurlant. Labourant nos cicatrices. On ne cessait jamais de mourir au cours de ces nuits-là, dans le Nord-Ouest. Tu te souviens comment on chantait ? Tu te souviens comment on dansait ? Comment on tombait et perdait la vie ? Tu te souviens de ceux qui étaient terrassés, qu'on laissait mourir dans l'herbe, au soleil ? Qu'est-ce que tu vois quand on se regarde maintenant — *dis-moi, petit garçon, où vas-tu t'enfuir ?*

La mort coud une robe en calicot près d'un feu enterré. Tu oses l'approcher, petit garçon ? Tu oses la rendre réelle à tes yeux ? Tu marches dans ces bois, tu veux la voir… Tu te gares au pied de l'ancien chemin pare-feu, tu éteins les phares et tu attends de voir le scintillement de l'aiguille qui coud la robe en calicot près d'un tas de braises dans l'obscurité. Tu la veux — tu attends qu'elle t'ouvre cette porte. Elle vit et respire... elle te sent... elle a besoin de toi... Tu es prêt à rendre ça réel ?

Beaucoup de gamins perdus remontaient l'Autoroute qui Dévore les Gens, garaient leur voiture dos au chemin de terre pare-feu et coupaient les phares. Elle s'est même montrée pour deux ou trois d'entre vous. Un autre jeune a descendu, descendu, descendu une spirale tortueuse d'épines et de terre pâle jusqu'à un endroit dans les bois où un groupe d'hommes masqués était penché au-dessus d'une flamme pour invoquer une image de la dame en haillons blancs qui avait un jour disparu dans les arbres. S'était enfuie. Ils voulaient qu'elle revienne. Le gamin s'est accroupi derrière un gros buisson mais il a fait du bruit et les hommes sont retombés une fois de plus dans le silence et un à un ils ont tourné leurs masques vers lui, se sont prudemment redressés et l'ont poursuivi sans bruit... Un mythe au sujet de l'Autoroute qui Dévore les Gens raconte qu'elle a une entrée et une sortie. Il existe en réalité de multiples façons d'y entrer et d'en sortir — le truc, c'est de choisir la route qui en sort et pas celle qui s'y enfonce. Quel sentier mène à l'image poudrée et vaporeuse de la femme — celle avec des ombres de crêpe blanc enveloppant son corps et un crâne à la place du visage ? Elle occupe ses nuits à voler en rase-mottes au-dessus des arbres, des cabanes des assassins et sous le pont où les corps étaient conservés (pas "retrouvés"), à voler sur le chemin en colimaçon qui descendait, descendait au milieu des bois, jusqu'à ce qu'elle finisse par se reposer et s'étende au milieu de l'autoroute, les membres écartés, comme un rameau tombé...

Là, elle cessait d'exister, sinon sous forme de deux énormes trous noirs pour les yeux.

Dans sa vie éveillée, la peau des bras de la femme était couverte d'un motif fleuri là où la robe de calicot en flammes s'était incrustée. Ses jambes étaient éclaboussées de noir. Il y avait de grands espaces vides au bas de sa robe là où étaient autrefois ses pieds et sur le devant de sa poitrine elle abritait deux gros boisseaux de camomille. Sa voix résonnait dans la forêt comme une empreinte de pas marron sonore. L'air jaillissait de ses yeux, glaçant... Le vent cinglait sur une route déserte. Je me suis approchée d'une maison au bout d'une allée pierreuse accidentée, partiellement excavée. À l'intérieur, j'ai trouvé des gens entreposés dans chaque crevasse, et des stalles fermées par des cordons de sécurité dans l'immense grenier en bois sombre où des matelas dessinaient un patchwork dédaléen de chambres. Tous les squatters habitaient au milieu de ces séparations, un méli-mélo d'échelles, d'estrades, de lofts et de sous-lofts — des recoins bizarres dans lesquels on devait insérer son corps pour dormir. Le sommeil était également interrompu par les halètements et les mastications intermittentes d'autres qui vivaient leurs fantasmes hétéroclites de punks de caniveau dans le même espace ouvert. Impossible de marcher, de simplement se tenir debout, ici. Chaque geste était conçu pour épouser cet endroit, chaque corps courbé adoptait les angles étranges exigés par cette maison gigantesque. Un moine de dix-sept ans logeait sous l'escalier, peignait des icônes toute la journée et gobait des œufs crus. On parlait d'une fille qui vivait dans la cuisine. Elle y dormait, dans un espace inconnu dont personne n'était vraiment au courant parce qu'on ne l'avait jamais vue dormir. Une autre fille, du nom de "Ill", m'a montré le vide sanitaire sous la maison. Le loyer n'était que de quatre-vingt-dix-huit dollars par mois. J'ai remarqué une chaise solitaire au milieu de la terre, qui touchait presque le plafond à un mètre de haut. "Une fille vivait là et elle restait assise sur cette chaise toute la journée, m'a dit Ill, à dessiner."

J'ai appuyé sur la sonnette d'une autre vieille bâtisse, la suivante sur ma liste, où Seth, Knowles et Josh pourraient crécher. Elle a tressauté sous mon doigt et j'ai eu l'impression d'électrocuter la maison.

Un groupe de fruitariens qui gagnait des milliers de dollars par semaine en faisant pousser de l'herbe avait réquisitionné un grand presbytère style chalet de ski sur un terrain de jolis oxalis et asclépiades. Je me suis installée à la périphérie, dans un fortin près d'un tas de bois grouillant d'araignées forestières. Un des garçons qui vivaient dans la maison venait fumer sur la galerie à l'arrière. Il regardait avec insistance dans ma direction, mais je restais dans mon coin, à farfouiller dans mes affaires, à rattraper du travail minutieux en retard. Ou, sinon, plongée dans de vieux magazines et des trucs provenant du garage — dont une boîte de brochures datant des années 1970 expliquant la situation désespérée de l'expédition Donner aux visiteurs des parcs nationaux, des terrains de camping et des syndicats d'initiative le long de l'Interstate 80. Un jour, je me suis réveillée d'une sieste et ce type attendait devant mon refuge. "Qu'est-ce que tu veux, petit garçon ?", j'ai dit, toujours à l'horizontale. Je parlais désormais ainsi aux autres ; ça correspondait à mon nouveau j'm'en-foutisme. J'étais à l'époque devenue aussi à l'aise que n'importe quel mammifère, à savoir que je suis tombée dans un silence prolongé, je me suis rengorgée, j'ai lissé mes plumes en laissant traîner mon regard sur les bruissements alentour.

“Qui tu traites de ‘petit garçon’?” a demandé le beau gosse au nez retroussé, sa coupe genre *mods* un peu longue séparée par une raie sur le côté, appuyé contre une clôture à la peinture noire écaillée. Un de ses bras maigres et blancs plié tenait le bout de sa clope coincée entre ses lèvres pareilles à des vers de terre. “Chaque fois que je sors fumer une cigarette, je te vois assise sur ce tronc d'arbre avec tout ce merdier autour de toi, comme si t'avais ton propre petit vide-grenier. Qu'est-ce que tu fais à traîner à Monmouth?”

— Je navigue dans la région, je récupère des trucs, j'ai répondu évasivement. Je pensais rejoindre des copains, mais ils ont déjà quitté la ville.”

Il a pris dans un bol à l'entrée de mon refuge une carte de tarot qui m'appartenait. “Regarde c'est un homme qui tire cette carte. La bonne aventure d'un homme, dis-la-moi.”

J'ai pris la carte mais je n'avais pas besoin de voir ce qu'elle représentait. J'ai plissé les yeux dans le soleil. “Je vois… la fin de la partie. Peu de jours. Un délabrement imminent. Je vois un homme avec un gros manteau épais. Il va arriver et t'en recouvrir.”

Il n'a probablement pas aimé. Mais qu'est-ce que je suis censée dire? C'est partout sur son visage.

Ils avaient beau appartenir aux vivants, les squatters ressemblaient davantage à des gens affligés du passé, leurs corps modifiés par toute une vie de feu, de proximité avec le feu: une peau poudrée de gris, des ongles noirs, sans oublier la nappe d'huile qui veillait sur l'obscurité au centre de leur poitrine, des grottes mortelles qui relâchaient des panaches de fumée toxique par leur bouche. Leur haleine ressemblait à de la fumée… Ces gens du passé remplis d'air, en forme de feu, mangeurs de chair de l'époque victorienne ayant fait un pacte cannibale… Le feu avait changé leur corps et les avait modelés à son image, transformés en *autre chose* : ni morts ni vivants. Ils suivaient la fumée ; leurs vêtements sentaient les braises humides béantes et ils habitaient des grottes tapissées de calicot. Ils brûlaient tout ce qu'ils pouvaient, la moindre nourriture qu'ils avaient élevée était jetée dans les flammes. La vie elle-même était du bois de chauffe. Ils s'incendiaient mutuellement en lançant des cailloux enflammés sur les charrettes qui passaient. Ces gens maudits du passé étaient les Enfants du Feu… Mais, un jour, le feu s'est éteint. Certains ont grimpé dans leurs chariots et sont partis pour découvrir où était parti le feu. Ils ont cherché et crié jusqu'à l'épuisement, se sont allongés et sont morts. Ils ne répondaient à aucun autre nom que malédiction. Ils mangeaient la mort dans la neige, l'hiver, tout était revêtu de glace. Ils auraient pu être n'importe où. Mais, en réalité, ils étaient coincés dans le col d'une étrange montagne à Truckee… Je me demande si leurs vêtements cousus à la main se prenaient dans les bosquets de sapins couverts de neige, si leurs robes s'accrochaient aux mûriers couverts de neige. Je me demande s'ils avaient des coupures qui ne guérissaient pas, à tâtonner de leurs mains engourdies, inutiles. Pouvaient-ils d'ailleurs faire un feu avec de telles mains — un feu au milieu de la neige ? Il n'y avait pas de feu à des centaines de kilomètres à la ronde (et la flamme humide à l'intérieur de leur corps s'éteignait si facilement) mais il y avait un feu, là, sur le sentier, c'est sûr. Leur malheur collectif avait érigé une maison de flammes au milieu de la forêt… une tente de fibres incandescentes tressées de souffrance. L'énorme membrane a éclaté tel un ballon et elle est restée vide comme un incubateur de mort piégé au pied des arbres…

...qui sifflaient : *souvenez-vous que c'est noir,*
c'est toujours noir...

Les objets qu'on a fabriqués — les créations, les petits serviteurs, les petits morceaux de tissus, les petits masques — ils nous quitteront. On ne peut pas réellement les posséder, même s'ils sont des ombres de nos corps. Des symptômes dont on se débarrassera, qui formeront le résidu de notre vie à la surface de notre existence, comme toutes les surfaces que nos yeux ont enrobées de leur regard insistant. Comme un serpent se débarrassant de sa peau, nos résidus forment une image fantomatique dans toute la ville, partout où on est allés. Ne luttons pas contre. Le guide fantôme nous conduira dans le monde entier grâce à des ombres reliées entre elles, une chaîne de souvenirs en feutre noir.

La plupart des gens croient qu'on n'a qu'une seule tombe. C'est faux. Les espaces que nous occupons, les territoires auxquels nous appartenons, notre ville natale — ils sont tous tapissés de tombes miniatures, tachetant chaque surface tandis que nous traversons la ville en coup de vent ; un résidu de grêle de vagabond métallique.

Il me suffisait de savoir le sac d'os dans mon tablier pour sentir leur pouvoir cliqueter dans ma poitrine. Ils s'entrechoquaient avec des tonalités subtiles, crissaient et claquaient tandis que les yeux me sortaient de la tête.

"*Qu'est-ce qui ne va pas chez moi ?*" ils n'arrêtaient pas de demander.

Enfermez-moi et jetez la clé. La dame squelettique danse sur un pont de dentelle repassée ; ses jambes sont de longs collants blancs fourrés dans des bottes. Si je ne l'avais pas vue, j'aurais juré que c'était un homme qui chantait, sa voix était si inhabituelle, mais assister à ce spectacle rendait l'hystérie de la femme ivre encore plus fascinante. J'étais parvenue au club en traversant des quartiers de petits bungalows en bois constellés de taches sombres saupoudrées de lichen jaune, un territoire excentré où personne n'ouvrait les fenêtres ou ne remontait les stores. Se dressant là, mais que l'absence de vie rendait glaçants. J'avançais prudemment dans la lumière mourante. Devant moi, une Chrysler d'un modèle récent roulait au pas, une épaisse volute de fumée d'échappement rebondissant sur la chaussée dans son sillage comme un pékinois fantomatique. En suivant les raccourcis qui coupent en diagonale les jardins, j'ai atteint la limite des maisons, là où elles se transforment en parkings en terrasse successifs détériorés qui cascadent en pentes douces. Tout le monde semblait être parti.

Deux types pleins de bière et de frites gardaient la porte du club punk vert miniature. Sur scène, le groupe jouait paresseusement par-dessus le juke-box en attendant que la chanteuse scotche les feuilles où étaient notées les paroles…

Tex[7] est montée sur scène et elle a immédiatement commencé à la draper de divers bouts de tissus éclatants, de perles et de colifichets qu'elle portait sur elle. La scène tout entière a rapidement eu l'air d'être son propre boudoir, la maîtresse de maison allongée sur les planches comme sous un admirateur respectueux, la main refermée sur un vide qui aurait dû être une bouteille d'alcool fort. La peinture de guerre de Tex s'affaissait sous les lumières intenses et ses bottes imprimaient des rayures sur la

[7] Texacola Jones est une musicienne de Los Angeles, connue notamment pour le projet Tex & The Horseheads qui croisait country et punk rock.

scène moite. Ses chansons parlaient d'enfants perdus, de meutes de loups s'accouplant et tuant pour survivre et de la manière dont le sang s'écrase sur les écrans de cinéma de série B à l'aube. Tex a demandé si elle devait enlever sa jupe — cette possibilité a déclenché des applaudissements — mais le groupe a aussitôt entamé le morceau suivant et elle a poussé un soupir forcé et avalé une goulée d'air scintillant. Elle s'était mise à prononcer la phrase "c'est bon" de façon artistique, trouvant à chaque fois une nouvelle intonation, plus sinueuse. La phrase était devenue si longue et abstraite que je n'étais pas sûre de ce que j'entendais réellement. Elle avait l'air de plus en plus somnolente. Bien sûr, c'était différent désormais, parce qu'elle était vieille — et c'était d'autant plus exotique de la voir là, enveloppée seulement d'écharpes et de babioles, avec, naturellement, ses bottes qui claquaient. À cause des années sur son visage, ses yeux exorbités paraissaient pris en otage et hantés, et penser que ces vingt dernières années, elle s'était réveillée chaque matin avec le même soutien-gorge était ahurissant. D'où venaient ces gens? Et, encore plus important, où allaient-ils?... Son visage offrait une ressemblance avec celui qui avait été enfermé, la clé jetée. Confinée dans une boîte fermée, respirant de l'eau noire, les chevilles attachées aux bottes, la chevelure tressée avec la chaîne. Un petit jet d'eau qui gigotait et grognait comme un cheval sauvage l'avait maintenue en vie toutes ces années. À l'intérieur, elle s'affaissait et prenait la forme d'un animal. Libérée (la chaîne ayant lâché), elle a rampé sur scène et a lapé la flaque de whisky qui s'était formée là où le public avait craché en hurlant devant son groupe. Elle chantait, elle priait pour qu'ils l'enferment et jettent la clé.

Après avoir parcouru la foule des yeux, j'ai terminé la soirée en faisant exprès de dévisager les quelques autres filles du club. Je voulais les forcer à me regarder dans les yeux — un jeu égoïste auquel je m'accrochais à fond. Comment se fait-il qu'il n'y ait pas davantage de filles qui le fassent ? Je me disais : on est si peu nombreuses.

Oui, Kim, je crois que je te préfère ainsi : décoiffée, sale, radieuse.

Je devais aller quelque part. Je devais m'y rendre à pied, même s'il pleuvait. Une grosse écureuil enceinte aux énormes nichons perchée à hauteur d'yeux, immobile, sur un arbre noueux, en train de ronger un os rouge, m'a fait sursauter. Quand j'ai tourné à un coin de rue, ma frange a changé de direction dans le vent. Je suis arrivée, l'endroit ressemblait à une cabane dans les arbres, tout en haut d'une allée en bois, encerclée par des colonnes en séquoia et des murs peints en marron. Je me suis installée sur un canapé, un verre à la main, fixant avidement la télé. Un homme en Dockers était assis à côté de moi et caressait doucement mon sein gauche comme s'il s'agissait d'un petit animal. Je regardais attentivement une présentatrice qui m'expliquait quelque chose au sujet d'un corps découvert au fond d'un ravin. De la mousse et de la boue tombaient par plaque d'entre les plis de son linceul en toile. Je n'arrivais pas à détourner les yeux des mots prononcés à voix basse sur l'écran. Plus je regardais, plus le monde s'effondrait et, rapidement, je n'ai pu échapper à la sensation de faire courir mes doigts sur ses cheveux souples, de m'accrocher dans leur enchevêtrement, d'absorber son bouquet sauvage et, avec lui, l'amour d'une bouche sans souffle, ses secrets gravés dans son haleine pénétrant mon crâne par l'avant, touchant des récepteurs au fond de ma gorge comme une onde de choc sur une chair rose squameuse. Suspendue là. Il y avait de la place pour nous deux dans ce décor en toile, avec ses secrets cimentés à la pointe du couteau. La partie importante de notre histoire a été soulignée. Ailleurs dans la cabane dans les arbres, de vieux amis fomentaient à voix basse un plan pour attaquer une fille en salopette baggy, ses bretelles ont été coupées et sont tombées à terre. Des mains ont parcouru sa surface humide de rosée, indulgentes à l'égard des passages qui se dérobaient. Des lèvres chaudes ont été honorées avec les objets à portée de main et on l'a obligée à embrasser la partie la plus odorante d'un melon. Des poignées de cheveux ont été relevées d'une main de fer qui a flamboyé de blanc avant d'entièrement se dissoudre et la fille a été libérée et elle s'est effondrée sur cette table de salon / ottomane, la tête plus basse que son cœur. J'ai ouvert de force des jambes ivres et j'ai fourré un, deux, trois doigts à l'intérieur, goûtant la source de l'afflux de sang dans une chair vierge avant de la retourner, m'abandonnant totalement au repose-pied, aux regards lancés dans cette direction, aux verres renversés et aux poings saisissant des poignées de cheveux. Et j'ai rampé sur elle. Je l'ai pénétrée de force, suçant, mordant sa bouche blanche, drainant son lac jusqu'à ce que ses yeux sèchent et fondent pour se fermer à jamais. *Embrasser la femme morte nous excite*, criaient-ils. À ces mots, j'ai tendu la main pour lui caresser le cou, mais mes bras étaient de plomb et ont basculé sur le tapis. Ils sont tombés derrière la porte, semblant n'être rien d'autre que des fantômes de membres. Les écrous serrés à bloc, je commençais à être incapable de bouger, mon esprit était engourdi, mes dents avaient disparu, de la fumée de pipe remplaçait mes idées de fuite, mes yeux tentaient de se concentrer sur un endroit qui était autant un sol qu'un plafond — je devenais aveugle ! Je me suis enfoncée dans le sommeil pour rejoindre la fille du repose-pied et je jure que je l'ai trouvée. *C'est Kim ; elle est là*, je me souviens avoir pensé. Se faufilant dans un coin de cette bouche pâle et froide. Nos lèvres se sont touchées. Des secrets ont été échangés durant les heures qu'a duré notre ivresse. La longue, longue nuit était peuplée de feuilles indistinctes et de mousse grise qui poussait sur des fenêtres qui n'avaient jamais vu le soleil. Pendant mon sommeil, j'ai rêvé que trois ou quatre hommes m'aidaient à atteindre l'orgasme, chacun s'occupant d'une partie différente de mon corps. On m'a aussi demandé de révéler des secrets et, comme je refusais, ces secrets m'ont été arrachés en ligotant mes jambes et mes bras et en interrogeant ma chatte avec tout ce qui était à portée : une télécommande, une bouteille de vin, un téléphone sans fil. Ma mâchoire a été déboîtée, ma gorge ouverte et reconstituée pour être la réplique exacte d'une bouteille en verre au bouchon en caoutchouc. De l'amour versé à l'intérieur. Mon cœur a grossi, grossi jusqu'à menacer d'exploser. Quand je me suis suffisamment réveillée pour savoir que j'étais toujours entravée par une longue corde grise, j'ai été apaisée par un spectateur qui épongeait mon front avec une socquette marron. Il a dit "Laisse-moi t'enlever ton haut, je veux sentir ton adorable peau contre la mienne. Je veux prendre tes seins dans mes mains en coupe et les soupeser comme un précieux sac de graines. Laisse-moi enlever ton pantalon, je veux plier tes jambes jusqu'à ce qu'elles épousent le contour de mon amour pour toi, il est si grand. Je ferai courir mes doigts le long de l'endroit où le monde cesse de tourner et s'échappe à l'intérieur d'une boîte noire. Laisse-moi enlever ton anneau, je veux poser mes lèvres sur son sceau doré, la pureté de sa forme éclipsée par un désir si parfait qu'on ne doit pas en parler". J'ai mis le doigt nu dans ma bouche et je l'ai sucé, nettoyant l'ongle qui traçait des sentiers de désastres dans mon dos. "Laisse-moi t'emporter loin de tout ça, ravissante fille, parce que je sais à quel point on peut être triste lorsqu'on n'est pas aimée".

Quand la patte d'un chat endormi tressaute, il rêve de s'enfuir loin de toi. Tu sais, c'est une époque bizarre, marquée par une vague menace qui repose au cœur des nuits de brouillard marron au centre de mon squelette. Tout dans cette vie est déterminé, une machine alimentée par les sons émis par le creusement d'une nouvelle tombe. Des événements horribles sont mis en branle dans ce territoire occupé, déclenchés par le mouvement, mais je ne peux pas arrêter de bouger... Et lui : l'Ange Paternel, créature ailée, une ombre sur un rocher. Je suis une progéniture mutante, une qui ne reconnaît pas les visages. Comme si c'était toujours la première fois... Quelqu'un qui me piquait avec un bâton m'a fait émerger d'un rêve. J'étais dans un lit couvert de piles de draps. Le tissu froid avait été enfoncé dans ma bouche. Quand j'ai levé la tête, un monticule froissé est tombé de ma bouche et s'est dressé, pétrifié et modelé par la salive. Mon corps était glacé et raide et semblait craquer lorsque mes articulations ressentaient la pression d'un mouvement imminent. Je me qualifierais plus exactement de "congelée".

Puis l'évidence m'est apparue : l'automne était là et tout se préparait à aller dormir. Les signes étaient partout... J'imaginais des chambres obscures avec des rangées et des rangées de lits sur lesquels étaient allongées des centaines de filles plongées dans un long sommeil hivernal sous un nuage vagabond de poussière cristalline — la substance même des rêves — qui suintait des murs, grandissant en poids et en taille à chaque bouffée de désir libéré des profondeurs des statues endormies.

Je me disais que je pourrais me lover sous du matériau d'emballage et plonger dans un long sommeil hivernal — même si je ferais mieux de me diriger vers la côte, le point terrestre le plus éloigné, où je savais qu'il serait logique que la chance abandonne Kim. Un endroit pas plus mal qu'un autre pour se trouver à court de chance, de temps, de patience. Plus de terre. Plus de faux-semblants. Mon lieu d'hibernation solitaire devrait être le bureau des prêts hypothécaires abandonné. Je me suis préparée pour ma plongée imminente, roulant en boule plusieurs chiffons secs sous ma tête, enveloppant mon corps de tous les matériaux flexibles possibles. À savoir plastique, papier et tissu — ce que j'avais sous la main. Au milieu de la nuit, les rats des bois vomissent des gouttes de flegme poisseuses sur un sentier forestier sombre. Je fais attention de bien les contourner avant de m'installer dans un buisson sur le surplomb d'un cours d'eau glacé. Des filles égarées comme moi errent dans toute la ville à la recherche de réponses. Elles passent des heures le visage reflété dans les miroirs des toilettes des stations-services. Elles étouffent un sanglot et supplient qu'on les embrasse tandis que le groupe joue derrière elles. Il ne l'entend pas. Des chats de gouttière frigorifiés se rassemblent aux confins du parking. J'écarte du pied des cailloux rugueux.

Les nuits hivernales n'ont pas de fin. Le matin réchauffe les flaques de bière sur le trottoir en nuages nocifs qui flottent le long de la rue. Je traîne toujours dans le centre-ville, enfournant le peu d'air frais que je trouve comme si je n'avais aucun besoin de nourriture. Plus tard, je tombe sur le plus étrange des 7-Eleven. Des vagabonds toxicos sans boulot somnolent dans les coins durant les heures creuses du milieu de l'après-midi. Une potion pour dormir est transportée par des bouches d'aération spéciales et des odeurs de médicaments sucrés tourbillonnent à l'intérieur. Je me glisse jusqu'à un homme au visage dissimulé sous son bras ; je le secoue un peu et murmure des promesses tordues. Son ventre se soulève à chaque légère inspiration synchronisée avec le médicament dispensé à intervalles réguliers. Il marmonne vaguement le refrain d'une chanson que je connaissais et je suis certaine qu'il ne sait pas ce qu'il dit. Il ne s'aperçoit de rien, ni quand je tire sur sa chemise ni quand je souffle une haleine magique dans sa bouche pour le faire mien. Un autre se réveille et se tourne vers moi à la manière d'un ivrogne, mais je le repousse d'une claque. En regardant bien au fond, je commence à remarquer l'œil d'un ado familier qui se dessille sous moi et je m'interroge sur eux, sur tous les garçons qui se sont enfuis… Les filles égarées sirotent du pollen à la paille dans les allées désertes du Albertsons, juste à côté de l'autoroute. Je traîne parmi elles et elles parlent une langue morte que personne ne comprend — ce sont d'horribles animaux errants sans mort en vue. À l'aube, j'ai déterré mon chat onirique, tombé raide mort dans la neige. J'ai soulevé le pelage humide tandis que la neige tombait en silence autour de nous. J'ai continué de creuser et j'ai trouvé de plus en plus de signes d'une race ancienne de créatures modifiées — une fosse commune de chats-rats extra-lucides. Je suis passée devant le point de rencontre des journaliers et les types m'ont interpellée et ont fait *tss tss*. J'ai bafouillé "vous, allez vous faire foutre", du soda s'est échappé de ma bouche, j'ai fait un geste, deux pouces baissés. Je suis la mort travestie. Mon nom signifie "Madame Annihilatrice". Mon ombre n'est que poussière. Je m'entrepose dans les odeurs boueuses à l'arrière des bâtiments.

Tandis que j'étais étendue haletante dans mon lit de la ruelle, les garçons se sont agenouillés, les yeux brillant comme des diamants dans l'obscurité. Leur haleine chaude sentait la fourrure humide et ils me cajolaient en me léchant et en me mordillant le flanc et je grimaçais, allongée dans la terre. D'un geste brusque, j'ai empoigné le plus proche et j'ai aspiré toute l'haleine chaude de sa bouche pour ne pas mourir, mais le dioxyde de carbone m'a fait tourner la tête et tomber, tomber. J'avais changé, alors ils me semblaient différents. Knowles, Josh, Murph et, oui, Seth aussi, formaient leur propre espèce, ils se serraient les coudes, unis par leurs quêtes parallèles, leurs existences profanes, riches de détails dont la prévisibilité paraissait si ennuyeuse — cette façon de continuer à vivre durant des années au cours desquelles je ne les verrai pas... J'ai pensé au type de Monmouth et à quel point il était agréable que quelqu'un s'occupe de moi, me regarde, même si ce n'était qu'un homme qui fumait une cigarette. Et pourtant, j'avais été brusque. Parce que je ne fais pas partie de lui... Après m'être échappée des toilettes pour femmes de la gare Greyhound, j'ai vu des rats lécher du pollen dans leurs mains, penchés sur de longs meubles de rat sous des griffes de sorcières au milieu du terre-plein central. J'ai retrouvé quatre de mes potes qui traînaient au 7-Eleven avec leur copain qui y bossait. Affamés, irritables et bêtement fatigués, on a déferlé sur l'endroit et on a foutu en l'air les présentoirs du magasin. Josh a volé des cigarettes et des bières pendant que Knowles se déchaînait dans le coin café, balançant deux cafetières et un seau par la fenêtre. J'ai enveloppé ma main dans une ceinture en tissu ornée d'un nœud. C'est devenu une chouette arme pour les garçons derrière le comptoir. J'étais ouverte, euphorique. J'inspirais à fond et mon sang vrombissait dans mes veines. J'avais le regard vif à travers les trous dans ma frange, souriant les dents serrées. Les bruissements à la périphérie ont commencé à ralentir. Debout dans mes boots, une robe-chemisier sous un tablier et, par-dessus, un grand sweat-shirt à capuche taché de graisse et de sang humain, j'ai compté les minutes, puis les secondes, tandis que des particules de placo et des flocons de céréales se posaient au milieu du capharnaüm sur le sol. J'ai regardé une paire d'yeux se risquer au-dessus du comptoir. Les heures ont passé, tout le monde semblait se planquer sous des marchandises répandues à terre. On n'entendait pas un bruit. Je suis restée dans un coin sombre de la réserve au fond, à grignoter des trucs dans les paquets ouverts et des morceaux de fruits écrasés. Je me suis enfoncée dans les rayons et je suis tombée sur un des employés couché sur le flanc, la poitrine couverte d'une croûte de sang sale. Je l'ai traîné dehors ; il a grogné et a lancé des coups de patte vers mon visage, des larmes roses luisantes coulant de ses yeux rivés à moi, prononçant des mots que je pouvais à peine entendre et ne comprenais pas. J'ai remarqué qu'il avait une énorme érection mais un pantalon qui ne pouvait pas s'ouvrir. J'ai promené un regard vague autour de moi et j'ai commencé à me sentir vraiment somnolente, alors je me suis allongée et je me suis endormie sur lui. Je me suis peu à peu aperçue qu'il rapetissait à chaque respiration et mes genoux n'ont pas tardé à toucher le sol en ciment. Je me suis agenouillée avant que le type ne s'évanouisse sous moi — il n'est guère plus âgé que moi et, désormais, il n'est presque rien. J'ai tiré sur les boutons de sa chemise et elle s'est entièrement ouverte, révélant sa chair grise imbibée d'eau. J'ai pris mes mains et — avec un sifflement poussiéreux — j'ai écarté sa poitrine de force. La cavité s'est élargie très lentement avant d'*enfin* se déchirer complètement et j'ai découvert que ce n'était rien de plus qu'une boîte pleine de charpie abritant des nids de drosophiles. Allez comprendre.

En devenant plus forte, j'ai appris à traquer des proies aux abords de la ville. Je me tapissais dans l'ombre du mur de soutènement d'un centre commercial, prête à bondir au bon moment. J'ai vu un gars rouler vers la benne à ordure pour vider sa voiture. Il a ouvert le coffre et s'est mis à balancer des sacs de détritus dans la benne de Wells Fargo. Il a coincé plusieurs morceaux de cartons aplatis derrière le couvercle et — sentant que c'était le bon moment — j'ai bondi, lui cognant dessus jusqu'à ce qu'il s'évanouisse à mes pieds. Sa chair a cédé facilement. Elle était brûlante et il s'est avéré qu'il transpirait beaucoup sous toutes ces couches ; ça flottait en un brouillard humide au-dessus du siège conducteur de sa voiture idiote. J'ai arraché son pantalon. J'ai déchiré son slip en essayant de lui enlever ; je l'ai mis en pièces. Je suis encore tombée sur un crétin en tentant d'atteindre le vrai truc.

Mes yeux se sont posés sur un ensemble de bâtiments au loin et je me suis retrouvée à l'intérieur. Mon visage semblait lourd et je le traînais devant moi dans le noir. Un brouillard poisseux emmêlait mes cheveux à force de dormir dans des crevasses d'un bout à l'autre de la ville. J'ai tiré sur la masse qu'ils formaient ; mèche après mèche, ils se sont séparés comme un gâteau de toiles d'araignée. J'ai fait le tour du Safeway, un de ces moments distraits en pleine journée, quand tous les autres poussent des caddies dans l'après-midi chaud, éclatant. Je suis repartie aux abords de la ville à la nuit tombante… À deux kilomètres, les enseignes géométriques des stations-services scintillaient à l'horizon telles des étoiles flottant au ras d'un champ noirci. Le ciel s'est assombri. Pas de camion, *rien* sur la route ce soir. Ces derniers jours, j'ai eu constamment envie d'éternuer. Je m'arrêtais sur un pied quand je le sentais venir. Quelques instants plus tard, ça disparaissait, horriblement et secrètement, me laissant encore plus en colère. Ces derniers jours, j'ai marché des kilomètres et des kilomètres. J'ai essayé de me repérer aux étoiles, puis j'ai réalisé qu'on ne m'avait jamais montré comment faire et, de toute façon, il y avait des tas d'autres trucs là-haut qui ne cessaient de bouger. Il faisait froid sur le sol. En passant devant des enclos d'animaux de ferme, j'ai poussé les corps endormis pour qu'ils se déplacent et que je puisse m'étendre un moment dans leur chaleur. Au début, ils ont eu peur parce qu'ils avaient été privés d'expériences sensorielles dans leur enclos nu, mais ils ont fini par m'approcher et mâchouiller mon sac et les bouts de tissus flottants ou les sangles qui pendouillaient. Les écureuils m'observaient, leurs bonds désordonnés dans les arbres court-circuités, bloqués entre chaque embardée. Bloqués dans ce blitz de synapses grésillantes — non seulement morts mais aussi aveugles. J'avais le goût de mon cerveau dégoulinant dans ma gorge ; j'avais le goût de l'odeur nasale âpre tout le long. J'ai fait bouillir une grosse quantité tourbillonnante d'eau de mare et de feuilles de nénuphar pour faire une soupe de montagnard qui devrait me tenir tout le reste de la semaine. J'avais tellement marché que mes genoux faisaient de vilains bruits et j'ai découvert des couches et des couches de coquilles d'escargot sous mes pieds. Je n'avais pas vu mes compatriotes vampires débiles depuis un moment, ce qui rendait évidente la façon dont ça allait se passer.

Cet automne-là, ça s'est passé comme ça :

Nous ? Non : *moi*.

Je marche seule et je suis la dernière.

"J'AI ESSAYÉ DE PENSER À QUELQUE CHOSE, mais vous ne faites pas partie du plan." J'ai annoncé la mauvaise nouvelle aux garçons. Me déplacer seule était plus risqué, des situations glauques se présenteraient presque chaque jour. Plus d'une fois, je me suis retrouvée au comptoir traiteur du Safeway le plus proche à répéter sans arrêt Putain t'es qui? *Putain, c'est qui ce mec?* je demandais à la cantonade. Plus tard, je me suis retrouvée sous un type bourré, bourrée moi aussi. Trop blindée pour jouir correctement, mon orgasme se traînait lamentablement et laissait la porte s'ouvrir et se refermer sur ma récompense idiote. Mon cerveau tictaquait vers l'inconscience, si vite que je n'arrivais pas à le rattraper. La poitrine du type se creusait telle une coque évidée, le piège de sa cage thoracique. Il utilisait la mienne comme une boîte à onglets pour insérer délicatement une scie dans mon thorax et il soupirait tandis qu'elle gravait des marques indélébiles dans la chair vierge. Je suis partie, forcée d'avancer sur cette autoroute hantée, de marcher avec ces fissures fantômes qui s'ouvraient au hasard devant moi, incapable de me débarrasser des souvenirs d'horreurs — transmissions mortelles de créatures imaginaires à la fois proches et lointaines.

Dormir sur une bretelle de sortie, la pluie tombant autour de moi. *Baby, parfois je suis si insouciant et j'ai du mal à dissimuler ma joie*, vomissait un mari à mon oreille. Je commence à être fatiguée de suivre les traces de fantômes familiers, de consigner les épreuves de mon corps hôte qui ne fait que mourir encore et encore. C'était Kim qui parlait "d'être balayée par un raz-de-marée d'amour" et, durant toutes ces années, j'ai cru tout ce qu'elle me disait — mais maintenant, je ne sais plus — je ne sais plus à *son* sujet. "Voilà ce que c'est d'être accro et amoureuse…" Ses sanglots étouffés m'accompagnaient encore lorsque je me suis réveillée sur un sentier menant à un campement. En me levant, j'ai découvert des insectes qui campaient, agglutinés sous mon sac de couchage. Gamine, j'ai un jour piégé une araignée dans une boîte à pilules, au cours d'une de ces journées-là il y a tant d'années. Au bout d'un moment, je me suis mise à penser : *l'horreur de l'ouvrir si elle est morte, l'horreur de l'ouvrir si elle est vivante.* Je me suis réveillée en sursaut. C'est quoi ce bordel ? L'avortement — cette non-décision qui n'est plus qu'un souvenir qui s'estompe ; ça me dégoûte davantage à chaque jour qui passe. Désormais je pense différemment, les accidents n'existent pas. Il n'y a que cette nouvelle vie née de l'ignorance, ou de l'oubli de faire attention. Il y a le viol. Mais en l'absence de ce dernier, si vous saviez ? Si vous faisiez attention ? Les choses se passeraient autrement ? Le monde serait différent ?

Je me suis enfuie, mais tu m'as hantée, me suivant comme l'ombre sur le verre.

Murmures dans la pluie sifflante. Il faut qu'il pleuve pour nourrir ce qui a éclos dans le sillage de cette générosité. Forêt vorace, vorace. Pas de fin en vue, seulement ce sifflement et la moiteur et les craquements des rameaux qui se brisent. Ils étendaient leurs branches si loin et absorbaient tant qu'ils s'allongeaient et mouraient. Non — ici, ils meurent debout. Leurs branches tombaient une à une. Pas de fin en vue. Leur écorce s'enroule aux extrémités et tombe ; ils pourrissent en grandissant. Quel spectacle, quel bruit. Leurs rameaux sifflent dans le vent. Ils se brisent si facilement. Ils s'imbibent d'eau, se flétrissent et meurent. Ils s'alourdissent de pluie, gonflés de notre amour, se flétrissent et meurent. Le bruit des rameaux qui tombent résonne stratégiquement à travers les bois, mais nous sommes là pour savoir, ces feuilles et moi, des feuilles sifflantes se nourrissant de pluie sifflante... Des muscles relâchés entassés à l'intérieur d'un imperméable vert olive. Perchée sur une souche, j'ai observé un petit amas de champignons vaincu par un assaut d'eau de pluie fraîche. J'avais bu beaucoup d'eau trouvée dans le tonneau d'un voisin et je ne me sentais pas très bien, tassée sur mon banc en bois humide, à contempler mon destin. Ça m'attriste, cette inexorabilité ; cette roue doit tourner, re-tourner. Il n'y a pas de fin, seulement des fins sans fin qui nous encerclent tous. Jours silencieux, nuits assourdissantes. Nuits sifflantes. Lorsque la pluie cesse, le bruit est énorme : un grondement provenant du centre de la terre que nous sommes les seuls à pouvoir entendre. La tumeur sanglote au centre de la forêt, au pied d'un arbre enfoui sous un tas de mousse. Elle palpite sous la pluie. Elle siffle aussi — *notre nom*. Elle siffle dans mon oreille — mon nom. Elle m'appelait, je suis venue et qui sait ce que j'allais trouver sinon davantage de pluie. J'ai tiré deux cartes du jeu et je les ai placées côte à côte sur le sol devant moi, fixant intensément l'espace entre elles. J'ai pratiqué l'anti-regard et mes yeux ont cessé de se concentrer ; au lieu de penser, j'ai appelé un démon enterré au centre.

La contrée s'est répandue comme les organes de la créature semblable à un mammouth géant. Lacérée par un humain, elle a pourri sur le sol durant de nombreuses, nombreuses années. Son foie s'est peu à peu enfoncé dans la terre et il est toujours là, moteur pétrifié qui tournoie dans sa tombe. Les autres parties du corps de l'animal, ses défenses et la peau squameuse de ses pattes ont formé une topographie escarpée. Sa colonne vertébrale, la chaîne de montagnes qui porte tendrement la forêt dans son giron. Crépuscule. Au-dessus de ma tête, reposant à la cime des arbres, une grosse goutte de pluie révélait une succession de gouttes emboîtées, chaque orage lové dans un plus grand, des couches et des couches qui s'étiraient en un délicieux éclat. La pleine lune une perle projetant des rayons de lune, arrimée à la tumeur miniature au pied de l'arbre, un orage naissant entre les racines enchevêtrées; la blessure incandescente se nourrissait de mousse, se fortifiait, devenait plus épaisse et chatoyante la nuit. Cette minuscule goutte de pluie, un réel trésor, vaudrait la peine qu'on creuse pour elle. Personne d'autre que nous ne l'a entendue. Elle nous a conduits ici. Nous avons suivi ses palpitations et elle a failli nous tuer — en miniature. Je l'ai entendue, presque à portée de mes doigts tandis que je fouillais la terre. La lune qui glissait dans le ciel modifiait les ombres de ces bois. La résille luisante de mousse gangréneuse qui avance centimètre par centimètre sur le sol de la forêt sait toujours exactement où je suis. J'avance et elle m'emboîte le pas. Exaspérée, je grimpe sur une branche robuste, mais la mousse le sait et commence à escalader l'arbre. Elle veut vivre sur moi, s'y attacher pour que je puisse la nourrir. Irascible, gâtée par la pluie. Tu sais, j'ai dit, je ne suis pas comme cette autre chose. Je ne suis pas bonne pour toi. Oui, a répondu la mousse, je ne suis pas bonne pour toi non plus et elle a haussé les épaules et continué de grimper le long du tronc. Globule incandescent, résille de mousse haussant les épaules. Va-t'en !

En plissant les yeux, je pouvais voir l'avenir de ces bois assez distinctement. Encore davantage de pluie, me semblait-il.

Son ton joyeux, chantonnant, paraissant sortir tout droit d'un programme de télévision éducatif pour enfants, *je fais un gâteau. Je fais un Succulent Gâteau juste pour le goût avec une croûte blanche et de minuscules morceaux de beurre, un petit, de la taille d'une patinoire, avec un seul étage de sponge cake moelleux et de gelée miroitante sur son propre tapis rouge à l'intérieur… On aime aspirer le bord des gâteaux, siphonner les réserves de crème et les recracher sur la chaussée. On lape la garniture. On suce les décorations en sucre et on avale la gelée entre les couches de crème moelleuse…*

Maman d'accueil fabriquait des armes maison avec du bois de chauffage et de l'argile. Elle avait des rasoirs cachés dans toute la maison. De nombreuses surfaces pouvaient servir d'arme au moment crucial. Il y avait des seaux de cailloux près de chaque porte de chambre et une tapette à mouches géante ainsi qu'une étagère pleine d'épices de poisons dans le placard de l'entrée. Elle limait ses canines en pointe et son cri de guerre s'élevait dans les collines alentour. Dans tout le quartier, on entendait le bruit des couteaux qu'on aiguisait. Elle faisait cuire des balles dans presque tous les plats qu'elle préparait et rangeait des paniers remplis de feux d'artifice ukrainiens dans le coffre de sa voiture.

Maman d'accueil agrafait les parties flottantes de ses vêtements et les collait à son corps avec de l'adhésif. Elle nouait ses cheveux en une corde indestructible qui dissimulait plusieurs cartouches de munitions. Sa bouche était couverte de cicatrices d'avoir essayé de réveiller des animaux domestiques endormis et ses jupes étaient saupoudrées de strychnine et de toiles d'araignée. Des pièges à rats retenaient ses bas. Elle peignait le dessous de ses ongles avec du blanco et ornait les grosses cicatrices laissées par la berce le long de ses bras au marqueur indélébile. Les semelles de ses chaussures étaient tapissées d'os et de poils de chèvre naine et elle léchait les amoncellements de crème desséchée dans la paume de ses mains. Ses dents séchaient pour devenir des carreaux transparents qui s'entrechoquaient dans toute la maison…

Je songeais à des pièces oubliées, à des murs s'écroulant dans de vieux immeubles d'habitation, comme des accordéons, disparaissant au fond d'une crevasse dans l'obscurité. Un jour, ma mère d'accueil est allée dans une de ces pièces délabrées et a trouvé des ligaments d'herbe grise qui s'insinuaient à travers des fissures dans le sol, emplissant la pièce de touffes de plantes urticantes. Elles grandissaient et se propageaient en éventails de dentelles tarabiscotées et en efflorescence de toiles d'araignée poussiéreuses avant de se flétrir et de se transformer en flocons aux premières lueurs du jour. Tous ces souvenirs constituaient un aperçu de la vie imaginaire que je menais, une des versions de l'existence. Je me forçais à me souvenir : les scènes de crime sont aussi des sortes de ruines.

Mon chat onirique m'a à nouveau rendu visite. Désormais, ses yeux noirs étaient d'immenses orifices qui n'attendaient que de s'élargir. Aucun signe de quand je reviendrais à la normalité ou de ce à quoi ressemblerait un tel écartèlement. Je me sentais "autre que", mystérieuse. Une extra-terrestre envoyée de l'espace pour obtenir une vérité vraie. Mais la vérité n'existait que sur d'autres planètes. C'est ainsi que l'on achetait sa liberté, que l'on échangeait son électricité. J'avais le sentiment d'être suivie, je ne savais pas par combien d'individus ni dans quel but, seulement qu'ils étaient sur mes traces et m'avaient peut-être dépassée à un certain moment pour m'attendre loin devant.

Monsieur M. M. je n'arrivais pas à me souvenir de son nom alors je l'appelais ainsi, comme dans un vieux programme télé. "Tu sais quoi ? il a dit, je commence vraiment à bien t'aimer à partager mon espace avec toi, à passer du temps ici quand normalement je devrais faire ma lessive ou être assis sur ma chaise, sans trop rien faire pendant plusieurs minutes, juste regarder autour de moi, tu comprends ?" Il était étendu sur son lit, la tête appuyée sur son bras, décontracté. Je ressens de la culpabilité pour ce soudain accès de pitié — pas exactement de la culpabilité, mais un pincement qui m'embarrasse parce qu'une existence humaine fragile s'est révélée à moi dans son entièreté. Voir son corps de loin, un être dans sa globalité — ouvrait la porte à la réelle possibilité de ne plus être.

Quand est-ce qu'il ne restera rien de moi ? je me suis inquiétée. Est-ce que les autres peuvent le voir — dans les vides entre les gestes, les mots, dans un clignement d'œil ?

Il était possible que l'accumulation de caresses expirées depuis longtemps collant à ma peau signifiait que tous les hommes ne voulaient en réalité rien d'autre qu'une partie de baise volée géante les uns avec les autres. Je n'étais que l'intermédiaire pour leurs désirs incontrôlables. J'étais le don de Dieu réalisant leurs vœux. Mais pour moi, être morte ou encore plus morte importait peu ; je pouvais toujours être témoin de l'anéantissement d'êtres lointains. Le corps de Kim était une preuve de meurtre ; il était nécessaire qu'elle parcoure la campagne pour compromettre les bonnes personnes impliquées dans son décès. Elle disait : Regardez mon corps et ce que vous lui avez fait. Il est bousillé, il ne fonctionne plus correctement. Vous m'avez poignardée tant de fois que je fuis de partout. Parfait. Mon sang éclabousse votre ville. Mes yeux rouges peuvent voir la façon dont vous me regardez. Ma peau est marbrée de plaques marron là où le sang a séché. Je suis vêtue de lambeaux parce que dans votre empressement à me déshabiller vous m'avez mise en pièces. Quelqu'un aux abords de la ville est tombé sur mon corps endormi enveloppé d'une toile couleur taupe, tant mieux pour lui. Le mauve est la couleur du sang qui s'estompe, taupe est la couleur de l'os frais — une fois réunis, l'arôme de champignon du meurtre a cuit et s'est épicé au soleil. Ma jambe droite est bousillée à cause d'une chute de train. L'autre porte une cicatrice depuis que j'ai dévalé l'escalier à l'âge de dix ans. L'un de mes bras est estropié, un chat sauvage l'a pris dans sa gueule et l'a cogné plusieurs fois contre l'écorce rugueuse d'un arbre mort. J'ai empoisonné mon foie à force de boire trop de sang. Mon estomac s'est transformé en pierre à cause des pilules que je prenais chaque jour au réveil parce que ta bite me donnait des maux de tête. *Un jour tout disparaîtra sauf le silence. La terre sera à nouveau paisible.* J'ai bu tellement de sirop pour la toux que je suis tombée dans le coma et j'ai perdu une partie de mon ouïe et de ma vision de l'œil droit qui est maintenant occultée par une grosse tache marron. Des mèches de cheveux m'ont été arrachées par un admirateur trop empressé pendant qu'il m'enculait. Ma chatte est fendue en deux. Il n'y avait personne dans les parages pour m'aider à me relever. J'ai dû tremper ma chair à vif dans le ruisseau en rentrant à la maison, mais j'en suis tout de même ressortie desséchée et blanche. Chaque fois que j'expire, mon corps s'effrite en une bouffée de poussière de crêpe, si bien que je rapetisse à chaque respiration. Un jour, je vais exploser. Je serai partout, dans l'air qu'ils respirent, une voix dans le ciel… Plus je les fixe, plus je peux voir à travers les choses. Ton image devient un écran gélifié qui colle à mon regard mais diminue ma capacité à entendre les gens me dire d'arrêter. D'essayer de m'empêcher de te trouver, de trouver ton corps. Par-dessus les crissements d'une autoroute toute proche, je prierai pour toi, je crierai ton nom. *Le mal que font les hommes survit à tout.* Le sentiment qui m'habite grandit.

Au bout de quelques heures, elle est entrée dans mes rêves. Des images m'apparaissaient presque sans arrêt, toutes montrant le vide et la souffrance sur les voies de chemin de fer. Si j'arrête de penser à des choses en particulier, je la vois fumer sur la rive d'un ruisseau sombre en Oregon, roder autour d'un centre commercial abandonné au milieu de la nuit, vivre sous une table dans un bureau de prêt hypothécaire désert ou partager un lieu avec des forces du mal de passage possédant quelques dents et des mouchoirs sur des bâtons qui la poussent dans un placard obscur durant des jours jusqu'à ce qu'elle se calme un peu. Je n'arrive plus à voir avec mes propres yeux réels, parce que j'ai grandi sans assistance médicale ni parents. Sauvage et énervée, mes dents ont commencé à se gâter et se gangrener à un très jeune âge. Je ne sais pas trop pourquoi, mais je dois chauffer tous les liquides qui entrent dans ma bouche.

La fille sort tranquillement du cercueil en verre et suit de vagues objets, écoute des conseils qu'elle entend à moitié. Elle découvre des fantômes dans des choses indistinctement entendues, à demi finies, non pensées. Ce sont *eux* qui la guident.

J'ai forcé mes mains glacées à tenir la poignée d'objets de mon Jeu de divination : minuscules gouttes de goudron durcies, éclats d'os de chat, fleurs de camomille touffues, tessons de porcelaine. Je les ai secoués et les ai jetés en une "séquence" sur la chaussée afin d'obtenir une vérité fondamentale, le message que tu m'as envoyé pour m'aider dans ma recherche des éléments perdus. L'image a commencé à se cristalliser devant moi.

Une fille en bottes a taxé une taffe de cigarillo, à moitié éclairée par un projecteur fixé au toit du garage. Il bruinait et elle a essuyé ses cheveux séparés par une raie au milieu, brillants et plats comme ceux d'une chanteuse folk de la première vague. Elle avait un sens de l'humour assez développé pour demander à l'homme de lui passer son cigarillo. Elle s'est dit que ça avait une odeur atroce en tirant sur l'embout en bois qui semblait avoir été trempé dans de l'eau de Cologne.

Il y avait un sacré tapage dans la grande maison des années 1960, des soupirs comme des carillons qui résonnaient sous les plafonds voûtés. Un ensemble de bâtiments, en réalité. Une piscine couverte ayant un problème électrique, si bien que la moitié de la pièce était dans le noir complet. Des appartements pour les invités. Des pièces remplies de poufs. La majeure partie du logement principal avait été transformée en boîte de nuit clandestine. Le reste, en bureaux.

Prête à rentrer ? il a demandé, mais elle l'a ignoré, a fait semblant de ne pas entendre.

Une autre fille occupait ses pensées. Elle a pressé son nez contre la vitre, une lumière chaude brûlait à l'intérieur. Des hommes erraient, complètement ou à moitié bourrés. Il y avait aussi des filles…

Des petites peaux infectées provoquaient des élancements dans ses bouts de doigt enflés, synchro avec son pouls.

À l'intérieur…

Une autre fille. De l'écume orange au coin de la bouche. Elle crachait des saletés marron sur les gens. Ils se sont mis à crier encore plus fort, réclamant des pièces de vêtements, un sacrifice rituel. Elle tournait de façon saccadée sur scène, ne cherchant pas à les apaiser, même si elle ne savait pas ce qu'ils voulaient. Elle lapait le liquide qui s'accumulait dans les coins de son enclos, pleurait de grosses larmes en direction des lumières qui se déversaient par une unique fissure donnant sur l'extérieur, provenant de la lueur du ciel. Il pleuvait des cubes de lingots d'or, de la graisse fondue qui épaississait et revitalisait sa peau abîmée, la rendant brillamment impénétrable — une sorte d'extra-terrestre. Elle la léchait ; la graisse tapissait sa gorge, compliquant la déglutition, sa respiration entravée par sa gorge resserrée par des couches de plomb d'or terne. Elle s'est bouchée les oreilles parce qu'elle ne pouvait supporter les exigences de ces hommes mariés victorieux, qui balançaient de minuscules fouets sur ses flancs, la provoquaient avec des éclats de rire rauques et des verres gratuits. Elle a plongé sur la minuscule chair blanche de sa compagne de ring, une fille qu'elle venait juste de rencontrer, mais qui la connaissait déjà de nom. Elle était montée sur l'estrade à de nombreuses reprises et sa mâchoire et ses globes oculaires manquants en attestaient. Elle a mordillé le flanc spongieux de la fille durant plusieurs minutes, a passé sa main sur son sein avant de découvrir qu'il manquait lui aussi. Elle ne faisait pas un bruit, mais sa bouche s'ouvrait et se fermait et l'air qui s'échappait de la trappe de sa fosse à bitume faisait arghhhhhhhhhh.

Qu'est-ce que tu en penses ?

Aidez-moi. Je suis un rocher. Je suis immobile, indéplaçable, pulvérisée sur le sol.

"Qu'est-ce qui ne va pas chez moi ?" elle n'arrêtait pas de demander.

Maman d'accueil / Dame Mort était assise dans les bois. Elle levait les yeux tout en cousant la robe bleue embrasée, de larges jupons ondulants de flammes. Elle cousait le calicot en fronces aveuglantes et éteignait les lumières pour vous tous. Elle cousait de minuscules poupées en bois dans chacun des plis. Leurs articulations craquaient quand elle marchait et elle sentait leurs pensées emprisonnées remonter dans ses narines comme de la fumée âcre. Entrant en ville d'un pas nonchalant, elle s'est retrouvée sous un homme qui s'est figé en entendant pour la première fois leurs cris ténus. Elle l'a cajolé et son crâne s'est empli d'eau et de sang et il a lutté pour ne pas s'évanouir, jusqu'à ce qu'il pose sa tête sur ses jupons.

Elle l'a bercé dans ses jupes, les utilisant pour lui caresser le visage, mais il ne s'est pas réveillé.

Elle a trouvé une voiture ouverte et s'est préparée à s'y installer pour la nuit. De larges couvertures floquées de blanc ont été étalées en travers des sièges avant. Elle tenait un passe-partout fait maison dans ses mains osseuses, elle a fermé les yeux mais elle voyait toujours des jaillissements de feu vacillant à l'intérieur de ses paupières. Les flammes enflaient en elle, grossissaient et se répandaient partout dans cette voiture ouverte. Les petits, les enfants de feu en bois cousus dans sa robe avaient leur propre passe-partout ; ils se sont faufilés à l'extérieur et ont disparu dans la ville, s'aspirant eux-mêmes à l'intérieur de vagabonds dans la nuit, comme de minuscules tiges de passe-partout ouvrant les serrures de sens anciens. Le sien n'était qu'un parmi de nombreux autres, minuscules, qui brûlaient dans les voitures garées.

Le minuscule vacillement de la flamme qui se courbait et s'étirait sur elle-même formait un unique cercle sans fin, une bouche bée en fusion froide dans laquelle nous sommes tombés comme deux barres obliques... elle est tombée sur la fille étendue, ouverte, sur le sol glacé. Tout autour d'elle semblait empli, au fond, de médicaments provoquant des pertes de conscience, lourds, tombant en légers flocons autour de ses chevilles. De l'aspirine en poudre. La fille a soupiré et elle est entrée dans sa bouche. Elle est devenue sourde à tout bruit à l'exception des flocons et des soupirs. Ses yeux étaient foutus. Était-ce des puces sur le sol devant elle ou de petits oiseaux marron ? Le ciel était tapissé de bile. “Tu aimes ce que tu vois ?” elle a demandé.

La fille s'est réveillée dans une boîte en verre au milieu des bois, elle voyait mais ne bougeait pas. Maman d'accueil préparait un repas fumant pour elles deux sur le feu. Les fantômes d'animaux morts depuis une éternité s'entassent sur le sol autour de la boîte en verre depuis si longtemps que des choses poussent sur eux ; ils supportent des immeubles, servent de piles de ponts. Les âmes des animaux domestiques morts se sont entassées comme des feuilles sur la boîte en verre. Suppliaient-ils pour entrer ou essayaient-ils de l'empêcher de partir ?

J'ai arraché ces deux bouts de scotch secs comme deux cornées, ouvert les minuscules volets sur un monde nouveau. Le revêtement en plastique ayant été ôté, j'ai vu par deux pièces jumelles scintillantes à des milliers de kilomètres dans le futur. Seulement deux petits morceaux de scotch servant de barrière entre la fille et le monde. Et ils avaient des fuites.

La fillette a dissimulé une petite poupée en bois dans les plis de sa robe. Elle ne s'était pas lavé les cheveux et elle était assise sous l'auvent d'une tente usée avec des rôdeurs empoisonnés qui erraient dans tout le camp, attendant la mort. La poupée était restée cachée à l'intérieur durant ces longs mois d'hiver au cours desquels ils étaient devenus totalement fous à cause de la faim et du nuage de glace d'une dépression semblable à la malaria. Ils étaient piégés dans un col pour tout l'hiver. Une traversée du pays qui avait mal tourné. Personne ne savait comment les sauver. Un jour, le récit de ce qui s'était déroulé là serait révélé, mais, d'ici là, la fillette tenait un journal de bord mental des épreuves que sa famille avait affrontées. La poupée en bois tenait son propre journal pour consigner au jour le jour les mortifications de ce voyage qui les avait abandonnés là. La poupée de la fillette parlait doucement et d'un ton apaisant, consignait les péchés du jour à la mine de plomb tendre sur des bandes gonflées de papier de soie. Des jours et des nuits laborieux à la lueur des braises mourantes du feu. La petite poupée en bois dans sa robe possédait la fillette, gardait son hôte en vie...

La fillette avait pris l'habitude de parler par l'intermédiaire de la petite poupée en bois cachée dans sa robe. Elle était porteuse de sa propre magie, comme tout le reste dans cet enfer. Les corps entassés et la minutie de la poupée, qui avait grandi, grandi jusqu'à soulever l'ire de tout le camp. Elle se réveillait au milieu de la nuit et entendait le grattement assourdi de la mine de plomb de la poupée sur le papier de soie. La plupart des immigrants stoppés dans leur progression passaient la journée blottis dans les rochers escarpés, retirés dans une hibernation économe. La fillette passait, elle, son temps à piquer la glace à la recherche de racines et de feuilles et les grattements dans sa robe se poursuivaient. Elle réprimandait la poupée mais c'était sa voix qui répondait par le récit des morbidités du jour. La liste de regrets s'écoulait de sa bouche qu'elle tentait de bâillonner. Elle enveloppait plus étroitement la poupée dans les plis de sa robe mais le bruit du crayon sur le journal continuait. Il décrivait leur funeste destin. Elle jeta la poupée contre le flanc du chariot dans une rage à demi consciente. Personne n'arrivait à dormir. L'image qu'elle donnait était si claire — comme s'ils pouvaient tous entendre les horreurs qui les entouraient relatées avec une précision telle que le simple fait de les décrire les *rendait réelles.* La voix de la poupée était si limpide qu'elle semblait provenir du futur et non pas des plis de la robe de la fillette. La ferveur de la poupée la jetait contre les murs de sa prison, elle tirait et s'acharnait contre ses langes de calicot serrés. La minuscule poupée en bois qui appuyait le crayon sur le papier de soie poussait la fillette à crier : "Arrête ! Arrête de décrire ce que tu vois ! Tu vas tous nous tuer !" Mais l'immobilisée continuait de caqueter, arc-boutée contre un souffle de vérité si grand qu'il occultait la situation dans un besoin pathétique de l'étouffer, âpres dans la gorge, les hoquets-cris — même chose.

Aucun plaisir n'échappait à l'étrange éclaboussure de désir qui colorait la nuit. Aux premières lueurs de l'aube, les hommes sortaient et tentaient de repérer où les nomades du sommeil étaient allés durant la nuit. Ils creusaient fiévreusement au pied d'un arbre tandis que la neige brûlait les bâtons noircis qui leur servaient de jambes. Tous les hommes du camp avaient tant fasciné la poupée. Ils riaient et son corset de bois se gonflait et ils criaient et la poupée en bois fermait les yeux. La fillette considérait la poupée comme un dieu avec un petit *d*. Dormant dans les plis de la robe de l'enfant-future mariée, électrifiée et embryonnaire.

Nous avons suivi le chemin de la fillette bannie dans la forêt. Nous avons vu la preuve d'un arrêt dans un tas de feuilles détrempées. Il y avait des marques de morsure sur tous les arbres. Elle avait tout goûté. Des carcasses de rongeurs à demi dévorés jonchaient le sentier. Des fragments d'os carbonisés grésillaient dans la terre. Du sang gélifié collait aux feuilles. De minuscules baies palpitantes. Une famille de petits rongeurs sommeillait dans la poche d'un tablier abandonné, froissé. Ma structure familiale était du style où personne n'appartenait à personne, mais elle emprisonnait néanmoins totalement, corps et âme, dans un contrat qui nous retenait là et créait de la "trésorerie". Ce n'est pas pour être cynique, mais ça faisait chier.

Je jouais avec l'idée qu'ils pourraient être mes vrais parents et Kim pourrait être ma vraie sœur aînée, mais ma théorie volait en éclats dès que j'essayais de la faire coller à ma conception du passé. Nos origines... Je crois que lorsque mon corps a commencé à se transformer pour devenir plus mortel, capable de mourir indéfiniment, je n'ai soudain pas eu d'autre origine que ce jour-là. Je n'avais d'autre passé que la fumée que je voyais s'élever en tourbillons sur la route devant moi, pas d'autre famille que le sac d'os qui s'agitait dans ma poche. J'avais tout perdu. Le sortilège avait été brisé quand j'avais quitté la maison pour la dernière fois en pleine nuit et avait marché vers la tombe de ma sœur.

Le sens du destin de ma mère d'accueil était si finement réglé qu'elle entassait des provisions depuis des lustres pour nous faire traverser l'hiver. Son propre destin imaginaire impliquait de stocker suffisamment d'armes sur sa propre personne, cousus dans ses vêtements comme des boutons de rechange, afin qu'elles durent toutes ces longues semaines passées à crapahuter. Elle était un couteau gainé de crème au beurre errant sans but, là, dehors. Naturellement, n'importe quel homme la voyant marcher dans la rue, seule, des bosses suspectes cousues partout sur le corps, la prendrait pour une prostituée. Mais même s'ils la rattrapaient et forçaient la porte, il leur restait encore à se préoccuper de l'artillerie maison. Le numéro de l'arme-dans-la-jupe de maman d'accueil ne manquait jamais d'attirer l'attention des foules militantes d'animaux sans entrave vagabondant en tenue de survie, de fonctionnaires s'exprimant en gestes désordonnés en faveur de la parole, les joues couvertes de poils humides. Tout voile de décence aurait été réduit à une toile d'araignée si elle s'était aventurée si loin dans la rue. Ligoter les corps aurait nécessité toute la corde qu'elle avait sur elle. Elle tissait des bouts de leurs vêtements et de leurs cheveux dans l'habit texturé qu'elle portait sur ses épaules en guise de cape, l'attachant à de petits arbres pour échapper aux intempéries et se reposer. Les textures des nombreux guerriers qui avaient essayé de la violer ou de lui parler mouchetaient son manteau et racontaient l'histoire de toute la ville. Lorsqu'elle s'enroulait dedans, elle disparaissait immédiatement.

En me réveillant après avoir dormi deux jours, j'ai filé tout droit au Safeway. "Quoi d'neuf, homme des cavernes..." J'étais accroupie au fond, en train de siffler une bouteille. Ça aurait pu être une bouteille d'absolument *n'importe quoi*. J'ai traversé la route en courant vers un autre supermarché. Je me suis faufilée dans les toilettes des employés et m'y suis enfermée. J'ai craché plusieurs fois dans l'évier : *thffu thffu thffu*. Je me suis endormie en dépit des coups à la porte. Mes jambes ont été engourdies toute la journée. Je n'y sens pas la douleur, ce qui paraît dangereux. En traversant le parking / champ désert, je ne me suis même pas aperçue que je m'étais entaillé la peau sur les feuilles coupantes d'herbes de la pampa. C'est le froid j'imagine, la pluie. Tout semble pareillement vide.

J'ai laissé une piste de sang que les chats de gouttière ont léché en me suivant jusqu'aux abords de la ville. Au milieu de la nuit, à l'endroit le plus glacé de la cité humide et noire, à plusieurs mètres de ma planque dans la gare de triage, j'observe le champ près d'une ferme dont il ne reste que les quatre murs. Au cours de longs pans de l'histoire, c'est le champ où un millier de fillettes ont enterré leurs animaux de compagnie. C'est un lieu chargé d'une sordide étrangeté qui flotte au ras des herbes niellées qui recouvrent les douces collines boisées. Pour passer le temps, j'ai rêvassé d'un blason imaginaire pour moi consistant en un faux poivrier couvert de lichen flanqué d'un cerf s'accouplant. Un cercle d'étoiles flottait au-dessus de moi, une chouette effraie franche me fixait depuis un trou au centre du fenil d'une grange en ruine. J'étais désolée pour les membres de mon clan qui étaient tous morts sans voir ce spectacle... J'ai parcouru le périmètre du site, descendu un sentier à pic le long d'une colline moussue avant de tomber sur une rivière où coulait du Destop qui encadrait cette vaste étendue. Elle bordait le bosquet d'arbres au-dessus de la décharge du comté et semblait assez proche de là où j'avais grandi. Mes bas en laine me serraient et en les roulant j'ai remarqué des traces roses sur mes jambes, des lignes verticales. J'ai couru vers la rivière et j'y ai plongé une poignée de feuilles de fougères pour tester sa puissance. Les feuilles sont revenues blanches et sous forme de perles gélifiées. J'ai lâché une pierre dans l'eau, les éclaboussures avaient une horrible odeur d'haleine de cadavre et elle s'est complètement dissoute. Ensuite, je suis entrée dans l'eau. Je me suis laissée couler au fond et j'ai trouvé un sillon pour mon corps, me remémorant les bruits violents et les visites sauvages nocturnes qui m'avaient conduite là. Je me suis sentie plus sombre et j'ai imaginé tout un monde nouveau s'ouvrant à moi, comme un arbre se déracinant lentement tout seul et j'ai tâtonné autour de moi à la recherche de divers objets et espèces cachés. J'ai senti les os du chat-rat s'entrechoquer dans la poche de mon tablier et j'en ai extirpé deux blancs et fins comme des allumettes. Les deux objets n'arrêtaient pas de cliqueter, puis ils sont partis à toute vitesse, me guidant pour sortir du cours d'eau pollué, puis le long de la route gravillonnée sur deux kilomètres jusqu'à une maison qui n'était pas fermée à clé. Je me suis glissée à l'intérieur et je suis retournée dans une des petites chambres. En me laissant tomber au sol, j'ai trouvé une liasse de notes manuscrites sous le lit et, peu après, d'autres à côté de la chaise de bureau. Des bribes déterrées dans tous les coins jusqu'à ce que j'arrive à reconstituer l'histoire de la chambre… Elle s'est enfuie de la maison. C'était un jour neigeux et elle s'est enfoncée dans les bois. Elle s'est assise sous un arbre loin du sentier et a attendu la mort. La neige s'amoncelait autour d'elle. Un lapin s'est approché et a froncé le nez dans sa direction. Au crépuscule, des gens sont partis à sa recherche et elle s'est mordue la main pour s'empêcher d'appeler à l'aide. Le froid l'a engourdie et elle ne pouvait plus bouger les jambes et les bras. Elle s'est endormie en observant le ciel hivernal étoilé. Ses cheveux ont poussé, raides et cassants, ils ont poussé indéfiniment, s'enroulant autour de ses poings incapables de les retenir. Ses cheveux sont tombés parmi les plantes et les feuilles mortes qui tapissaient le sol de la forêt, ont rampé à travers la terre et pris racine comme de nouvelles plantes, de minuscules tiges plantées dans des fissures pareilles à des épingles fondues — des êtres translucides se languissant de lumière. Ses yeux se sont fermés et elle est morte au milieu de tous ses rêves. Elle s'est assise et, la main tendue devant son visage, elle a observé ses ongles pousser, longs et encombrants, s'enroulant autour de sa main, la pétrifiant en position ouverte. Elle avait deux pièges à la place des mains...

Dans un autre rêve, elle a posé sa tête sous un saule, ses branches courbées se découpant contre le firmament, chacune plongeant à travers le ciel nocturne pour la couvrir de la résille de leurs grands doigts luisants. Ses cheveux sont tombés au milieu des mauvaises herbes, y ont rampé. Ont pris racine, queues de verre, brins annonçant l'arrivée de l'aube. Toutes sortes d'animaux hurlaient autour d'elle. Plus les chiens approchaient, plus ils étaient silencieux, ne faisant plus que murmurer en touchant son oreille de leurs museaux. Elle pouvait entendre la chaude haleine animale dans ses oreilles alors qu'ils se glissaient près d'elle, s'installant pour la nuit. Les chiens murmuraient, mortellement silencieux. Pas le moindre mouvement. L'haleine chaude agitait ses cheveux qui tombaient comme si un énorme arbre luisant au sommet d'une colline lui parlait. Silence tout autour. Stupéfiant. Ses yeux devenaient immenses et scintillaient dans la nuit, de plus en plus gros tandis que le chien alpha murmurait à son oreille. Ténèbres pures, ombre dévorante, herbe cédant sous son poids, minuscules feuilles coupantes épargnées par les contours de son corps bourdonnant sous l'arbre, parfaitement vivant.

Vivre d'œufs durs de la station-service. Pas trop de café... Je suis attirée par les choses les plus insignifiantes. Cet oiseau qui piaille au-dessus de ma tête sait de quoi je parle. Il vit avec une douzaine d'autres perroquets quelque part aux abords de la ville. Ce sont tous des animaux domestiques qui se sont échappés et ils ont oublié comment parler humain. À la place, lorsqu'ils volent dans les airs, un étrange gargouillis résonne au milieu de la formation, l'écho d'un écho filtré par la gorge d'un perroquet. Raillant le railleur. C'est le bruit des extra-terrestres, irréel. Ces enfoirés volent la tête en bas !

Le type du 7-Eleven m'a crié dessus. Blessée, je me suis enfuie dans la forêt malgré mon pied estropié. Des papillons de nuit me tombent dessus pendant la nuit. Le matin, je me réveille avec de minuscules morsures sur presque toute ma chair à nu ; leur liqueur empoisonnée déteint sur la journée entière. Maintenant, je ne sais plus si ce que je fais ou dis est pour moi ou pour mes papillons de nuit. Je savais qu'il existait un minuscule endroit confortable pour moi au sein de toutes ces ruines et c'était une pensée intensément réconfortante. J'ai tripoté de petits morceaux de bois dans ma poche de tablier en traversant la forêt, égrenant les prières de notre langage commun. Je me suis enfouie plus profondément, la lumière a semblé totalement disparaître au milieu des lourds nuages noirs des fourrures d'ours humides pendues à des branches basses. Le sang s'accumulait au pied des arbres. J'étais un organisme pathétique, appuyée contre le mur de sa cabane d'orgone faite de boue et de goudron, isolée au centre froid de la terre. J'avais le sentiment d'être là pour toujours…

Je me suis approchée d'une cabane dans le noir. Trop près, on m'a tirée à l'intérieur et j'ai fait un horrible rêve.

J'étais partie chercher un chat au milieu d'autres que j'avais trouvés dans une remise du jardin de ma famille d'accueil. Des pelages marron étaient allongés dans de petites cages à poules empilées dans la cour de derrière. Des chats dormaient partout. Je me baissais, j'appelais et l'un d'entre eux sortait de sous la galerie. Après que mon chat onirique a commencé à me faire flipper, je me suis penchée et j'ai vu un chat serpent onduleux (au pelage calico) se dérouler sous la galerie. Le truc, c'est que dans ma vie éveillée, je n'aurais pas eu peur du chat onirique. J'aurais eu pitié de lui, bien sûr… L'été dernier, Kim a quitté la bande et a mis Peetie, Ronnie et Rick complètement de côté — et ils se sont flétris et sont morts. Je ne suis même pas sûre qu'ils aient un jour existé. Ils n'ont laissé aucune trace.

La poussière s'est accumulée sur mes mèches de cheveux, j'ai secoué la tête pour m'en débarrasser. Chaque grain tombait comme une étoile dans le marais en contrebas. J'ai dû regarder un long moment droit devant moi parce que je ne t'avais pas vue depuis longtemps mais j'ai été arrachée à ce regard intense par des cris étouffés provenant de l'extérieur. Dans notre camp au bord d'une gare de triage de Portland, un tas de sacs de couchage en lambeaux grésillait au sommet d'un feu de camp éteint. J'entendais une bande de hippies crier au loin sous un ciel hivernal presque marron. On était en fin de matinée. Des cordes de bave gelée tendues nous gardaient prisonniers à l'intérieur du camp. Des champs tapissés de glace nous entouraient, flottants, silencieux, à nos pieds. J'ai baissé les yeux et j'ai vu des marques dans la boue là où un vieux toxico nu couvert de sang avait été traîné, endormi, sur un chemin. Là, les hommes s'ébattaient comme autant de poulpes au milieu de ce marécage âcre dont ils obscurcissaient l'eau de leurs tentacules. Seul un grand rouquin a osé se planter nu devant moi, me riant au visage. Ses grosses couilles rebondissaient quand il riait. La vision de ce diable roux me dégoûtait.

Tout a été du gâchis. Respiration gâchée. Les fuites jaillissaient, s'écoulaient au loin. Elle a le tour des yeux et de la bouche mouillés. Des courants d'air refroidissent ses larmes et éclaboussent son col, encore plus que d'habitude. Elle est étendue seule sur une scène basse au fond d'une pièce bruyante, sombre, en centre-ville. *Étendue là durant toutes ces années, attendant que je la trouve.* Traînant son ennui comme une véritable ado… une prise de conscience s'abat sur la table, il faut prendre soin de la fille qui en a réellement été une autrefois. Une alarme s'est déclenchée, elle a aéré la cheminée, l'air enfumé frémissant sur le linoléum, elle a déniché des résidus collés aux fenêtres et a léché le flanc de la maison, des vessies de mousse salée riche en minéraux dans les lettres rutilantes de la porte d'entrée. Les carences en minéraux la rendaient faible, anémique, elle dormait toute la journée, ramassait des particules de nourriture, passait la langue sur des restes de crème dans la paume de ses mains. Maman d'accueil ramenait des bouts de tissus pour lui construire un nid. Échantillons de moquette, rouleaux de toile pour auvent fauchés. Elle lui dit qu'elle va avoir très envie de dormir… dans un rêve elle se dit que son sommeil est vieux et usé et se déroule comme un parchemin. Et que si elle en est capable, elle devrait dire à son moi rêvant de lire ce qui est écrit dessus… À l'intérieur, je me suis endormie et j'ai rêvé que j'allais choisir un chat dans un Kitten Center. J'en voulais un noir et blanc qui ressemblait au chat en haut du ravin mais le seul qui venait vers moi était flippant et bizarre. Écœurant. Il était petit et gris-marron avec une tête de belette. Probablement très gentil si je lui avais donné sa chance, mais je n'avais pas du tout envie de me trouver près de lui. Ce chat onirique n'arrêtait pas de venir vers moi, de me mordre les doigts de sa bouche édentée et tout ce que je sentais, c'était des gencives froides. Il était aveugle avec de minuscules trous de chaque côté d'un gros museau humide noir et pas du tout luisant. Je fuyais mais le chat me suivait partout, toujours dans mes pattes et, tout d'un coup, je me suis mise à remarquer d'autres chats dans tous les coins, des carcasses partiellement décomposées à demi enfouies dans la sciure. En donnant des coups de pied dans des touffes de poil et la sciure, je me suis agenouillée devant une aération à ras de terre et j'ai vu un énorme serpent à pelage de chat calico se dérouler dans l'obscurité. Se désentortillant indéfiniment sans qu'aucune fin ne soit en vue.

Quand je traverse la ville, il n'y a aucune limite à ce que je veux et *prends*. Je prends des objets à chaque coin de rue, à chaque virage il y a des biens dont je me saisis et que j'utilise sur place. Je consomme des corps d'hommes. Je les laisse vidés et tristes au bord de la route. Putain, je les laisse tellement déprimés que ce n'est même pas drôle. Mais c'est très très amusant, je me suis aperçue.

Au matin, je me suis levée, j'étais à plat ventre sur le sable. Je me suis éloignée d'un endroit où plusieurs chiens étaient attachés avec des cordes, aboyant après les mouettes, et où les gens se parlaient doucement au-dessus de milliers de puces chiques errant sur leurs grands tapis de roseaux marron. Il n'y avait que sur les plages de hippies en Oregon que les parkings ressemblaient à des *food courts* aux heures creuses en début d'après-midi… J'ai serré les dents en traversant le nuage de fumée devant moi, obliquant pour quitter la grand-route rurale, passant devant plusieurs épaves sur le bas-côté, la gare de triage avec ses chiens qui tournaient en rond dans l'obscurité. Je suis arrivée en ville au moment où le soleil commençait à se lever au-dessus du mur de soutènement en brique entre le Safeway et l'allée de l'autre côté. J'ai fouillé leurs poubelles, fourragé au milieu de papiers collés dans les recoins d'un large présentoir à pain. Je me suis glissée dans la réserve au fond où j'ai disparu dans un ou plusieurs rayons. J'ai ostensiblement renversé des présentoirs autour de moi, brisé des rouleaux en carton sur mon genou. "Tout ce que tu peux imaginer", j'ai hurlé en me désignant... Vers la fin d'une aventure passagère, il y a eu plusieurs moments où le type a pris un ton doux, où ses mains sont devenues des outils de massage et il a montré un peu de son côté sensible pour tenter d'amener la fille à penser qu'il n'était pas totalement mauvais, un type sympa, tu sais, une voix douce de la radio publique enveloppée de velours côtelé — *je ne vais faire de mal à personne, le viol ne m'intéresse pas* — un adulte, dont le truc est l'amour réciproque ; dans ses mains, une fleur blanche potentielle qui s'ouvrait sous un soleil attentif rempli d'adoration.

J'ai fouillé dans une boîte contenant de vieilles bricoles appartenant à sa mère pendant qu'il essayait de me frotter les épaules. Si seulement il pouvait voir l'expression sur mon visage... mais je peux voir la sienne, dans la vitre (c'est un truc qu'ils oublient toujours quand, disons, on s'approche des portes automatiques dans une entreprise ou un magasin : je vous vois, M., votre reflet qui me regarde alors que je m'éloigne de vous).

Je l'ai quitté après m'être emparée de quelques biscuits de fast-food et d'un paquet de beurre au miel, de deux cassettes vidéos de gym, d'une poignée de patchs en feutre, de perles en verre, d'une bague araignée fluorescente, d'un justaucorps marron et de fleurs en papier. *L'amour est le nouvel or*, avait dit l'homme... Haleine brûlante et trous d'usure en plusieurs endroits dans une barbe de plusieurs jours déjà éprouvée par le stress, là où c'était le plus douloureux. *Mon étoile bleu pâle, mon arc-en-ciel, que c'est bon de savoir que tu es comme moi…* Je me sentais triste, un pincement confus pour le petit animal que je pourrais avaler visuellement d'une seule bouchée. Moi, je continuais, continuais, disparaissant sous les couvertures. Voir à la fois son commencement et sa fin, l'intégralité d'un coup, me donnait envie de ne pas être là quand le contenant deviendrait problématique, serait sujet à des dépressions nerveuses — ou pire, mourrait, ses contenus liquides toujours à l'intérieur. Il a pris son pied quand je l'ai acculé, plaquant son corps au mur avec un harnais. C'était amusant parce qu'il y avait si peu de risques. Il s'est arraché à mon emprise par un ensemble de manœuvres discrètes… *Marque mon corps de ce moment à jamais, je ne peux pas le supporter, je suis si profondément entaillée.* Je sais ce qu'il en est de se trouver dans une vieille maison où l'horreur est magnétiquement codée sur les murs, enregistrée pour l'éternité, lorsque quand on se déplace les pièces se lisent comme une cassette. Une bande qu'on a découverte ne peut être rejetée en tant que preuve d'un crime. Quand je marchais dans la maison hantée mon cerveau fonctionnait comme un magnétoscope, agissait comme un projecteur à distance et je regardais le spectacle fantôme se dérouler pour moi. L'organique et le mécanique se rejoignent là dans mon corps.

C'était des pensées anciennes, marquées par une vague hantise… Ma première impulsion est d'aller dormir. Ma seconde impulsion est de faire l'amour avec elle et ma troisième de la manger. C'est ainsi que fonctionne mon esprit. Mais toutes trois ne sont pas aussi figées qu'on pourrait le croire ; elles ont été réduites, ciselées et épurées, minutieusement modelées au cours des trois siècles où elles ont reposé au fond de mon cerveau. Toutes trois sont pareilles au plus raffiné des poèmes gravé dans l'or au pied d'une chute d'eau majestueuse et rugissante et je suis sacrément sûre de ne jamais les abandonner, pour rien au monde. J'en ai besoin. Elles sont à moi. Je suis certaine que vous avez vu mes trois pièces d'or briller sur les visages durant la plus grande partie de ce voyage, elles brillent sur mon visage tandis que je me tiens dans l'embrasure de ta porte. J'ai avalé des pièces d'or comme les Espagnols forçaient leurs enfants païens à le faire. Ils sont tombés et sont morts… Et dans cette étrange bicoque coincée sous les débris étincelants d'une grotte préhistorique sur la plage, ta silhouette flotte dans l'embrasure de la porte. C'était comme si tu avais volé tous les sons à l'intérieur de cet espace entre nous pour me piéger. J'ai pété un plomb ; des mouches grouillaient, couverture vivante guerrière tapissant chaque surface, pressées les unes contre les autres pour former des plis, épousant la forme de ce qui les entourait. Tu as gémi et t'es jeté sur moi, devenant de plus en plus barje. Perdant ton sang-froid, tu m'as suppliée. Désormais, tu t'en fichais. Je me suis transformée en pulpe enchantée dans tes bras, prenant une apparence douloureusement familière. Tu tenais ma tête relevée à deux mains et me forçais à te regarder tandis que je vacillais à la limite de la conscience, consciente / inconsciente, à chaque seconde, “reste avec moi” tu disais. Je luttais pour ne pas m'évanouir, regardant droit devant moi. Tu m'as retenue lorsque je me suis effondrée et que mes genoux ont fléchi. Reste là. J'ai lutté, me suis évanouie ; mon visage a échappé à ta poigne. La seule chose dont je me souviens de cette étrange nuit : pleurer jouir pleurer jouir pleurer jouir, enfermée à l'intérieur d'une atroce étreinte.

Un sorcier m'avait trouvée !

Il était si vieux. Si sacrément grand et lourd. Des yeux plus gros que le ventre, une névrose qui alimentait un énorme appétit. Sa bouche brûlait pour moi et je tombais à l'intérieur. J'imaginais le vieil homme camper dans les montagnes, apprivoiser un chien sauvage, venir se reposer sur le versant encore ensoleillé d'une paillasse de terre aride dans cette région sèche sous un séquoia. Il racontait tout à cet arbre, supposant qu'il le méritait. Le chien-loup le fixait d'un air absent et le vieil homme pensait qu'il s'agissait de la réaction typique de tout le monde — y compris les loups et les chiens. De l'ongle, il se grattait fiévreusement le tour des yeux. Dehors depuis de nombreux jours et commençant à devenir un peu fou, il a descendu la colline d'un pas chancelant et a découvert une femme qui cuisinait dans un *diner* si peu fréquenté qu'elle était à court de presque tout depuis une douzaine de jours. Mais elle lui a préparé quelque chose et il a mangé et, ensuite, il l'a eue aussi, dans sa petite chambre au-dessus du restaurant. Elle prenait, prenait — tant qu'il en était effrayé. Elle était folle, aussi. Ils se sont mutuellement plongés dans un profond sommeil qui a duré toutes ces longues semaines d'hiver... Il savait faire partie des rares élus. Peu auraient pu aller si loin. Mais il n'avait plus vraiment de but.

Il était affligé par de mauvaises pensées. Troublé, il a laissé un sachet de rognures de ses propres poils de poitrine cassants à la femme en gage d'une vague intention partagée qu'elle ne trouvait pas très claire et parfaitement grossière de sa part. L'homme a semblé se résoudre à son destin le dernier jour où il a été entièrement humain, un élément de la société. Il avait failli être brûlé vif dans son mobile home. Il avait couru dans les bois avec des petits bouts de dinde séchée et un rouleau de fil de cuivre, les seuls biens qui lui restaient, dans un sac. Ses cheveux avaient roussi et ses yeux étaient douloureux. Son cerveau donnait l'impression d'être écrasé sous un poids chaud et noir. Il a crapahuté jusqu'en haut de la colline et s'est senti différent. Il a fait une pause au sommet et a embrassé du regard l'étendue en contrebas. Elle se consumait en une épaisse fumée pétrifiante. Il ne lui avait fallu que deux minutes pour comprendre. Le monde entier pouvait brûler.

Je brûle du désir que tu me touches. Consciente d'être allongée à plat sur un coussin de sommeil, sans rien d'autre que des oiseaux picorant des graines de chaque côté de mon enclos, consciente de l'absence de bruit, je me suis tournée vers le bong le plus proche pour le sucer. *Fais-moi une injection… mmmm, c'est bon, l'eau…* Mes dents serrées contre le potage noircissant du ciel au-dessus de moi vibrent, preuve que ma gorge faisait du bruit même si je ne pouvais pas l'entendre. Les arbres pleuvent du flegme sur moi dans un orage épouvantable qui éclate sur le seuil séparant deux mondes obscurs : les vivants et les morts. Mes yeux se sont ouverts d'un coup et j'ai entendu des ivrognes hurler près du ruisseau. En traversant la ville, j'ai remarqué de minuscules nombres encodés sur toutes les surfaces. Des dates étranges sur les ponts et des plaques miniatures ressemblant à des croûtes de métal le long des poteaux téléphoniques. Des codes mystérieux que je ne connaîtrais jamais qui encerclaient des hiéroglyphes destinés à une certaine espèce de police secrète vagabonde. Tandis que la nuit tombait, j'ai plissé les yeux vers l'horizon et j'ai cru voir le monde tel qu'il était il y a trois cents ans.

J'ai émergé dans le lit d'un étranger. Toujours enveloppée de draps humides, ou peut-être d'un sac de couchage, la fermeture ouverte sur toute la longueur. Je m'y suis enfouie plus profondément. La lumière semblait totalement disparaître au milieu des lourds nuages noirs de cet étrange cafard, cette odeur de tissu masculine semblable à de la fourrure d'ours humide. J'avais marché si loin que j'avais le sentiment de ne jamais pouvoir partir, qu'importe le temps que je dormirais. J'avais l'impression que nous resterions là à jamais, enchaînés aux meubles de notre repaire aux murs tapissés de feutre lourd et moite. Je me suis traînée de sous le wagon et je me suis mise en marche après minuit, à ta recherche. Quel enfer total d'être une vraie ado. Le comprendre m'a fait songer que je n'en ai peut-être jamais été une. Pas grave, j'allais au Walgreens pour en ramener autant que je pourrais en trouver au camp. Il pleuvait depuis une semaine et tous les chats-rats morts, mutilés que je rencontrais au bord de la route étaient gorgés d'eau, comme des vessies en fourrure tachetées bouchant les fissures du gravier luisant. Je me suis agenouillée près d'un que j'avais d'abord cru encore vivant et je l'ai fourré dans un sac pour le rééduquer. J'ai rapidement compris que c'était une idée idiote et je l'ai immensément regretté, mais j'ai continué à avancer. J'ai marché une heure et demie avant de voir une autre personne : un enfoiré de connard de flic et j'ai couru dans les bois à sa vue. J'ai trouvé une petite boîte en carton sur un poteau de clôture et j'y ai transféré le corps du chat-rat afin de pouvoir utiliser mon sac pour le petit bois. J'avais marché si longtemps que j'avais l'impression que ma colonne vertébrale allait se briser, alors je me suis écroulée sous un grand arbre. Mais ça a empiré et j'ai paranoïé, imaginant que quelqu'un m'observait dans les bois, s'approchait, mais toujours en se cachant derrière des arbres ou le long des voitures garées. Pendant un moment, j'ai habité avec un autre type que je connaissais qui vivait juste en dehors de la ville avec des filaments et des zébrures comme de grands rameaux veineux qui striaient ses bras. Il vivait dans une grande maison remplie d'anciens condamnés, qui tous avalaient des médicaments qui ne leur appartenaient pas. Échappés, soulevés par des éclairs qui volaient dans l'atmosphère, des rafales de vent bizarres au-dessus et autour des poubelles qui les secouaient comme des coquilles de moules vides. Il avait été absent un bon moment et ses piètres rapports avec les autres humains se ressentaient dans sa façon douloureuse de m'étreindre. On s'est enfermés dans sa chambre et on s'est jetés l'un sur l'autre, l'écho d'un écho, rires et cris filtrés par des gouttelettes qui coulaient dans son dos ; nous étions le bruit des extra-terrestres, tendus, irréels. Il s'est penché sur le cœur en velours entre ses cuisses pendant qu'un ou plusieurs toxicos, vagabonds sans boulot grattaient à sa porte. Plus tard dans la journée, on les a retrouvés assis en ligne le long du mur du salon pareils à des gourdes dégonflées aux heures creuses de la mi-journée. Flacons de potion pour dormir sanglés à leurs corps, sacs d'inhalation pressés par intermittence, volutes de gaz sucré s'élevant coincées entre des dents jaunes. Qui brûlaient leur trachée jusqu'à mi-course. Coups de coude et murmures telles des saloperies d'impuretés, faibles respirations synchros. En m'assoupissant dehors, je me suis dit que rien ne m'atteindrait vraiment tant que je serais inconsciente — dans un rêve je me suis dit que notre espèce ne *meurt* pas. Le monoxyde de carbone provenant du flot de voitures coupant à travers le quartier pour éviter l'heure de pointe donne à mes pensées une nouvelle priorité et je m'enfonce dans un accès contagieux d'auto-apitoiement. Les objets s'entrechoquaient dans ma poche de tablier alors que j'approchais du site. Ils étaient activés. Je savais que j'étais tout près. Les objets se jetaient sur les parois de leur enclos, à l'intérieur de la poche plaquée scotchée sur ma poitrine qui de l'extérieur ressemblait à un grand cœur battant de dessin animé au martèlement irrégulier.

Je suis tombée sur un groupe d'imposantes demeures victoriennes absolument désertes dans une rue sombre sablonneuse. Il n'y avait pas âme qui vive alentour et ça donnait l'impression que personne n'habitait là depuis des années. En tout cas pas depuis que j'étais dans le coin. La terre était silencieuse, je suis entrée et les ai traversées à toute vitesse, réfléchissant à mon prochain mouvement. Les maisons diffusaient leur propre chaleur étrange surnaturelle, différente de celle des animaux ou des hommes. Une sorte de chaleur corporelle par stagnation, je n'arrive pas à la décrire mieux. Une protoélectricité. En tous cas, elles étaient plus ou moins vivantes et j'ai bondi à l'intérieur et je me suis cachée dans des recoins bizarres où elles craquaient et s'efforçaient de m'enfermer.

À l'extérieur, j'ai presque immédiatement remarqué l'absence d'empreintes de pas et j'ai eu le sentiment d'être en présence d'une force plus impitoyable que je ne l'aurais imaginé. Une volée de perroquets verts autrefois domestiques est passée au-dessus de moi sans un bruit. Le vent tourbillonnait si prudemment, sa chaleur atteignait à peine mes poumons. J'ai aspiré des pensées pures et prié pour que la pluie m'emporte vite de là. J'ai couru dans la cour de derrière de l'une de ces structures oppressantes. J'avais du mal à imaginer ce que je voyais au milieu des vestiges décomposés d'un buisson de baies, sentant mes genoux s'écraser contre le roncier poussiéreux, piétiné, écartelé comme un tonneau. J'ai ouvert un bocal, des mouches s'en sont envolées et se sont perdues dans mes cheveux emmêlés. Je les sentais battre des ailes sur ma nuque. J'étais au centre du monde, dans un des endroits spéciaux...

Un wagon était ouvert dans une gare pétrifiée, de la vapeur de glace fumante reposait en formations rocheuses tourbillonnantes sur les rails. Soleil levant, séquoias tout autour. Je me suis faufilée à l'intérieur, tâtonnant les bras tendus le long des planches humides jusqu'à ce que mes mains tombent sur les os haletants d'une cage thoracique se soulevant rapidement dans le noir. Elle parlait de richesses inconnues d'aucun autre voyageur. Bien sûr, elle a parlé doucement de toi, petit animal. Je me suis enveloppée dans les vestiges d'une bâche de protection en toile de lin et le wagon a bondi, montant à trente kilomètres-heure tandis que nous dormions chacun à une extrémité opposée de la cellule. Je me suis réveillée avec ce même cliquetis provenant de la ville et je me suis dirigée vers le Walgreens juste avant le matin. J'ai feuilleté quelques magazines et je me suis glissée dans la pièce du fond, j'ai grignoté, je me suis fabriqué un nid en haut des poutres. Personne ne m'a remarquée là-haut et lorsque j'ai à nouveau ouvert cette boîte, le chat-rat n'était plus que des os. Quand je marchais, ils s'entrechoquaient dans la poche de mon tablier. Plus j'approchais de ce dense amas de fougères humides et autres plantes soyeuses au pied d'un séquoia, plus les feuilles semblaient masquer un sifflement qui résonnait étrangement en un tremblement dépourvu de poussière si bas que je n'étais pas certaine que ce que j'entendais n'était pas plutôt un afflux de sang télépathe dans mes tempes. Je marchais, la tête de plus en plus lourde, les rails exposés se brisaient sous mes pieds, de larges fissures se formaient tandis que je m'enfonçais au cœur de la forêt. J'ai transporté des fougères cassées et je les ai étalées quelque part sur le sol pour toi.

C'était pour elle que la nuit tombait si vite. Elle a atterri dans ce coin au milieu des bois et s'est allongée tandis qu'une pluie fine l'arrosait. Mouillant les rubans fins comme du papier de sa robe et maculant les feuilles des plus basses branches suspendues au-dessus de ses yeux toujours fermés. Elle était étendue, ouverte, sur le sol glacé. Elle n'a rien remarqué lorsque les êtres ont commencé à préparer un lit sous elle. Elle ne pouvait pas les entendre.

Maman d'accueil est penchée au-dessus d'une pile de vêtements mis en forme autour d'un rondin de bois, s'occupant du sweat-shirt froncé qui enveloppe sa "taille". D'autres petites balles de tissu sont disposées autour d'elle pareilles à des retombées radioactives. Les petites balles chantent et oscillent par terre et dansent en rond sur un rideau de vapeur qui tapisse le sol en béton. Maman d'accueil pense à tout et elle a disposé des bols d'eau de pluie pour les balles qui les absorbent dans leurs plis.

Maman d'accueil récupère l'eau de pluie dans des bols en bois disposés dans la cour. La terre grise tassée n'a pas vu la pluie depuis un certain temps, la canopée étant devenue si épaisse, mais les bols se remplissent malgré tout — il y a suffisamment de pluie pour des bols en bois. La fille observe depuis l'intérieur d'un cercueil en verre posé au milieu d'une clairière dans la cour, des monticules de feuilles sèches tout autour. Elle lève les mains, les presse, elles sont aspirées par le couvercle de la boîte. De la camomille séchée recouvre le fond de la boîte en verre, emplit ses poches et a été fourrée au bout de ses chaussures. La camomille dort dans ses cheveux et comble les espaces où se trouvaient autrefois ses seins. Maman d'accueil s'occupe des feuilles séchées qui encerclent la boîte en verre. Elle redresse les plaques de glace qui gardent l'étang et répare leurs fissures avec un mélange de boue et de camomille.

Une traînée de fumée est visible de près comme de loin lorsque maman d'accueil s'occupe de la cheminée de la petite bicoque, tôt le matin. Elle verse du vin blanc sur les pierres chaudes de l'âtre et s'endort sous un nuage de sauce au beurre. Elle arrange les petites balles autour d'elle, tout près, et la grosse surveille la porte à ses pieds.

Des feuilles s'entassent devant la porte. Des feuilles s'entassent sur la boîte en verre dans la cour où, dehors, la nuit, deux paumes se pressent contre le verre, endormies, prêtes à jaillir.

Maman d'accueil aime énormément la fille dans la boîte en verre (la fille dans la boîte en verre lui *manque*) et elle prend soin d'elle et de ses fleurs de camomille assoupies comme vous prendriez soin d'un feu qui vous maintient en vie. Le feu qui lance des signaux très loin dans les collines environnantes :

trouve

moi

et

trouve

la

Maman est sur la plage et à chaque respiration donne vie à toutes les petites balles de tissu. Son souffle les met en branle, déclenche des courants électriques qui animent ces douzaines (puis centaines… milliers) de balles de tissu, les envoient, tremblantes, à travers les forêts, les champs, les villes à l'orée des bois.

Il soupire et pleure pour toi. La chanson silencieuse des plumes qui tournoient solennellement dans la clarté de la morgue lunaire… un affreux rugissement résonne depuis le haut d'un perchoir dans le silence de l'hiver qui disparaît dans la mort. Tu ne peux pas l'entendre. Sache seulement que ça arrive et que c'est pour toi — c'est *entièrement* pour toi. Tu me gardes en vie avec l'eau en spirale dans le verre. De la nuit et de l'eau de violence, des désirs jamais pardonnés, elle marque le verre comme de l'acide. Il se murmurait au sein des plumes que c'était le bon quartier de la ville pour les désirs. La bonne heure dans cette région de la Terre entachée par la mort. Le soleil une pierre se couchant sur la plaque gravée à l'horizon.

J'ai de plus en plus l'impression qu'on me suit. "*Toi!*" je crie en me retournant… Mon chat onirique est venu me voir, mais cette fois-ci, c'était une affreuse petite chose.

Mi-chat mi-rat. On aurait dit qu'il avait été mutilé dans un accident. Son museau était long et tout plat avec des éclats d'os qui se baladaient à l'intérieur, noirs, humides et froids. Ses yeux étaient des os émoussés et sombres vernis en noir. Est-ce qu'il pouvait voir? Probablement pas. Il était gris-marron. Ce dont je me souviens le plus distinctement c'est qu'il est venu vers moi et a pris mes doigts dans sa bouche. Je sentais qu'il n'avait pas de dents et c'était froid et humide à l'intérieur. J'ai eu un mouvement de recul, horrifiée, et j'ai essayé de m'éloigner de lui, mais le chat était rapide et fonçait en tous sens dans la cour, partout où j'allais. Il me poursuivait dans tous les coins. Il était si rapide que je ne le voyais même plus. C'était plutôt que je le *sentais* foncer partout, me suivre. Et j'ai soudain commencé à remarquer des carcasses de chats toutes plates sous la poussière que je soulevais en courant — mais tous étaient des rats pétrifiés, tout en pelage gris friable. Le chat s'appelait Ratzl.

Reposant dans le lit d'un homme, odeurs inconnues de draps sortant d'un sèche-linge — allongée sur un coin terreux je pouvais sentir mon cœur battre dans mon dos. Ma gorge semblait se refermer. Maman était assise à la fenêtre. Des fumées toxiques rendaient le monde indistinct et confus, un flou en rotation. De minuscules étoiles brillantes qu'elle envoyait se poser au sol scintillaient tendrement autour de moi. Elles se frayaient un passage dans la terre, se tortillant jusqu'à ce qu'elles trouvent des paquets de mousse secrets, s'en nourrissent et grandissent. J'étais malade chaque jour, désormais. Quasiment immobile, je vomissais violemment dès que je me tournais. J'ai donné de petites tapes à ma gorge irritée et j'ai expectoré une pelote de chouette. Les yeux me sortant de la tête, luttant pour ne pas m'évanouir, je l'ai mise en pièces, l'ouvrant avec mes mains j'ai découvert les fins os blancs de mon chat onirique. Je l'avais mangé !

J'ÉTAIS ALLONGÉE DANS DES HERBES HAUTES qui poussaient au travers d'une fissure dans le béton sec près d'une bretelle de sortie. Je me suis endormie le bras tendu sur la voie qui va vers le nord. Le pouce levé. Personne ne s'arrête jamais. Je me suis réveillée un peu plus tard et la lumière avait changé, se retirait au-dessus du faîte d'arbres calcinés… Mon corps avait été déplacé quelques mètres plus bas. Je ne l'ai remarqué qu'après avoir soulevé de la chaussée mon visage à moitié dévoré par les vers, lourd et aviné, en jetant un coup d'œil à l'endroit où je me trouvais plusieurs heures / jours auparavant. Je serais déplacée à plusieurs reprises, d'un lit de camp à un autre, d'un siège arrière au siège avant, d'un lit familier à celui d'un autre homme — et ne le remarquerais qu'au réveil. Qu'ils avaient été sournois de déplacer mon corps pendant que j'étais dans les vapes, la tête lourde et avinée, emplie de regrets.

Seth et moi étions assis sur le canapé bas et étroit au fond de notre caravane dans les bois — il y a si longtemps. Dans le coin, le radiateur d'appoint crachait sa mauvaise haleine dans la petite pièce. J'ai tendu la main et titillé son palais de mon index. Il a ri et m'a fait la même chose. On était bourrés. On a baisé mes mains sur son visage.

L'appel plaintif, hideux des rues… en traversant lentement les villes, en sombrant vers l'enfer de l'après-midi torride et humide de cet endroit secret, à la recherche d'un semblant de normalité dans la nuit superficielle, tes pensées fracturées occupées par cette heure fatidique de l'après-midi. Des appels possédés transpercent la nuit, tu es prise dans ses rets, des martèlements dans la tête, à la recherche de réponses. Rien ne va, tu as tout faux. Tu es déjà venue ici.

L'heure orange et cet autre monde piégé entre les vivants et les morts. Piégé sur une cassette vidéo essayant de trouver des réponses dans cette lumière aveuglante silencieuse au plafond derrière la caisse. Dehors un homme est allongé inerte et transpirant sur le trottoir, les passants le poussent du pied.

Personne ne remarque l'espace négatif autour de la vie. Qui encercle cette ville, entre les arbres et les commerces. Autour des bavardages de l'après-midi ; autour de nos bruissements dans ta chambre, l'espace négatif qui dessine les contours de ton sommeil insomniaque de mort-vivant… En marchant dans ta rue, je suis passée devant ta maison. La fenêtre était ouverte et je te voyais depuis le trottoir, minuscule dans le petit encadrement en bois de la fenêtre, étendu sur ton lit. Dehors, c'était bruyant mais je savais qu'à l'intérieur c'était paisible genre rien ne pouvait t'atteindre. Une grande nappe de chaleur flottait, basse, juste au-dessus et autour de toi comme un nuage délicat pendant que tu dormais. Le vent fouettait mes chevilles et je l'entendais amasser toute l'énergie du voisinage en même temps que la poussière et les feuilles. J'avais marché deux jours pour arriver là. En pressant mes mains sur le trottoir — ton trottoir — j'ai fait remonter toute la suie et les brindilles qui égratignaient la surface. Mon regard s'est rivé à une feuille emportée par le vent et elle m'a ramenée à toi, je te vois par la fenêtre mais tu ne peux pas me voir. Oh Seth ! Qu'est-ce que je fais là sans toi ?

Laisse-moi entrer, baby, je suis fatiguée, là, dehors. J'ai marché si loin. J'ai si désespérément besoin de ton amour !

J'ai trouvé une fenêtre ouverte et je me suis glissée à l'intérieur…

Mon visage aspiré vers des particules suintantes dans le noir, exsudant des souvenirs gris alanguis, mâchouillant des narines irritées par de la chair à l'odeur aigre, éclaboussures pures et non comestibles de mémoire, on se mordille. Je commence à te voir pour ce que tu as toujours été, un gentil garçon qui a passé toute sa vie à éviter de potentielles arnaques. Je savais que tu n'avais jamais rien eu à voir avec tout ça. Je ne suis même plus sûre que tu aies jamais quitté ta chambre. Mais maintenant que tu es de retour, au milieu de tes affaires, ça semble si *normal*.

Gentil gentil petit homme-poney. Comment ai-je pu croire que je pourrais te garder ?

Des oiseaux et des brindilles gambadaient sur les lattes de parquet et laissaient des éraflures dans la poussière à mes pieds. Ton sang avait séché en plis croûteux marron sur tout ton ventre, des marques qu'avaient faites tes anciennes copines dans le but d'atteindre ton âme. Je crois que je n'ai jamais pensé à toi de cette façon. Écoute mon cœur, tu disais, quand je caressais ta mèche de la paume de la main… La chambre la plus tragique du monde ! Personne ne le saurait jamais.

Des rideaux gris unis de toiles d'araignée poussiéreuses relient entre elles des feuilles et des pousses. Un millier de mouches-araignées font vrombir leurs ailes dans les grands arbres. Les chats sont d'humeur à chasser aujourd'hui. Ailleurs le ronronnement impassible d'une moto tout-terrain se moque au loin. Tout ceci, mêlé à ton frigo — ce piège en plastique vibrant — donne l'impression que la maison entière est sur le point d'exploser. N'importe quelle feuille de papier ne peut être pliée en deux que sept fois. J'ai lu ça un jour, mais j'y ai repensé ce matin, à demi endormie, mais, tu sais, à demi éveillée. Et c'est vrai, j'ai essayé à maintes reprises et chaque fois sept est le nombre magique.

Goûte-moi afin d'être moi. Nous nous cachons dans nos pensées et nous nous torturons les méninges pour tenter de trouver quelque chose à dire. Il n'y a rien à dire, voilà tout. Nos dernières paroles étaient les seules restantes.

Je me suis glissée dans le lit près de toi.

Tout va bien.

Le ciel s'est assombri sur une de nos dernières conversations. Celle où il a demandé : "Ce qui est important, ce sont les sentiments — tu en as ?

— Pas vraiment, j'ai répondu, un peu surprise d'avoir laissé échapper ça sans plus de résistance de ma part. Je serai ton robot, allez.

— C'est des conneries. Tu te défiles, et sans trop te fouler", il a crié en se jetant sur moi.

Il n'y a aucune façon de terminer cette discussion gentiment, je me suis dit.

"Comment tu peux vivre comme ça ?

— J'imagine que je n'arrête pas de penser qu'un jour ça va me rattraper et je serai engloutie par la crise du siècle. D'ici là, les affaires continuent.

— Tu ne peux pas vivre comme ça — *personne* ne vit comme ça."

Il a ajouté ça comme si j'aspirais à rejoindre leurs rangs. La vérité, c'est que j'étais fainéante et têtue — une obsédée du contrôle de haute volée et je n'allais jamais redescendre. L'histoire du robot qui s'est réveillé en éprouvant des sentiments humains était le plus épique des désastres.

Noctuelles du chou, empreintes d'animaux : fraîches ? Anciennes. Le sable sur la plage fait des trous pour mes pieds.

J'ai roussi mes cheveux à l'aide de longues bougies blanches et recouvert mon visage de goudron. J'ai vécu comme une endeuillée au bord d'un lac. Personne ne m'a embêtée. J'ai fabriqué mon pain avec de la farine de gland et ramassé des graines de fleur au milieu d'un orage aux nombreuses cordes de gouttes de pluie rouge au sommet d'une colline.

Plus loin, à l'entrée d'une grotte sur la plage, se tenait une grande anémone de mer, un garde statique dont je n'étais pas sûre qu'elle était vivante, seulement posée là, plusieurs centaines de kilos de viande crue, salivante. Les plages de l'Oregon sont pareilles à des paysages de l'espace, totalement irréels. Ayant trouvé des empreintes de chien sur le sable, je les ai suivies le long d'un sentier jusqu'en haut d'un ravin rempli de plumes poisseuses piégées dans le sable. Des pierres rugueuses se broyaient sous mes pieds et se fendaient en éclats de plus en plus petits à chacun de mes mouvements.

Maman a éclos dans la mer. Le souffle d'un robuste coquillage blanc l'enfermait. Un sort l'obligeait à aller et venir sur les plages, entravée à la cheville par du varech long de huit cents mètres fixé à un point central sous l'eau. Sa laisse était enroulée autour d'un rocher. Elle était attachée ; ses cheveux tourbillonnaient autour d'elle comme un nuage ancien, bannissant tout bruit.

En nous tortillant au bout de nos entraves, nous avons commencé à nous reconnaître. Grâce au langage commun de la poussière morte, des années poussiéreuses, nous ne serons plus jamais les mêmes.

Elle s'est fixée dans le miroir et a vu son corps du futur lui retourner son regard, émergeant de la vitre limpide, une ombre qui la traversait peu à peu et clignait de deux yeux semblables à des œufs en plastique. Elle avait éclos dans une perception de son propre moi futur, malgré tout ce qui demeurait encore attaché à ses rêves, jeté au fond de l'océan sur une ancre de varech, de pierres et de bulles.

Je me suis évanouie dans un brouillard fiévreux, sous un ciel noir. Sur la plage, les seuls arbres étaient des tiges marron horizontales dispersées et écorchées par les marées ; le dioxyde de carbone s'infiltrait dans mon cerveau et m'empoisonnait de son coma onirique toxique — l'unique chose au monde que je peux revendiquer. Je possède ce mal, ce brouillard empoisonné. Et je possède ces pensées, orange et poisseuses.

J'ai secoué la tête et pensé : "Trop de mots."

J'ai le sentiment démoralisant que je vais rester là pour toujours. J'ai dessiné dans le ciel : t-o-u-j-o-u-r-s… Dans ce monde, il n'y a pas de limites, pas de joints ou de coutures, seulement des coins arrondis sans fin — les contours sableux de l'enfer…

L'été s'écoule peu à peu. Qu'est-ce que tu as fait récemment ? lui ont-ils tous demandé, en avançant la tête pour qu'elle les voie, roulée en boule sur le trottoir. Elle s'est tournée, plissant les yeux dans le soleil et a répondu, amorphe, "rien", puis elle a lentement perdu conscience jusqu'à ce qu'ils partent tous. La règle d'or de Kim, que je prenais à cœur, était : "Ne réfléchis pas intensément, réfléchis profondément." Elle se reflétait dans chaque facette de mon existence… Nous nous sommes retirés aux confins de la vie. Préoccupés seulement par les coutures, les frontières, les bordures, les périphéries, c'est là que nous trouvions refuge. Là où la vraie vie devenait réelle. Nous nous cachions à l'intérieur de toi…

Une gamelle de sel et de nourriture pour chat était posée à l'entrée de la grotte, les restes cristallisés de croquettes laissées il y a longtemps pour des animaux du quartier. Où étaient-ils allés ? Personne n'a remarqué que tous les ratons laveurs et les chats ont disparu en ville ? Partout des croquettes à l'eau salée intactes dans des gamelles — un événement terriblement suspect s'est produit.

Tout près, une assemblée de "sorcières" touillait un chaudron de cire sur la plage. Leurs rituels maritimes consistaient à passer des nuits et des jours sans dormir.

S'accrochant à tout ce qui pouvait les maintenir éveillées. Cet après-midi-là : la cire.

Toutes les tribus s'étaient réunies sur la plage. Il faisait généralement suffisamment sombre pour que personne ne puisse voir trop distinctement les marques des autres. Cette plage ne ressemblait à aucune autre. Elle paraissait avoir été visitée, comme si un centre commercial était venu et avait secoué ses vêtements sur le sable et que toutes les petites bestioles en étaient tombées et s'étaient éloignées en rampant. La plage est un lieu public, comme un parc. Certaines sont plus chics que d'autres, certaines plus surveillées. Celle-ci semblait procurer un endroit confortable aux corps d'individus de tous les horizons, offrir un refuge à toutes sortes d'activités semi-légales louches. Les ploucs n'avaient laissé que les quatre murs du palais de l'ancien régime et dormaient désormais entassés dans des tas de copeaux au fond de chaque crevasse. La plage n'offrait que de rares endroits où se cacher, si bien que ses habitants ramenaient des cloisons de plusieurs sources d'approvisionnement, érigeaient des abris de forme reconnaissable provenant de toute la ville. J'ai marché jusqu'à avoir dépassé tout le monde, là où il n'y avait plus que du sable. J'ai senti mon corps fusionner avec un homme que j'aimais — seulement, je ne le connaissais pas. Il me tenait à bout de bras et ça me rendait folle. Pourquoi est-ce que je ne pouvais pas simplement filer ? Que m'avait-il pris dont j'avais tant besoin que je ne pouvais partir sans ? Je ne me reconnaissais même plus moi-même.

Des cordes craquantes de varech rouge enroulées autour des troncs d'arbre — une masse grouillante de coquillages aux multiples pattes traversait des feuilles et des brindilles d'une rive écumeuse à l'autre. Des serpents glissaient en silence du gruau de paillis et de feuilles dans l'écume où les berges se fondaient dans l'eau et se frayaient un chemin jusqu'au fond de l'océan. Ce monde est noir. Eau noire luisante remplie de sel et de nombreuses pierres, feuilles dures se fissurant en innombrables éclats — tourbillons de brindilles et d'écume salée. Fibres de nids de mouettes pillardes flottant et se collant aux troncs d'arbres. C'est terminé maintenant. Le faucon plonge en silence dans l'écume et frôle un serpent marin les mâchoires ouvertes et… se jette dessus. Mord. Qui tombe ?… meurt ?

J'ai ramassé des éclats de savon blanc dans un égout d'eau grise et les ai mis dans un panier rudimentaire. Ramassé des graines de fleur sur la colline, tressé serrées des herbes en paniers semblables à des disques. Tout le long de la plage, des tentes en roseau étaient dressées près de tas géants de pierres et de coquilles de moules. De la vapeur s'échappait de trous dans le sable et des rochers dissimulaient des paniers remplis de fleurs salées.

J'ai écrasé des tas de fleurs et de racines à l'aide d'un mortier en pierre et d'un pilon et je les ai jetées dans un trou dans le sable bordé de feuilles de fougère. Le jus de fougère a été aspiré par le sable. Et je me suis sentie des affinités avec le sable en suçant du jus de fougère, en mâchant le cataplasme saumâtre. Feux de camp dans le sable. Tas de fleurs carbonisées. Sel de mer, graines grillées dans des paniers de charbon. Montagne de coquilles de moules aussi haute qu'un arbre explosant en nuages angéliques de poussière-rasoir dans le vent qui souffle vers le large. Des mouettes se sont approchées, des graines en guise d'yeux ; j'ai fait claquer des tiges devant les oiseaux de mer.

Tas de coquilles. Écailles de bernache collées sous mes pieds. Les graines dessinaient des formes au fond des paniers. Des matelas de roseaux se tortillaient sous les tas de charbon. J'ai percé des fleurs de camomille à l'aide de petits os de lapin qui cliquetaient dans le feu. Trous dans le sable emplis de pierres de cuisson, de cendres — et d'os de lapin. Des lapins bruissaient à la limite de l'herbe. J'ai soufflé dans mon poing pour imiter le cri d'un lapin pris au piège et, tout autour, d'immenses yeux écarquillés se sont précipités à la limite des buissons.

Des renards se sont réveillés de leur long sommeil hivernal au cri du lapin pris au piège de l'autre côté de la clairière. À l'extrémité opposée de la plage des braises prises au piège se sont jetées sur les parois de foyers creusés dans le sable, perforant les feuilles de fougère qui les bordaient.

Un jeune garçon / homme est apparu devant moi, longs cheveux blonds des guerriers venus des squats de la ville de bûcherons au nord. J'ai reconnu son espèce. La veste Pendleton rêche puant le café pollué. Il se tenait bien droit, comme ceux de son espèce ont tendance à le faire, mais il me zieutait d'un air déconcertant que je n'ai pas reconnu, genre comme si ses yeux bougeaient si vite que mon regard n'arrivait pas à se fixer au sien et à le soutenir, même s'il était rivé à lui. Comme s'il oscillait entre les deux faces d'une pièce. Je n'étais pas sûre de pouvoir le "maîtriser" et ça m'a soulevé le cœur. Il s'est approché et semblait n'avoir rien à faire dans cette partie de la plage. "Qu'est-ce que tu fais ?" Juste glander. Il est venu plus près, sa voix était faible et peu mémorable. Il s'est installé sur un gros rocher plat, fixant l'espace vide derrière moi, les cheveux voletant légèrement dans le vent. Ça m'a *tuée*. Je n'avais jamais vu des cheveux aussi ridicules : longs et blonds comme ceux d'une nana mais hirsutes, négligés et poussiéreux comme ceux d'un mec. C'est un truc de ville de bûcherons ou quoi ? Il avait plus qu'un peu une mine de papier mâché. Mais, encore une fois, ce n'était pas une plage qui voyait beaucoup le soleil. Je l'ai regardé fixement. Il était osseux, sous-alimenté, mais encore grand et massif avec des yeux clairs, dans le vague, qui donnaient l'impression qu'il était peut-être officiellement aveugle.

Il a bondi, s'est noué à moi ; il m'a amenée au sol. Du sable partout, dont la majeure partie provenait de lui. "Qui es-tu ? Qu'est-ce que tu fais sur la plage ?" "Non", il m'a embrassée. Le garçon / homme paraissait être le fruit de coordonnées liées à mon esprit animal. Il semblait assemblé à partir de mon propre territoire fracturé de désir. Et le voilà, bondissant hors de ce paysage entièrement formé, son armure solide mais spongieuse, perforée aux bons endroits pour laisser ses flots empoisonnés d'amour suinter et m'éclabousser. Il agissait comme s'il me connaissait déjà. Plus il parlait moins j'écoutais et j'ai rapidement découvert qu'il m'adorait ; il a balayé l'espace et je l'ai senti flotter juste devant mon visage, un brouillard truqué me piquant le visage et obscurcissant mon cerveau. Je ne le connaissais pas. Je l'ai senti me prendre les lèvres — il aurait pu tout aussi bien les toucher avec ses yeux. Il a cueilli ma bouche et a poussé un soupir muet que j'ai senti ébranler mes dents. Il a soupiré et a dit je te veux, je te veux…

Sa chair donnait l'impression de souffrir. Je pouvais en sentir le goût sur lui, celui de la honte du dernier survivant... Il était si jeune. Il était sur moi et du coin de l'œil j'apercevais une cabane pourrie et j'aurais voulu être à l'intérieur quand il s'est brusquement interrompu et s'est écarté de moi. Il bougeait dans tous les sens, agité et se perchant, comme un chat, les yeux rivés à l'horizon. Il s'est étiré dans la dernière lampée de soleil sur un grand rocher plat face à moi. "Impossible que tu sois à l'aise là-haut, j'ai dit, mais moi je le suis." Son corps sentait le sel et la lessive, ce qui collait avec tous les autres hommes de moins de trente ans avec qui j'avais couché. Tu sais qui je suis ? j'ai demandé. Pourquoi tu m'as choisie ?... Il m'a prise dans ses bras et m'a tournée face à lui. Il m'a embrassée. "Je suis amoureux de toi, je t'ai observée de loin. Je t'ai suivie ici." Une boule dans la gorge m'a étranglée, j'étais au bord des larmes. Mon cœur trempait ma chemise. "S'il te plaît, dis-moi que tu comprends", il a dit. "Je ne sais pas." Il m'a embrassée m'a mordillée a sucé mon cou, "S'il te plaît dis-moi que tout va bien." "Je ne sais pas si tout va bien... Tu es qui ? D'où tu viens ? Tu vis ici, sur la plage ?" J'ai eu l'impression de me replier sur moi-même, sept fois, en deux en deux en deux et de me raidir quand j'ai découvert que je ne pouvais pas me plier en plus petit. Je suis restée paralysée, mes mains parcourant son corps, me tortillant, tiraillée, perturbée. J'ai senti le sable collé dans ses cheveux. Je l'ai secoué mais il est resté là. "Tu es né ici ?" j'ai demandé. Il m'a embrassée : "Non mais je vais mourir ici..." Je mourrai ici avec toi.

Je l'ai embrassé et de l'autre côté, derrière sa bouche, j'ai trouvé du sang qui s'épanouissait dans un gobelet d'eau. Une résistance brûlante trempée dans l'ombre d'un grand animal condamné, un baiser et un verre de vapeur de velours enveloppante aspirée dans une grosse fleur fanée. Sa présence aigre, de longues ombres s'élevant du sable... C'est interdit!... ce que nous faisons est hors-la-loi. Tu vis sur la plage. Qu'est-ce que tu fais là? "Je t'ai suivie ici." Son poids bouge sur mon corps, la tête me tourne, ma bouche se remplit, mes yeux sont pleins de larmes, il m'embrasse et ses yeux emplissent ma bouche, ma poitrine, ma mémoire, je suis envahie par des rêves de mort. Des rêves de sa mort se ruent dans mes veines. Tu m'attaques. Je n'ai rien demandé... "Je suis désolé de t'avoir suivie. Qu'est-ce que je suis censé dire? Ne pars pas." Au milieu de tout ça, j'ai senti la présence d'un autre homme tapie derrière ses yeux. Je sentais deux hommes devant moi et j'ai cédé sous la pression. Ensemble, ils m'ont vidée. Ils ont volé mes sens mais, même à ce moment-là, j'ai commencé à percevoir que l'un des deux s'éloignait. Comme s'il avait congédié le poids réduit du garçon / homme, celui-ci s'est estompé et j'ai essayé de prendre son visage entre mes mains: *reste avec moi, reste là*. J'ai mordu son visage, j'ai labouré son torse pour tenter de le ramener. Je me suis sentie dévorer ce que je pouvais de lui pour le garder avec moi mais la présence d'un autre homme a enflé en lui et je me suis sentie écrasée par une force irrésistible et inextinguible à laquelle on ne pouvait échapper, m'enfonçant de plus en plus profond dans le sable devenu mouvant toute la plage qui se déplaçait autour de moi et je me suis sentie perdre pied au-dessus de l'homme mystère et soudain, à l'intérieur de la cabane en bois que j'avais aperçue au loin une ombre s'est découpée dans la porte ouverte. Je l'ai senti déchirer ma gorge.

Je me suis réveillée sous les couches d'épiderme abandonnées de vieille écorce d'eucalyptus. Il était venu se reposer sur moi et me volait mon souffle en m'embrassant.

Cet homme mystère — le Sorcier — me labourait et son haleine était un sombre orage magnétique qui me vidait me vidait. Il s'est écarté de moi et s'est brusquement redressé. J'ai lutté sous les débris remuants et, d'un coup, il n'était plus là. Le Sorcier m'avait trouvée. Le goût dans ma bouche en a facilement fourni la preuve, j'ai goûté mes lèvres et son nom est apparu dans ma tête.

Il me supplie. Sa voix faiblit et s'effrite quand il parle. Supplie. Sa voix me pourchasse et se casse et je me demande ce qui s'est passé.

La pression fumée, salée de ses lèvres sur les miennes me rappelle tous les feux éteints le long de la plage. Il grille et crachote juste à côté de moi ; j'arrive presque à saisir sa tangibilité, mais je sens notre intimité s'étirer comme s'il était très loin de moi, comme s'il jouait à un jeu avec moi. Il apparaît successivement proche et lointain et mon esprit en est dérouté et je me sens mal à l'aise et je grommelle le visage dans les mains : Qui *es*-tu ?

Treillis métallique rose, duvet pris dans des gouttes de colle durcies… meubles en rotin, éclats de verre transparent brun roseau et verts, fines égratignures blanches au bord de paniers crissant, tapis en roseaux. Ventilateur tournant à fond, pantalon de rechange marron serré aux mauvais endroits, braguette velcro et poches retournées. Œuf sphérique en plastique jaune pâle posé sur la moquette… paille en plastique bleue avec des cristaux de sucre marron sur le bec… J'étais réveillée mais mon cerveau était entortillé autour des pilotis pourrissants et des herbes puantes dans l'eau salée. Les hommes remarquaient ma façon de me tenir un pied posé sur l'autre. Je les sentais regarder mon cul remonté comme un adorable petit punching-ball. J'imagine que mon propre corps se sentait déglingué et serein serré contre mon jean. Alors ça ressemble à ça, être désirée ? Être repliée et rangée au fond d'un tiroir secret ? J'avais l'impression d'être sur le point de percer à jour le regard secret du désir masculin, celui qui ne dit pas "je veux te baiser" mais "je veux te garder". J'étais sûr qu'il était différent. Il y avait une distinction, mais elle vacillait devant mes yeux, visible seulement par intermittence. Et je n'avais pas la moindre putain d'idée de quoi je parlais. Je n'avais qu'une vue partielle.

Est-ce que j'avais déjà regardé un homme en me disant : "Je veux te garder" ?

Cette impossibilité me faisait douter de ce que je voulais. Son attention m'avait troublée. À cran, déambulant, rejouant les événements dans ma tête encore et encore et paniquant alors qu'ils avaient déjà commencé à s'effacer. Les odeurs avaient disparu, les couleurs devenaient plus plates jusqu'à ce que le souvenir flotte devant moi comme un drap tout juste lavé, éclaboussé d'une caricature amère décolorée de ce qui s'était réellement passé.

Les hommes qui vivaient sur les trottoirs se lavaient dans l'océan, à la limite du ruisseau d'eau du robinet infectée… Les hommes sur le trottoir m'appelaient. Dans toute la ville ils me suivaient des yeux avec pessimisme. Jamais ces yeux ne cessaient de me couver. Je fourrais mes mains dans la poche de mon tablier et contournais prudemment leurs yeux d'œuf dur noirs et jaunes. Mes chaussures balayaient la poussière sous leurs pancartes arborant des slogans et la vue de mes jambes nues pointant sous ma jupe faisait durcir les lanières de poitrine de dinde fumée qui pendaient dans leurs pantalons de survêtement. Je me demandais ce qui était arrivé à leurs femmes, où étaient-elles allées ? Avaient-elles déjà vu le trottoir commencer à se faufiler dans le coin de ces œufs noirs et jaunes qui s'emplissaient de larmes au milieu du visage des hommes ? Savent-elles où les trouver désormais ? Sur cette bande de béton arrimée entre les vivants et les morts, les éveillés et les endormis, la forêt et la ville — quelque part en train de brandir le poing en écoutant de la musique qu'ils n'ont encore jamais entendue ?

C'est un dieu avec un petit *d*, tapi, dissimulé dans un corps hôte, siphonnant mon souffle à travers des lèvres hôtes, animé et empli d'électricité empruntée. Il m'agrippe pour me retenir mais ses mains sont différentes et je sens sa colonne vertébrale à travers sa chemise, ce qui me fait penser à la mort et aux choses mortelles et je suis troublée. S'unir à quelqu'un qui n'est pas qu'"un" est déroutant et j'essaie d'éviter de parvenir à une conclusion parce qu'il n'y en a pas.

Des hommes grisonnants chantaient sur le trottoir. Ils serraient des chatons en laisse contre leur poitrine et se blottissaient maladroitement contre les petites choses. Il y avait tant d'hommes sur le trottoir aujourd'hui. Certains exhibaient leur peau bronzée comme une distinction.

Ils aimaient bien dormir sur la plage, mais l'entrée de la poste faisait parfaitement l'affaire. Les hommes me harcelaient dans la rue, m'accusant vaguement de "détester les chatons", mais la vérité, c'était que je ne voulais pas m'attarder là à écouter leurs chansons discordantes. Les hommes allaient venir me chercher a beuglé le leader. Vous venez d'où les gars j'ai demandé, et pourquoi est-ce que vous avez besoin de tout tenir en laisse ? Les hommes du trottoir ont dit : Écoute gamine, si seulement on pouvait quitter notre place sur le trottoir tu verrais avec quel genre de laisse on t'attacherait... une courte ! Ha ha ha. Une grosse, ha. Et leurs joues ont rougi et leurs yeux m'ont fixée avec p-l-u-s d'intensité et leurs bras ont bronzé hyper vite et ils ont bondi de leurs places sur le trottoir et ils se sont traînés vers moi, bouillonnant au bord du trottoir, enchevêtrés dans un taillis de pantalons en lambeaux et de canifs.

J'ai émergé dans la maison d'un étranger. Il a peint l'intérieur de mon corps avec de l'eau savonneuse chaude là où le sac de couchage était à moitié ouvert et étalé sur moi comme une grosse cicatrice violette. La lumière semblait transformée, le nuage irrégulier de son étrange cafard pareil à un homme-arbre déployé sur mon corps. J'entendais au loin les semelles de ses boots. J'ai léché les dernières traînées de sommeil, j'ai ouvert les yeux mais je ne sentais rien en dessous du cou. J'ai baissé les yeux et je me suis vue dormir mais j'ai senti le vrombissement vivant de carreaux transparents s'entrechoquer dans ma poitrine. Il m'a arrachée à un paradis de minuit et m'a installée à table pour le petit déjeuner. Les routes se sont gorgées de pluie ; il a pelleté du gravier devant la porte, a empilé des tapis dans l'encadrement. Je me suis installée dans son antre de la plage et c'était comme si les écluses s'étaient ouvertes et il avait désormais une raison de me toucher avec un empressement qui auparavant aurait été blasphématoire, abstrait et suspect. Je l'ai labouré, le mettant en loques avec une férocité digne de la nuit éternelle.

Des messages des immobilisés traversaient les ondes, transperçant la membrane d'une petite radio qui tard le soir marchait à faible volume. Leurs yeux gris desséchés étaient fermés dans l'hibernation ; la voix avalée s'accrochait telle une boule de cire dans la gorge des immobilisés. Le sommeil des morts — dont ils ne s'éveillaient pas aisément — pénétrait par la canine développée qui se faufilait dans la chair offerte, calmement, aux petites heures du matin. Les odeurs absorbées par les immobilisés comblaient l'intervalle, le saut d'image, l'oubli. Le clapotis du souvenir percé par cette canine et son odeur pareille à la graisse brûlant sur le poêle, à la convoitise recouvrant ton corps brûlant, noir comme la fumée qui s'échappe de ton esprit par ton haleine. Ta bouche un four de convoitise, l'amour se consumant dans l'obscurité tel un poêle ronflant, de la fumée noire aspirée entre tes dents. Tu bouillonnes entre les dents (tu bouillonnes derrière mes yeux). De la fumée noire rampe le long de la peau de ton corps brûlant dans un enchevêtrement de brume, de secrets, de murmures.

Il est celui qui se penche dans le coin et lèche au pied de ton lit. Il est impitoyable envers les limites de la pitié, lécher ainsi ne fait que révéler encore davantage de mort, celle qui anéantit l'éclair de vie émanant de ton front dans un sourire brûlant. Il rit des nuages de fumée, il rit et la fumée dissimule ses yeux derrière un nuage et il *rit*. Il tend la main vers ton corps brûlant et tombe dans un silence de mort, la fumée riant dans l'ombre caustique sur le mur dans son dos. Agité par chaque accès convulsif de pitié. Des ombres malades se répandent sur le lit. Des os noirs répandus sur la table et des os noirs qui prennent la forme d'un code secret dont la clé est perdue — c'est peut-être "blanc". Répandu, un enchevêtrement d'os noirs comme des ombres d'os. La table tremble, projette des ombres négatives en blanc à travers sa surface, mêlées à l'enchevêtrement d'os noirs, le rêve rodant dans les crevasses au milieu des enchevêtrements d'os noirs qui frémissent tandis que des crânes d'écureuil jaillissent des espaces négatifs, certains noircissant aussi.

L'enchevêtrement de fumée noire se tient entre nous, ce coussin de convoitise, tandis que nous léchons les brûlures sur nos flancs. Le noir de tes yeux est une mare empoisonnée dans laquelle je tombe comme elle tombe en moi sans un bruit, torrent silencieux qui sculpte des fissures, douloureux telle la vérole sur ton corps noirci. Le bruit du sable qui en brûlant noircit. Il est quelque chose de nouveau. Du désir en exil. De la fumée noire de désir. Des corps de crème brûlants, l'écume jaune de la marée résonnant à travers une toison de vapeur dans le ciel embrasé.

Le royaume de non-retour est une prison. Nous sommes verrouillés au lit… Il y a des voûtes partout. Les murs de cette pièce sont criblés de voûtes, des coutures en forme d'accordéon pour les ombres et des recoins où peut s'accumuler la fumée qui flotte dans la chambre. Toutes les surfaces sont couvertes de tombes. La vapeur s'accumule et s'accroche sous les stèles funéraires en cuivre qui carillonnent dans la pièce lorsqu'elles sont pleines. Le bruit du métal qui chauffe et se dilate résonne en crissements et claquements dans mon champ de vision. Les tombes sont pleines, gonflées de fumée noire. La chaleur tambourine à la porte de ses poings de brume embrasée.

Le Sorcier avait l'odeur de tous les feux éteints des foyers noircis le long de la plage. De petites épines de varech brisé étaient piégées dans ses cheveux. Tu vis vraiment sur la plage ? j'ai demandé et je connaissais déjà la réponse.

Il s'est baigné dans l'océan et a roulé ses divers vêtements aux premières lueurs du matin. Il n'allait rien me donner. Silence provenant de sa partie de la plage. Il a regardé un moment mes ongles, roses mais pas du tout brillants et n'a rien dit. Ses poings ont grossi sur ses flancs en voyant la façon dont les mouettes salivaient devant les restes de nourriture qu'il avait ramassés, entassés sur le rivage pendant qu'il pataugeait dans les vagues. Il allait bourrer de coups ces choses quand il verrait la razzia qu'elles avaient faite.

Je n'étais pas préparée à ça. J'ai vu à plusieurs reprises des mouches s'écraser contre lui. Des mouches mortes s'empilaient sur le sol à ses pieds. Il les avait assommées de ses poings. Des piles de mouches vaincues répandues comme des gouttes de pluie noire.

Il s'est avancé vers moi d'un pas lourd et j'ai reculé, presque consciente que j'aurais dû courir, et vite. Mais un identique élan me dictait de rester, les pieds plantés à portée d'ébrouement de l'énorme cheval noir. Il était si proche que sa crinière voletait sur mon visage. Des ombres d'oiseaux noirs formaient une flaque à ses pieds, s'effritant dans le sable. Des souches marron de bois flotté malmenées par la mer se retournaient pour devenir des poteaux de clôture qui m'emprisonnaient. J'étais consciente qu'un événement vaguement surnaturel les avait apportées là.

Des abeilles tombaient du ciel. Les vagues de l'océan cognaient sans bruit la jetée tandis que des otaries et des bandes de varech se faisaient écho sans bruit dans le ressac. Des oiseaux battaient des ailes, se découpant sur les vagues ; des mouettes voletaient et ouvraient bruyamment le bec à l'approche de midi… Partout, les animaux voient à travers les choses ce qui repose au-delà. Ils voient à travers vous et à travers moi. Partout, des pierres et du varech séché restent collés ensemble ; du sable colle au flanc des oiseaux, au flanc des pierres à midi. Du sable bruni de taches d'ombre ; des fissures dans le sable bouillonnent des pensées de cet invraisemblable amoncellement coincé dans les profondeurs du monde, ce lopin de terre entre eau et limon. Du limon de pâte de sable à l'orée de l'eau. Des serpents et des crabes saisissent ce qu'ils peuvent dans le limon mouvant, extrayant des bouts d'enveloppe de varech de leurs langues et leurs bouches semblables à des pelles. La mousse fait place au sable ; la mousse dévorante fait du sable une partie de son corps futuriste. Des nœuds entortillés de varech mâle noueux, fibres pressurisées entortillées tendues vers le soleil irréel ; de la terre et des brindilles coincées sous des feuilles géantes écumantes, lovées dans de petites grottes au pied des arbres, écumant à l'entrée : la forêt et la plage en un. La forêt est tombée des falaises sur la plage et continue d'y grandir. Et les crabes de sable qui faisaient une razzia de vers et d'entrailles de mouettes préservaient leur monde sous ce bosquet de plage. Les racines se faufilaient au milieu des vagues d'eau salée, pourrissaient, perdaient une couche d'écorce et se transformaient en serpent marin. Des racines nues engendraient des serpents marins ; ils dormaient dans les racines noueuses. Ils muaient, perdaient leur peau et s'envolaient d'un seul coup ; des serpents salés s'entremêlaient sur les flancs de rochers incrustés de lichen de mer fourmillant d'une crème salée où surnageaient des serpents. Des rochers sifflants étincelant d'yeux de serpents de mer salée, de grands sacs noirs de pièces scintillant dans la chaleur. Des arbres abattus servaient de maison aux crabes de mer ; les flaques laissées par la marée abritaient de gros morceaux de chair semblables au dessous de sabots de chevaux. Seuls ces mouettes, ces crabes et ces pierres enfouis sous cette forêt miniature connaissaient ce qu'il y avait au-dessus et en dessous et levaient les yeux du bas de ces arbres, à travers les racines et les troncs jusqu'aux branches les plus hautes, regards à rayons X lancés vers le ciel depuis le sous-sol… Il m'a traînée jusqu'à sa maison dans le sable entourée par cette forêt en exil tombée du ciel, reprenant où elle s'était arrêtée, s'enracinant et grandissant en un bosquet extra-terrestre sur la plage. Il m'a transportée dans sa cabane contre nature faite de bois qui n'aurait pas dû être là, remplie de fibres tressées à partir de lambeaux de peaux d'extra-terrestres. Des animaux écorchés n'appartenant ni à cette terre ni à cette ère. La cabane était pleine de mouches. Elles se cognaient contre les murs, amnésiques ou se punissant pour les arbres et la cabane tombés du ciel. La cabane était étouffante et moite et toutes les spores négligées tombaient des arbres et obstruaient le maquis de lumière poudreuse à l'intérieur, n'ayant d'autre endroit où aller.

Je me suis étouffée avec les spores dans mon sommeil et il a disposé des bouts de calicot délavé autour de moi. Son haleine miteuse était partout sur moi, piégée dans les morceaux de toile qui m'enveloppaient étroitement. J'avais l'impression qu'il m'avait mangée — il m'encerclait si totalement — il se soulevait et s'abaissait avec ma respiration, si proche dans cette grotte de calicot. Il y a un destin tragique dans mon cœur et l'amour dans mes yeux, il a dit en titillant les spores qui obscurcissaient l'air desséché. Elles crépitaient sur le sol comme électrocutées.

Un gargouillis a éclaté et crachoté dans le coin. Il m'a assuré que c'était seulement le bruit des bébés arbres qui lentement et précautionneusement se frayaient un chemin à travers le plancher. "Bien sûr, tu vas laisser tes bébés entrer", j'ai dit encore endormie. Bien sûr, tu ne vas pas bourrer de coups tes amis les jeunes arbres à travers le plancher de cette cabane contre nature… On ne pouvait pas faire confiance à grand-chose dans ce lopin de terre surnaturelle. Toutes les lois étaient tordues et si on détournait les yeux un instant, on trouvait les choses encore plus tordues.

Il avait envie de me repousser, m'expliquant qu'il n'était pas bon pour moi, "un plouc cinglé", presque comme s'il m'expliquait que son boulot était de contracter le choléra. Il a été horrifié quand je lui ai dit que je l'aimais bien quand même.

J'aimais bien le prêtre au fouet métallique… Le feu l'avait éloigné de la ville pour vivre aux confins du monde sur la plage. Il passait ses journées à tenter de se reconnecter à l'étincelle qui l'avait amené là. Accroupi sur le sable, il vit dans la terreur de l'océan. C'est là que se trouvent les plus grands abysses de lave de cristal en feu macérant dans le néant noir, crachée depuis le soleil à des milliers de kilomètres. Les frissons de fièvre se consumaient dans sa poitrine. Il crachait une haleine embrasée de goudron noir. Le Sorcier sentait le poids de ses vies s'affaisser sur ce noir. Le jour, la mort chassait sur la crête qui surplombait la plage. La nuit, dans l'obscurité, il cherchait à tâtons sa poitrine et se sentait ouvert à toutes les choses qu'il accomplirait. Dehors, des millions de graines s'époumonaient dans les profondeurs à la base de l'anse noire. Des créatures silencieuses se tortillaient dans une flaque d'un poids insondable devant sa bicoque.

Il en avait assez des fantômes. Il mâchouillait des morceaux de sable qui lui explosaient au visage. Il n'en avait rien à *foutre*. Il songeait qu'il pourrait prendre un nouveau chien mais l'odeur de sang qui corrompait son campement le ferait aboyer toute la nuit. Son visage était cinglé par du fil de fer là où le sable avait jailli. Il avait besoin d'un chien qui viendrait s'asseoir devant sa tente et tiendrait le sang à distance. Le sable sur la plage faisait un bruit atroce.

Le Sorcier s'est incliné en arrière sur un fauteuil de jardin, son attitude partiellement digérée de vagabond giclant de la flaque noire de son cerveau. J'avais la désagréable intuition qu'il pouvait entendre tout ce que je pensais — puis j'ai compris que mes mains me trahissaient. Il ne parlait jamais. Il donnait plutôt l'impression de cracher les mots en un processus inversé de rumination que j'avais fini par bien connaître. J'avais le sentiment d'être confinée dans un lieu exigu avec un animal massif qui bouillonnait en silence, enchaîné toute sa vie à portée de la porte, empli d'un désir ardent de la franchir. La semelle de ses chaussures crissait sur le sol de sa bicoque recouvert de palettes en pin de récupération. On aurait dit qu'il voulait faire un feu de mes os, les entasser en lattis dans un trou creusé spécialement pour l'occasion. Mes os seraient en bois, vous comprenez. Il avait pensé à tout, y compris à ce qu'il allait faire du reste de mon corps — probablement l'empailler pour reconstituer sa forme. Ajoutant un petit quelque chose par ci, retirant un petit quelque chose par là. Pas vraiment surprenant. Ses yeux semblaient déjà me mesurer pour apporter les modifications, me scrutant et cramant des trous là où ils se posaient.

"Moi aussi, je peux lire dans les pensées, tu sais", j'ai dit sans vraiment le vouloir — du moins pas à haute voix.

Il a cessé de bourrer de feuilles mortes les fissures du plancher : "Si tu essaies de dire que tu crois que je lis dans tes pensées, alors j'aimerais bien savoir pourquoi tu ne t'es pas enfuie par cette porte comme un putain d'animal sauvage vers le bureau du shérif le plus proche et le plus accueillant. En supposant que tu ressasses cette situation dans ta tête, je serais le premier à te féliciter si tu l'avais fait." Sa voix était pleurnicharde, lessivée, rudoyée. Il avait passé sa vie à ôter le brillant de l'argenterie.

"Tas de merde. Quelles autres conneries moralisatrices tu vas me sortir alors que tu me gardes enfermée dans ton tas de merde de cabane en carton ? Je ne peux pas m'enfuir, tu bloques la porte. Et si je le faisais, tu m'attraperais, tu m'écorcherais vive et ferais du feu avec mes os.

— Quel petit ange délicat tu es…

— Toi aussi tu es un peu divin. Mais bien plus pathétique, j'ai dit, m'interrompant pour prendre la pleine mesure de la présence masculine empoisonnée qu'il déployait devant moi. Pourquoi tu m'as amenée ici ? Pourquoi m'avoir attirée ici par la ruse ? Qu'est-ce que tu veux de moi ?"

Il m'a maintenue sur un tas de détritus et de chiffons qui recouvrait le fond de sa cabane. Tout allait à l'encontre des lois de la nature que je croyais connaître, même si j'avais toujours essayé de les ignorer.

Dehors, le vent soulevait de grosses tiges en paquets qui balayaient la poussière et dessinaient de vagues formes sur le plancher. Je sentais les animaux — les plus secrets — sortir des boiseries.

Je pouvais les sentir se réveiller tout autour de moi.

Je restais bouche bée devant l'ombre qui martelait l'intérieur de mon corps, libérant des ombres de merles, mon ventre s'est rempli et je gardais la tête en arrière et m'égarais dans les rêves d'un énorme cheval noir qui comprenait la violence qui rôdait dans mes ombres. Le bout de sa queue piquait mon bras et je me suis abandonnée, si intimement, si maudite, à la proximité de ce que j'arrivais à peine à étouffer dans un immense cri ; m'efforçant de m'arracher à ce grand cheval noir de qui je tenais tant, je savais que je devais tout balancer aux quatre vents, tout balancer. J'ai griffé la poitrine de l'homme auquel je ne pouvais résister. Lorsqu'il a voulu saisir mon cou pareil à un roseau, je l'ai labouré, labouré. Sa crinière fouettait mon visage, je n'essayais pas de l'écarter. Mes cheveux tournoyaient dans l'émulsion suprême de rêves plongés dans les ombres et le rêve s'est arrêté — les ombres se sont arrêtées — et le ciel a cessé d'exister. Et j'étais seule avec les viscères, seule avec l'évasion que j'avais dévorée dans la racine de la fleur ; je me suis crachée dans la mer.

J'étais toujours éveillée. Je n'avais pas encore dormi même si on était le matin.

Le sang coulait sur ma gorge à nue aussi pâle que de l'eau. Sec et durci en une nouvelle peau terne. Une brûlure fantôme a effleuré ses lèvres et le sang était aussi pâle que de l'eau. De microscopiques gouttes de tourment flambaient dans mes veines et jaillissaient dans sa bouche. Des larmes s'accumulaient au coin des yeux d'une carcasse ouverte en deux, soupirant, pleurant. Exhalant des ombres de mouches assourdissantes...

Il vivait comme un animal, un pillard sur la plage, fabriquant un nid à partir des débris abandonnés et fracturés d'arbres morts extra-terrestres. J'étais une miette à laquelle ses yeux étaient rivés, il se préparait à bondir et dévorer. Il s'est goinfré et la poussière a adhéré à sa bouche.

Sa langue se collait à ma peau telle une ventouse. Ses pensées, ses yeux parcouraient mon corps centimètre par centimètre comme un poids en plomb. Attaquant chaque surface. S'enfonçant plus profondément. Le noyau grésillait, douloureux sous les objets de métal — de petits poids en plomb — qui s'entrechoquaient au centre. Une insupportable éclaboussure me faisait souffrir comme un plomb, fusionnant avec mon corps, suintant de jus. La vibration me rafraîchissait la mémoire. Des souvenirs de migraines passées déferlaient. Si je pensais à eux, me rappelais d'eux, j'avais peur que les maux de tête reviennent comme s'ils n'étaient rien de plus que des réminiscences extra-fortes, une façon pour mon corps de me forcer à noter un souvenir pour un futur index. J'ai goûté la vive salinité nasale de chacun d'eux. J'ai accueilli sur mes lèvres le baiser de la souffrance qui aveugle toutes les sensations sauf la sienne. Je me suis efforcée de m'occuper d'elle, de la cultiver et de la nourrir pour qu'elle grandisse et disparaisse.

Après le traumatisme : les radiations en ont tué la plupart, leurs os recouvrent le sol. De la poudre de peau et des enveloppes de cloportes flottent dans toute la rue.

J'ai choisi la voie de la partie pleine de chagrin. J'ai supplié le fantôme de me montrer la porte manquante

— le secret par lequel je pourrais passer dans un autre monde. J'ai imploré pour les secrets, j'ai imploré pour le retour du fantôme. Mais à chaque tournant ma voix résonnait dans la *nuit* de velours souple et vide.

Une soudaine réminiscence du langage oublié m'est revenue d'un coup. Tout, la forêt, les pierres dans le ruisseau...

La camomille enfouie dans la poche d'un intestin saumâtre s'est affinée en douces boulettes tannées pour la tisane... Des crânes de vache débordant de camomille s'épanouissant, suante en plein soleil. À mi-chemin entre sirop ou sel. Des racines d'achillée millefeuille réduites en cailloux rugueux et de vieilles racines de chêne s'effritaient en une bouillie fumante. Ajoutez de l'eau de mare chaude pour une soupe forestière super tonifiante et vous verrez des fantômes le dos courbé vers le sol comme des branches blanches, des lambeaux squameux de leur propre peau en boulettes sous leurs ongles. Leur rire est contagieux.

J'ai si vite fermé ma gueule ! J'ai commencé à voir des silhouettes sombres suspendues à toutes les branches, se balançant très lentement...

Ailleurs un crâne en plastique souriant plongé dans la javel : fragile, enfermé dans une vieille boîte de clous à la fenêtre en papier cristal tachée. D'épaisses pousses de langue de belle-mère applaudissant sur le côté de la cabane, leurs langues abîmées par les intempéries gorgées de vent.

Maman est née de la mer. Soulevée par des bulles et le crépitement de la propre marque d'électricité de l'océan. C'était un système abracadabrant, mais ça marchait. Elle était attachée par la cheville. La marée montait et balayait ses messages. Personne n'avait l'idée de la sauver...

Maman est née d'une bulle dans la mer. De l'écume formée par la marée. Ses yeux étaient dissimulés par deux galets lisses. Elle les a ôtés et le ciel s'est répandu et le temps du rêve est devenu le temps de l'éveil. Le soleil flottait, suspendu dans une heure orange de givre chaud, moelleux.

La plage a été déverrouillée, détachée, ouverte en grand pour accueillir les êtres de tout poil ayant jamais vécu sur terre, animaux mystérieux à demi mastiqués, individus ayant peur de s'installer. Il a posé ses yeux sur mon corps nu avec indifférence, avec un calme guerrier. Est-ce qu'on se détestait ? Nous nous sommes retournés mutuellement dans nos mains, évaluant les défauts et mettant en œuvre notre contre-attaque. On se disputait sans arrêt. On se détestait.

À chaque retournement, il prélevait un peu de moi et ça me tapait sur les nerfs. Je n'arrivais à penser qu'à ce qui m'avait été caché.

"Puisqu'aucun de nous n'est totalement humain, est-ce qu'au moins, à nous deux, on forme une personne complète ?" j'ai demandé et je connaissais déjà la réponse. Je me suis tressée à son corps. Il apparaissait, immense, menaçant, devant moi et son poids était oppressant.

"La réponse est toujours 'oui', garde bien ça en tête.

— Je suis sérieuse !

— Impossible."

Nous avons échangé des regards consternés, avons aspiré les particules qui suintaient dans l'obscurité. La pièce effleurée par des ombres de vin renversé qui la traversait lentement, le sol jonché d'ampoules à demi mordillées enfoncées dans le limon.

"Tu veux aller où ?

— Je peux aller où je veux.

— Tu veux être avec qui ?

— Je peux être avec qui je veux."

Bon, pour le moment tu es ici avec moi. Tu es venue ici en suivant mon goût, mon odeur ; tes souvenirs de choses qui ne se sont pas encore produites. À part que tu transportes des souvenirs du temps passé dans ta poche pour les identifier. Cet endroit était déjà prêt pour toi. Il te suffisait de venir. Qu'on t'y amène.

C'est *toi* qui m'as amenée ici ! Tu m'a piégée en te déguisant en un jeune homme auquel je ne pouvais résister.

Mais tu as pris de nombreuses apparences pour obtenir ce que tu voulais.

Du gazon moussu se retroussait aux coins comme un sourire. De petits insectes insignifiants grouillaient en dessous. Des feuilles arrachées en tas méticuleux qui avaient dû être empilés à la main. Tous les humains partis. Les coquillages retenaient leur respiration et, au lieu des vagues, j'entendais des rires étranglés dans un recoin exigu et sombre au fond du ressac.

Il a dit : Tu pensais être contentée par ton indifférence à ce que tu voulais. Tu me veux ? Je ne sais pas. Je crois que tout ça te rend perplexe. Je crois que tu veux que je te mange. Tu attendais que quelqu'un arrive et agisse correctement depuis un moment maintenant — et avoir le dessus, même par les temps qui courent, est si naturel et assumé que tu n'y penses même plus. Mais je vois la possibilité que ça ne soit plus là un jour ; je le vois dans tes yeux… Je crois que tu pensais pouvoir maîtriser les hommes juste en te laissant baiser par eux, mais maintenant je ne crois pas que tu saches ce que tu veux. Tout ça te trouble. Qu'est-ce que tu veux ?

Je ne sais pas ce que je veux.

Mais tu le veux désespérément.

Je ne sais pas ce que je veux mais je le veux désespérément.

Dehors, l'air fouettait des rochers jaunes sur la jetée. Tous les oiseaux sont allés dormir ; tous les espaces entre les rochers sur la jetée étaient bourrés de plumes.

"Tu croyais pouvoir maîtriser les hommes et ce qu'ils faisaient. Mais cette partie de toi n'était qu'un bébé — à demi formé — et tu t'es enfuie, pensant être équipée pour affronter le monde… Alors il se passe quoi pour toi ensuite ? Tu vas où ? Tu vois qui ?… Nulle part ?… Personne ?… Tu vas dormir ?"

J'étais toujours éveillée. Mon cou était incliné en arrière et révélait le fruit écorché, le fruit pelé et ouvert étalé sur tes genoux. Ouvert, prêt pour une morsure. J'étais allongée, arquée autour de tes genoux, une badine posée en travers. *Pas d'anesthésie.* Je me suis demandé si je pourrais un jour me plier dans l'autre sens et reprendre ma forme antérieure. Mon cou était ouvert et exposé à l'écume des drosophiles qui suivaient la veine de mon cou. Je sentais l'infrastructure bourdonner à l'intérieur de mon cou et le bruit sourd de grosses veines bleues qui remontaient de chaque côté comme deux coutures. À l'intérieur une masse de fils frémissants, un marécage de drosophiles. Tu m'as mordue et l'écume s'est accumulée dans les coutures de ta bouche. Les coutures couraient le long de ton cou tandis que l'écume se transformait en un fluide de drosophile clair. Dans cette crevasse ouverte où se trouvait autrefois mon cou se découpaient des crêtes de viande et d'os tressés. Les jus se dissolvaient dans un nuage terne de bestioles craquantes, tachetées, plongées dans le sang, bourdonnant dans le relief hydrophile de chair désirante. Des éponges dégoulinantes se pressaient dans les coutures où des os tressés et du calicot s'entortillaient en agates. Des faisceaux entortillés d'agates et d'algues tournoyaient dans le sang bourdonnant. Des nuages chauds d'air torride estival bourdonnaient en rafales autour de ma gorge béante. Tu as mordu et ta bouche s'est emplie de rafales d'air torride, vibrant, rose et moelleux dans ta bouche. Les tissus du cou fourmillaient d'os vibrant, s'entrechoquant — le milieu d'une forêt de bouleaux écorchés tailladés et noircissant sous des membranes fines comme du papier. Des nuages palpitant de brume de sang chaud résonnaient dans la grotte. Petit piège désirant, brumes prises entre mes dents, paupières gélifiées se fermant en se tortillant.

Chevilles plongées dans des nuages empoisonnés de sang rose palpitant, os empoisonnés suturés dans la peau des chevilles et minuscules vagues de brume rose viciée de liquide de pochage. Patauger à hauteur de cheville dans le poison. Cousue à l'intérieur d'une mare rose miniature pour te noyer dans les profondeurs d'os broyés brumeux. Tu as mordu dans les balles d'os broyés, des sacs pareils à des cerises cuites embuées de gel poisseux collant aux osselets. De petits sacs de voyage d'os broyés s'échelonnaient le long de mon cou et jaillissaient dans ta bouche. L'écho de rires pleuvait en sacs d'osselets roses broyés qui cognaient contre ta poitrine — labouraient et déchiraient ta poitrine, luttaient contre cette chair. Elle cède si facilement. Tu as mordu mes jointures, as extrait des osselets gélifiés roses et avalé de petits sacs de nuages roses de brume embrasée. Des brumes blanches d'os s'élevaient en volutes de ta bouche. Tu as craché dans cet espace ouvert avide où se trouvait autrefois mon cou. Tu as mordu et dévoré de grands pans de chair avant de me nourrir avec, moi, assise, souffrant sur tes genoux. Souffrant de ma gorge béante, écorchée de fruit en plâtre acéré.

Le soleil se lève. La lumière crémeuse se déverse dans les craquelures de ma trachée, durcit les os et la mousse tressés en guirlandes de coquilles brisées. Du tissu transparent soude la membrane poreuse autour de ma gorge, la resserre en une peau trop juste de plusieurs tailles. La lumière se déverse dans le trou où mon cou se trouvait autrefois, dévorant les ombres violettes, séchant le vernis mat et plissant une peau toute neuve, hermétique, translucide…

Maintenant tout le monde peut voir le trou où se trouvait autrefois mon cou.

Le masque rose est tombé de son visage. L'eau glougloutait dans les fissures de la coquille séchée posée sur le sol. D'autres se sont rassemblés autour d'elle en pensant qu'elle pourrait les guider, mais elle n'a rien dit, leur a seulement fait signe de se couvrir les yeux et quand ils l'ont fait elle a disparu. C'est ainsi qu'elle a dispersé son armée de suiveurs, loin de l'écume qui déferlait autour des crevasses et des pics escarpés du coquillage à terre, ceux recrutés pour passer au peigne fin les collines environnantes à la recherche de signes de la dame ayant un masque pour visage.

Le Sorcier cogne sur les insectes rampants à carapace dure dans les craquelures du plancher : "Tu veux retourner avec lui ? Putain. Vas-y. Il ne doit pas être bien loin. Je parie qu'il est toujours dans le coin à t'attendre." Il s'est mis au travail, collant des rustines sur les lézardes du mur là où les branches des jeunes arbres transperçaient le papier goudronné et poussaient, indomptés. "Je crois qu'il y a une ou deux choses de la vie que tu devrais comprendre — mais tu apprendras le moment venu. Je ne peux pas rester là à attendre que ça arrive.

— Mais tu m'as eue par la ruse ! Tu m'as eue par la ruse pour me faire venir ici. Un piège...

— Ce n'est pas un piège si tu peux partir."

Un groupe de jeunes criait dehors. Il est revenu à la cabane avec de la nourriture volée dans un carton de laitues. Tu ne veux pas partir, il a dit, je crois qu'on le sait tous les deux. C'est ce que tu voulais, ce que tu cherchais — "Tu as tort !" — je fais quelque chose pour toi. Tu ne réalises peut-être même pas que tu le voulais. Maintenant ça te détruit. "On se détruira mutuellement alors", j'ai dit.

Tu as mordu dans un gros morceau d'artère de bœuf haché dans mon épaule. Tu as refermé la bouche autour et le jus a jailli à l'intérieur. Des habitants de la plage tapaient sur des bongos de l'autre côté du mur. Nos pouls se sont synchronisés avec eux même si on essayait de les ignorer. J'ai fait claquer ma langue sur la balafre de vaisseaux sanguins frémissant sous ta mâchoire. La surface lisse d'os qui retient les fagots de veines fourrés sous ta gorge.

On s'accordait mal, comme coincés dans un two-step d'œsophages crachotant, de larynx pris de convulsions alignés de force par les gens de la plage qui jouaient du bongo dehors. Nos gorges sifflaient involontairement, la surface gémissante, irritée à chaque torsion ou étirement. La chaleur involontairement rayonnante des rythmes de bongo filtrait, sirupeuse, à travers le mur. N'arrête pas ! T'as entendu ? Ils ont arrêté.

Je t'ai traîné dehors, endormi, bercé dans un sommeil paradisiaque par le grand gang de bongos. On va plus loin que quiconque ne le pourrait, nous nous sommes dit.

Cet endroit est merdique ! Cette cabane empoisonne nos corps ! On a éclaboussé le tapis ou le tapis a éclaboussé nos corps (impossible de dire dans quel sens), l'air sentait et était paralysant. Mon cœur peinait contre les aimants géants. Le sucre s'accrochait à mes cils. Des granules se collaient sous mes paupières et restaient là à gratter, gravant des symboles sur le cristallin et je paniquais.

Quelques heures ont passé. En suçotant un calumet de la paix, j'ai glissé la tête par la petite porte, je me suis légèrement tournée, lentement, cherchant prudemment les jeunes hippies. Ils étaient tous allongés sur de gros rochers au soleil, l'air légèrement salés, les oiseaux ayant arraché tous les poils de leurs corps pour renforcer leurs nids. Certains avaient les membres à moitié enfouis dans les interstices de rochers escarpés. Des papillons de nuit dormaient sur leurs yeux, voletaient et se débarrassaient sur eux de leur poussière. La plante de leurs pieds avait été remplacée par des feuilles marron veinées de rouge qui les traversaient. Leurs corps se répandaient légèrement dans la chaleur salée.

Je suis retournée à l'intérieur et me suis mise au lit. Étendue là, je pouvais sentir la chaleur de son souffle et je savais que j'étais à proximité immédiate d'une présence massive, un corps palpitant de sang brûlant flottant en silence à mes côtés. L'énorme poids oppressant s'alanguissait dans l'air comme un ton uni de brouillard noir.

Il a porté mes mains à son visage et en a embrassé la paume.

Mon haleine brûlante éclaboussait son cou. Je t'aime, je t'aime, disait-il à chaque souffle.

Et?

Et, comme pour relier deux continents, il s'est endormi à mes côtés, comme si aucun mot n'avait été prononcé avant ou le serait après.

J'ai mangé ses deux mains, ses doigts et je suis remonté vers ses bras. En un rien de temps je l'avais entièrement fourré dans ma bouche. J'ai terminé et je me suis endormie. J'avais mangé le Sorcier.

Je me suis réveillée sous une avalanche de feuilles mortes. Des touffes sans masse, silencieuses, de fumée orange. La pièce semblait flotter à deux centimètres du sol sur le ronronnement grave et assourdi d'un frigo dans le coin. En approchant du sujet dans le coin, les fonctions corporelles de Kim déjà économes ont encore ralenti. J'ai posé une main froide sur son flanc et elle s'est éteinte, retenant son souffle, attendant que je parte.

Elle avait le tour des yeux mouillé, en versait des tombeaux. Un air glacé dans ses larmes éclaboussait son col. De la vapeur s'élevait en volutes au-dessus d'elle sur l'estrade basse où elle était étendue comme un rocher, une île ballottée dans une mer rampante, attendant d'être découverte. D'énormes fissures s'élargissaient dans les soulèvements lents du tremblement de terre éternel. J'ai rampé le long des planches humides en tâtonnant à la recherche de son corps, un gros nez mouillé coincé dans le sous-plancher.

"Comment tu es arrivée ici?" je lui ai demandé. Pendant qu'elle marmonnait quelque chose, un bol en bois à demi rempli de nourriture, de boue et d'eau de pluie a volé à travers la pièce et a failli me frapper dans le dos avant de s'écraser au sol. J'ai pivoté et vu ma mère d'accueil penchée dans l'encadrement de la porte. Kim s'est retournée et s'est installée dans l'ombre, au fond d'une crevasse dans le coin où je distinguais à peine l'ombre vague de son omoplate s'agiter convulsivement.

Maman d'accueil s'est penchée sur une série de cageots, fourrant des restes de nourriture dans la poche de son tablier. Je l'avais confondue avec un gros tas de vêtements. J'étais sidérée de la retrouver là.

Encore plus sidérée quand elle s'est mise à parler: "Ne la touche pas", elle a levé son regard vers moi, clignant plusieurs fois et ostensiblement des yeux. Dehors, des oiseaux gazouillaient à gorge déployée — je crois qu'ils prenaient leur bain. Ses paupières gonflées, sèches qui clignaient semblaient plutôt hurler sans raison. J'avais l'impression qu'elle essayait de communiquer avec moi par télépathie, clignant une série de clignements entre ses pensées, ses yeux noirs luisants m'indiquant de lire dans les grands trous.

Elle se tenait au-dessus de sa fille morte, parlant à son intention comme si elles étaient complices d'un crime. "Les raisons pour lesquelles nous avons fait ce que nous avons fait étaient indéchiffrables. Qui voudrait savoir de toute façon?" Puis elle a ajouté inutilement: "Ne nous juge pas."

Qu'est-ce que tu entends par *nous*? Je ne me souviens pas que tu aies jamais été là pour elle. Quand elle est partie, tu l'as cherchée? Je ne me souviens même pas que tu aies quitté la maison, j'ai dit.

Cette maison!

Ne réfléchis pas intensément, réfléchis profondément! Ce minuscule sac d'os tapi dans l'encadrement de la porte avait parlé! Elle semblait avoir rongé le sol sous elle suffisamment longtemps pour s'être construit une demeure convenable. Elle était fière et me l'a montrée en poussant du pied un petit bol en bois de nourriture et d'eau de pluie devant moi. "Maman, arrête!"

"Vieux Haillons", comme elle a dit vouloir être appelée, est allée éponger les grandes flaques dans les coins de la pièce tandis qu'une armée de petits grillons noirs s'empilait les uns sur les autres pour tenter de l'arrêter.

"Ne la touchez pas." Ne faites pas la même erreur que moi.

Mais nous avons toutes deux suivi le même chemin jusqu'à cet endroit, on fait quoi maintenant?

Les deux bras de ma mère d'accueil dépassaient de sous ses haillons comme deux fûts de bouteille en verre. Elle se déplaçait lourdement et précautionneusement comme si son corps était rempli d'eau de pluie. Elle avait l'air fatiguée…

"J'ai compris qu'ils m'avaient tous pris pour la fille morte !" j'ai dit à ma mère d'accueil, presque dans un unique sanglot.

Mais tu ne l'es pas. Tu ne comprends pas ? Aucune de ces merdes ne t'est arrivée. Peu importe. Tu réfléchis trop. Obsessionnelle !

Qu'est-ce qu'on fait d'elle ?

Rien. On part. Ne la touche pas. Elle te tuera. C'est un poison toxique.

Elle s'est agenouillée là où Kim était étendue sur le sol. *Maman tient à toi, maman tient à toi…* et elle s'est mise à s'affaisser, se déguisant en celle qui gisait à nos pieds. Je ne pouvais pas empêcher que ça se produise, elle s'est simplement mise à fondre jusqu'à se retrouver à l'intérieur du corps de la morte, gouttant par les yeux de la morte, ces flaques d'eau noire couvertes de peau blanche. Les yeux ont cligné, les flaques gonflées s'efforçaient de s'ouvrir et de se refermer sans se répandre. Mais elles se répandaient un peu et des filets gris ruisselaient sur les joues de la morte. Mission accomplie, fin de l'histoire. La morte parle — et cligne des yeux — sur le sol. Scellée dans une nouvelle peau terne.

"Maman", j'avais soudain terriblement envie de la sauver — ce qui restait d'elle. Elle s'est un peu grattée, se plaignant de minuscules pattes d'insectes qui lui piquaient la peau partout et elle est tombée dans un tas de haillons sur le plancher en bois, de la rouille orange s'élevant en un nuage lent au-dessus d'elle, sang et poussière, cheveux écrasés sur les palettes au sol. J'ai ramassé ce qui restait d'elle et je l'ai transportée hors de cet endroit.

Nous avions toutes deux vécu sur la plage durant ses longues journées et nuits, nos yeux s'ouvrant en se répandant dans le noir complet, deux bols qui ne voyaient rien dans le néant déployé devant nous. Un vide est apparu près de chacune de nous dans l'obscurité, une voix piquetée de sable. Le silence des ténèbres fourrait la voix dans nos têtes ; nous jurions qu'elle s'installait à l'intérieur parce que nous ne parvenions pas à vraiment identifier sa source. Nous l'avions incorporée et avancions.

Elle a encore un peu fouillé le tas de vêtements dans le coin, mais elle était si fatiguée. Épuisée, elle s'est effondrée sur un tas de tissu, les côtes saillantes, palpitant légèrement à chaque respiration discrète.

J'ai tâtonné dans le noir et mes mains sont tombées sur un petit corps battant qui se soulevait et s'abaissait comme un coquillage empli de viande.

Penché au-dessus d'elle, le nez de maman d'accueil semblait avoir été façonné dans un os blanc poli et ressortait, lumineux, au milieu de la croûte qui recouvrait son visage. J'ai creusé autour de l'endroit où elle était allongée, essayant de garder l'équilibre sur la terre meuble autour de son enclos. Je l'ai soulevée et je l'ai transportée hors de cet endroit, la prenant dans mes bras, et, hissant la masse cliquetante sur mon dos, je suis sortie de cette petite cabane. Le vent chaud séchait les quelques gouttes qui tombaient sur le sentier quasiment aussi vite qu'elles tombaient.

La proximité de la fille morte nous avait vraiment toutes deux épuisées — il n'y avait que mes marques à l'intérieur. Son esprit semblait toujours intact même si je portais son corps comme un sac à dos ensanglanté. On parlait de toutes sortes de choses... marcher... marcher... ses trous noirs brûlant mon dos. "Tes yeux, ils me regardent d'une façon si étrange..." Elle avait des blessures et de curieux bouts de chair que j'ai pincés pour les rapprocher afin de pouvoir la soulever et l'emporter loin de ce gourbi. Ça n'a pas trop mal fonctionné pour le moment.

Marcher...

Marcher...

Une "ville"...

Un petit groupe de stations-services, de supermarchés, et de *diners* flottait dans un brouillard orange qui palpitait à l'horizon. Ça offrait aux gens un endroit où aller pour les besoins quotidiens de base. Il était entouré d'un noir qui semblait pareillement vide, même s'il se répandait dans le ciel nocturne.

Une boule de graisse étincelant des décharges électriques de synapses crépitantes. Souriant sans cesse. Elle n'était que des miettes quand je l'ai trouvée : un monstre parlant, respirant. Elle ne ressemblait à rien, des lambeaux de chair pendant çà et là alors qu'elle gigotait sur mes épaules. "Je t'emmène loin d'ici" — j'ai traversé la nuit jusqu'à la ville suivante et il est devenu plus difficile d'avancer, les descentes et les côtes se succédant de façon imprévisible. Elle se plaignait, notre conversation naviguait entre réconfort et réprimande, son corps brisé drapé comme un tapis écorché sur mon dos tandis qu'à chaque heure qui passait elle paraissait plus lourde. Je soupçonnais son corps de se gorger de la pluie qui s'est intensifiée quand nous avons pénétré dans les bois aux abords de la ville.

J'ai dormi sous un buisson près d'un cours d'eau. Quelques jours plus tard, en arrivant à la gare Greyhound à Eugene, je l'ai posée en tas sur un banc pendant que je chargeais mes maigres possessions dans le bus. Les portes se sont refermées derrière moi et le bus a fait un bond en avant. Affolée, j'ai supplié le chauffeur de s'arrêter pour aller la chercher mais il n'a pas entendu ou s'en fichait et ne voulait pas stopper le bus pour que je descende. On s'est éloignés. Je ne pouvais pas descendre du bus ou faire quoi que ce soit. Elle est restée là à m'attendre.